跨度小说文库
Kuadu Fiction Series

跨度小说文库
Kuadu Fiction Series

刘连书———

著

红了樱桃

中国文史出版社

目　录

依依花草情

突如其来的一场风雨，扯皱了平静的湖面，撕乱了婆娑的柳枝，搅浑了蔚蓝的天空……然而，你可曾想到，那风中颤抖的棵棵嫩草，还有那雨中淌泪的朵朵小花？

——摘自作者手记

雁走留声。车走留辙。船儿走了
留下涟漪。妈妈走了留下……

　　走了，"全托"了一周的孩子们，被各自的家长陆续接走了，回家去过一个团圆而紧张的周末，一个愉快而劳累的星期天。

　　"爸爸，怎么是你接我来了？嗯？妈妈呢？妈妈为什么不来接我？"榕花骗腿坐在自行车大梁上，由爸爸李勤推着，走在回家的路上。

　　"嗯。"李勤打了一个愣，没有直接回答女儿提出的问题，"榕花，以后总是由爸爸接送你好不好？"

　　榕花入托几年来，先日托，后全托，每次接送都是由妈妈负责。爸爸常年施工在外，上下班没有准时间，有时还要住在工地，一年也接送不了榕花几次。

3

"那……妈妈呢?"榕花扭过头,仰起脸,出神地望着爸爸,"为什么不让妈妈接送我了? 爸爸,妈妈呢? 妈妈上哪儿去了?"

"你妈妈……她、她……"李勤面对不满六周岁的女儿,一时无话可言——不,是有口难言!

哦,爸爸今天这是怎么了? 你瞧,你快瞧,一问到妈妈,脸上唰地阴起天,鼻尖忽地冒出汗,嘴角一抽一抽的,眼睛、眼睛好像也有点儿红了……喔,是不是又和妈妈吵架了? 不久前,爸爸和妈妈就吵了一架,吵得可凶了,怎么劝也不听,哭也不顶用……后来,妈妈跑了,跑到姥姥家。过了好几天,妈妈才被大舅二舅送回家来。妈妈哭得很伤心,眼睛又红又肿。爸爸和妈妈单位的领导也来了,说得爸爸一声不吭,就知道低头抽烟,一根接一根……这回,妈妈是不是又跑姥姥家去了?

"爸爸,妈妈上哪儿去了? 爸爸你说话呀!"榕花腾出一只手,摇着爸爸的胳膊。

"你妈妈她……她和你哥哥到老远老远的地方去了……"李勤语调沉重,一字一板地说。

真的? 爸爸讲的是真的? 妈妈为什么没有说过? 昨天,妈妈来幼儿园看自己,又是说"夜里睡觉要盖好被子",又是说"上街时要注意来往车辆",就是没有说她和哥哥要到老远老远的地方去。后来,妈妈就走了,连头也没回,更没有像往常那样,走出老远,还转过身来,挥手喊"榕花再见"。另外,妈妈一边走,一边抽动肩膀,还掏出手绢擦眼睛——哦,也许是眯眼了,那边有个大烟筒,真讨厌,净喷细小的黑煤渣渣儿。

"那妈妈和哥哥到老远老远的地方,干什么去了?"榕花眨着清潭般的明澈眼睛,忽闪着长长的睫毛,"比月亮还远吗? 爸爸,你怎么不说话呀？远吗，远吗？……"

天空中，一对鸽子打着呼哨转了两圈，一抖翅膀，飞远了，模糊了，渐渐消失在绚丽的晚霞里。但是，那悠扬而嘹亮、低回而悲切的鸽哨余音，并没有立即消失，而是久久回荡、久久回荡，在人们的耳边，在人们的心中……

所谓北京标准的四合院，如今只有少数依靠主人的地位仍能保留着它的典雅、端庄、和谐、严谨等特点，而绝大多数都是有其名无其实，光有四合，没有院了——院子里被各家各户的厨房占满了。除了擦肩而过的通道外，很难再找出一块能领略到阳光的地皮。喔，四合院！多少文人墨客笔下曾美美称道的北京标准的四合院哟，变成了标准的大杂院啦！

大杂院里人杂事杂。东家点火，西家冒烟，有点儿新闻便不胫而走，风传开来。这不，几个妇女正聚在公用自来水管旁接水、择菜、洗尿布、刷案板，当然，让嘴闲着就是最大的损失。赵家小儿子送天堂河农场劳教去了；钱家二小子结婚是用自行车接的新娘；孙家大姑娘又在北大医院流了产而且还是双胞胎；李家三姑爷一下子拿了上千块钱稿费……忽然不知谁神秘地"哼"了一声，同时世故地往门口一努下巴，引得妇女们把目光"唰"地投了过去——原来是李勤父女俩一前一后走进院子。顿时，风平了，浪静了，呼吸屏住了，眼睛睁圆了，一齐向李家父女行起注目礼。

是心虚有愧？还是院里的气氛确实令人发窘？李勤一下子感觉到，他和女儿成为人们关注的对象了。不仅是自来水管旁的几个妇女，在那一扇扇玻璃窗和一道道门缝里，也一定隐着几十双眼睛。他忽然想到，那动物园的老虎、斑马、大熊猫……被关在铁笼内、木栏里、玻璃房

5

中，让游人指点着、品评着、逗趣着……

来到住房门前，李勤支上车，掏出钥匙，打开门锁。

"爸爸，让我先在外边玩一会儿吧。"榕花说。

"不，榕花，还是到屋里玩吧，外边有风。"李勤不等女儿同意，拉着榕花走进屋。"等着，爸爸给你做好吃的。"李勤洗洗手，进了厨房，做起晚饭。

哥哥和妈妈走了，爸爸又不让到外边去，只好自己一个人玩"过家家"了。榕花走到靠墙角放着的五屉柜前，拉开属于她的那个抽屉。

北京不少居民家中，有一条不成文的生活规矩：家具所配备的抽屉分开使用，不论是长晚辈，还是夫妻俩，个人的零用东西放在个人所属的抽屉里，你是你的，我是我的，泾渭分明。榕花家也是这样。

榕花从自己的抽屉里拿出积木、铲子、小锅和洋娃娃。喔，这个洋娃娃太破旧了，头发几乎掉光了，胳膊上有一个窟窿，连衣裙也撕破了好几处。"对了，干脆学着妈妈的样子，给她缝好。"榕花想到这儿，过去拉开妈妈的抽屉找针线。咦？抽屉里躺着一个又大又新的洋娃娃！榕花一下子抱在怀里，又看，又摸，又亲，喜欢不够。

"爸爸！"榕花向厨房里大声问，"妈妈抽屉里的洋娃娃是谁的？是妈妈给我买的吗？"

本来，厨房里切菜的爸爸正把案板剁得"咚咚咚"响，榕花这么一问，切菜的声音立即停止了。过了一会儿，才又响起来，但远没有刚才那样有力了。

榕花这时突然发现，妈妈抽屉里的东西都不见了，亮了抽屉底儿。这是怎么一回事？她又拉开第二个抽屉——爸爸的东西仍是满满的，一样不少。她又拉开第三个抽屉——哥哥的东西也不见了，只剩下一支能打子弹的玩具手枪。

就在一个月以前，榕花和哥哥榕树还为此闹过一场矛盾呢！那天，榕花吃着苹果，这苹果是从幼儿园带回来的，每星期六都发一个。"榕花，给哥哥吃一口，就一口，哥哥给你玩手枪。给，装好子弹了。"榕树用手枪换过苹果，一口咬去大半个。"哇"，榕花哭了，把手枪扔在地上。妈妈闻声赶来，照榕树屁股上打了一巴掌："馋鬼！一点儿也不知道让着你妹妹。"说着，一把从榕树手里夺过苹果，还给榕花。

榕花从爸爸的皮包里掏出今天从幼儿园带回来的那个苹果，连同玩具手枪一起放进抽屉。"留着吧，等妈妈他们从老远老远的地方回来后，送给榕树哥哥吃……"

夜渐渐深了。李勤好容易才把榕花安排躺下。本来，他使出了十八般武艺，尽量把晚饭做得好一点、香一点，使女儿得到一点安慰，减少一点她对母亲的想念，但无济于事。"不好，不如妈妈炒的菜好吃，不如妈妈做的饭味香。"榕花没吃几口便放下筷子。就在脱衣睡觉前，榕花还问："妈妈到底上哪儿去了？哪天能回来？"可是，李勤怎好把真情如实地告诉女儿？即使把真情告诉给女儿，又怎能解释清楚呢？但愿随着时间的流逝，榕花对她母亲的怀恋渐渐淡薄，最终被另外一个人所取代。

"榕花，把枕巾蒙在脸上干吗？掀开了吧，啊？"李勤关切地说。

"不，我就蒙。"榕花躺在床上，双手捂着蒙在脸上的枕巾，生怕爸爸掀去。

"好孩子，听话。蒙着脸睡觉，多憋得慌呀！来，爸爸替你掀掉。"

"不让爸爸掀！我愿意蒙，我不怕憋得慌。"

是白炽灯光晃眼吗？李勤灭掉吊在屋顶的日光灯，打开床头的"子母"台灯。

"榕花，把枕巾掀去吧，爸爸把大灯关了，不晃眼了。"

"不，我不是怕晃眼。"

"那为什么非要蒙枕巾睡觉呢?"

"这枕巾上有妈妈味儿! 我爱闻妈妈味儿，一闻妈妈味儿，我就睡着了。"

哦，妈妈味儿! 妈妈到底是什么味儿，谁能说得上来? 过去，爸爸和妈妈睡在里屋，榕花和榕树睡在外屋。今年以来，变了，妈妈和两个孩子在里屋睡，爸爸一人搬到外屋睡。今天妈妈虽然走了，但味儿却留在枕巾上。

"爸爸，你不信吗?"榕花掀掉枕巾，露出圆圆的红脸蛋，望着发呆的爸爸，"真的，爸爸，这枕巾上真有妈妈味儿。不信，你闻闻。"榕花一骨碌爬起来，把枕巾送到爸爸的鼻尖下。"有没有妈妈味儿? 闻见了吗爸爸? 是有妈妈味儿吧?"

"有、有……"

"爸爸，你怎么流眼泪了?"

"……"

当着矮人不能说短话。当着黄鼠狼不能
说偷鸡。当着周阿姨的面不能说……

"这是妈妈的，这是爸爸的，这是哥哥的……"榕花一边自言自语地嘟哝，一边像往常那样往圆桌上摆着吃午饭的筷子。

敲门声!

"妈妈回来了!"榕花跑过去开门。

门开了。不是妈妈，是……是一个阿姨，好面熟，你看她: 亮亮的

8

眼睛，细细的眉毛，红红的脸颊，黑黑的头发，梳着两只刷子，烫过了，曲曲弯弯，四外卷花，像是两朵盛开的墨菊。哦，身上还散发着一股淡淡的香水味儿，手里拎着一个印花尼龙绸布兜。

"榕花，还认识我吗？"来人亲昵地一歪脑袋。

哦，认识，认出来了！这是周阿姨，她已好多日子不到家里来了。这个周阿姨叫周桔红，原跟爸爸在同一辆汽车吊上工作，爸爸是汽车司机，她是吊车司机，后来调到队里当统计员。

榕花记得，两年前，周阿姨第一次到家里来时，就是她给开的门、迎进的屋。当时，爸爸和妈妈正为哥哥打碎暖瓶的事拌嘴。周阿姨一来，爸爸和妈妈立即不生气了，喜笑颜开，忙着招待初次来访的客人。那天，周阿姨坐了不多一会儿，朝爸爸借了一本厚厚的书就告辞走了。榕花跟着爸爸送周阿姨到大门口。哦，爸爸的手劲儿大着呢，准是把周阿姨的手也给握疼了。不然，周阿姨为什么抽回手，脸一红就走了呢？从此，每当看到爸爸和妈妈生气的时候，榕花就想起周阿姨，盼望周阿姨到家来。从去年开始，榕花这个念头彻底调了一个过儿，非常讨厌周阿姨来了。因为爸爸和妈妈吵嘴时，常常提到周阿姨，好像都是因周阿姨才生气的。"那个姓周的！"妈妈这样说。

"榕花，给。"周桔红从印花尼龙绸布兜里掏出一个洋娃娃。

"不，我不要！"榕花把头摇得拨浪鼓似的，"我妈妈说，不能随便要别人的东西。"

唰地，周桔红的脸红了，由红变白，又由白变灰。眼睛里的那种神采也一下子暗淡下来。心里泛起一股说不出的滋味，是气恼，是嫉妒，还是失望？她捧着洋娃娃的手，一动不动地停在那里，递过去不可能，收回来也不是，让她好不尴尬。

李勤闻声从厨房赶出来，忙打着圆场说："榕花，阿姨不是外人，拿着吧。"说着，从周桔红手里接过洋娃娃，递给榕花。

"不是外人我也不要，我这儿有。"榕花跑进里屋，把昨天在妈妈抽屉里发现的洋娃娃抱出来，往两个大人面前一举，"瞧，妈妈给我买的！"说完，头一歪，嘴一抿，忽闪了一下大眼睛。

两个洋娃娃，一样的大小，一样的颜色，一样的衣着，一样的脸庞，一样的头发……也许是在同一个商场买的，也许是同一个价钱吧？然而，价值呢？

饭菜端上桌。

"这筷子是留给妈妈使的！"榕花一把拦住周桔红的手。

"让阿姨使爸爸这双。"李勤忙又打着圆场，同时把一双筷子递到周桔红的手里。

哪里还有吃饭的兴趣！周桔红端起碗，眼发呆，喉咙像是塞满了棉花，吞不下，也吐不出。

"来，桔红，吃吧，别愣着。"

哼，我知道！爸爸你有话要跟周阿姨说，怕我听见，所以才又捅胳膊肘，又使眼色，别以为我不懂，我早看出来了！

"吃菜呀，桔红，你不是很爱吃熘肝尖的吗？来，接着——"

喊，周阿姨碗里的菜都冒尖了，爸爸怎么还一个劲儿给她夹呀？过去，家里吃好菜，爸爸才不管给妈妈夹菜哩，总是妈妈给爸爸、哥哥和自己夹。妈妈碗里呢，始终是开始夹的那么一点点儿……

吃完饭，三个人准备到北海公园去玩。

"噢——划船去喽！划呀划，划呀划，船里有谁呀？船里有妈妈……"榕花高兴得情不自禁地说起在幼儿园学的歌谣。

唰地，周桔红的脸又变了。

李勤见了，轻轻拉了一下她的衣袖，似乎安慰说，孩子小，不懂事，别生气，慢慢一切都会好的。

"爸爸，给我换花衣服！"榕花喊起来。

"好，等着，爸爸给你拿。"

李勤打开大衣柜，翻找出榕花要的衣服。谁想却带出一团毛线，掉在地上，骨碌碌一直滚到周桔红的脚旁边。周桔红弯腰拾起毛线团，捯着。

"我、我来……"不知为什么，李勤神情有些慌乱。

凭着女人特有的敏感，周桔红好像察觉到什么。她没有把毛线团交给李勤，而是继续捯着，等捯到头一看，原来是一条毛裤，一条刚织了一半、"平针"的男式毛裤，有几针已经从"循环针"上脱落下来了。

"这、这是……"李勤支吾着。

还需要任何的说明和解释吗？周桔红早已心领神会。她一句话也没说，把毛裤和放在柜里的另外两个毛线团一卷，从容地装进她那印花尼龙绸布兜。

呀，毛裤是爸爸的，妈妈还没给织完呢，周阿姨装起来干什么？榕花心里暗自嘀咕。这毛线，是妈妈带着自己在西单百货商场买的。买回来的那天晚上，爸爸撑，妈妈捯，捯了好几个皮球似的线团团儿哩！可后来，有一天妈妈和爸爸打架，妈妈把织的毛裤一扔，再也不管织了……等妈妈回来后，一定告诉她，毛裤让周阿姨拿走了……

"榕花，这个周阿姨好不好？"

来到北海公园，划完了船，在岸边绿色长椅上休息时，李勤指着向小卖部走去的周桔红问榕花。

榕花没有立即回答。她歪着头，眨眨眼，努力猜测爸爸的用意。要说周阿姨长得真好看，说话声音也好听，一笑脸上俩酒窝，笑声好像银铃铛，比妈妈……哦，周阿姨再好不如妈妈好，更比不上妈妈亲……对了，有一次跟哥哥玩过家家，提到周阿姨，妈妈在一旁听了，立刻火了："什么周阿姨！狐狸精！以后听见你们谁再叫她，撕烂你们的嘴！"周阿姨真是狐狸精吗？那爸爸为什么不怕呢？

"榕花，在想什么？告诉爸爸，周阿姨好不好？"李勤又问。

"我不知道。爸爸说好就好，爸爸说不好就不好。"

"那，爸爸说好，你说好吗？"

"我……我不告诉你！"

李勤淡淡地一笑。

"榕花，你听不听爸爸的话？"

"听。"

"好，爸爸向你提出一个要求。"

"嗯，提吧。"

李勤拉过女儿，压低声音，近似恳求地说："以后，你当着周阿姨的面儿，不要再提妈妈了，行吗？"

榕花一怔，既没点头，也没摇头。真是怪了，今天一提到妈妈，周阿姨的脸唰地就变了，变得老大不高兴。是她知道妈妈骂她"狐狸精"了吗？谁告诉她的？是爸爸吗？爸爸为什么老是向着周阿姨，不向着妈妈呢？

"榕花，说呀，行不行，当着周阿姨的面儿，不要再提妈妈了。"

榕花想了想，凑到爸爸耳边，悄声地说："我爱闻妈妈味儿，不爱闻阿姨味儿，阿姨味儿跟商店里卖的雪花膏味儿一样……爸爸，你爱闻谁的味儿呀？"

"哟！你们俩人在这儿说什么悄悄话呢？"周桔红走来，手里拿着三瓶汽水、一包香烟和一大块巧克力。由于李勤的劝说，加之自己给自己宽慰、解释，刚才在家里发生的不快，她似乎忘却了，脸上重新有了笑容，眼睛也又亮了起来。"可以把悄悄话告诉我吗?"

"啊……我们……"李勤支吾了一下，说，"榕花跟我说，她爱闻你的味儿。"

"去。"周桔红的面颊泛起了淡淡的红晕。

榕花呢，使劲地瞪了爸爸一眼。

"榕花，给。"周桔红把一瓶汽水递到榕花手里，又把那块巧克力装进榕花的兜里，随口说道，"叫我一声阿姨。"

榕花没有叫，妈妈说过再叫周阿姨要撕烂嘴的。她看看周桔红，又看看爸爸，把汽水和巧克力放在椅子上，站起来走到柳树下。

李勤和周桔红被榕花的举动惊呆了，俩人相互看了一眼，不知说什么好。

"榕花，拿着，不让你叫阿姨了。"周桔红走过去，带着酸楚的神情，把汽水和巧克力使劲往榕花手里塞，"不让你叫阿姨了，拿着吧!"

尽管如此，榕花还是说什么也不要了。

> 琴上的弦，一拨就响。但是，你忍心拨动
> 一个幼小心灵中那根痛苦的琴弦吗?

"爸爸，该拐弯儿你怎么不拐弯儿呀?咱们不回家了?"

俩月之后一个周末的下午，榕花被爸爸从幼儿园接出来，朝家走去。可是，都已过了通往家的胡同口，爸爸还不拐弯儿，仍照直往前走。

"榕花，咱们搬到新家去了。"李勤对女儿解释。

"新家?"榕花惊奇地转过脸来，眯着眼，皱着眉，用一种怀疑的

13

目光注视着爸爸。心里想："是不是爸爸又在撒谎骗人？"

上个星期天，榕花在胡同里正和几个女孩子跳猴皮筋，一个小对头走过来，无缘无故地拧了一下她的耳朵。

"我告诉我哥哥，还让他打你！"

小对头因欺负榕花，曾不止一次地吃过榕树哥哥的小铁拳头。

"你哥哥不会回来了！你妈妈和你爸爸离婚了，把你哥哥带走了！"小对头幸灾乐祸地说。

离婚？妈妈和爸爸离婚了？爸爸不是说"妈妈和哥哥到老远老远的地方去了"吗？原来爸爸在撒谎骗人！什么叫离婚？结婚她知道，就是在门口贴上两个大红字，小汽车一到，噼噼啪啪放鞭炮，还有震耳朵的"二踢脚"，然后一男一女戴朵小红花，对着鞠个躬，吃一顿好饭就完了。这是和妈妈一起参加二舅的婚礼时见到的。

"你还告诉你哥哥打我吗？"小对头照榕花的耳朵又拧了一下。

榕花"哇"地哭起来。

哥哥，榕树哥哥！你在哪里呀？……

不过，这次李勤没有骗女儿，的确是搬家了，以两间平房换了一套一居室的楼房。不仅如此，还给榕花换了一个幼儿园，从下星期一开始就不在原来那个幼儿园入托了。这样，可以减少对纷繁往事的回想，避开街坊四邻的闲话，为组建新的家庭创造条件，同时也是为了榕花。

那是妈妈和哥哥离家后的一个星期一的早晨。爸爸把榕花送到幼儿园门口就赶紧上班走了。榕花刚一走进教室，几个孩子先是愣了一下，然后呼啦围过来，拍着手，踩着脚，指指画画，连笑带起哄：

"快看呀，脑袋上长了一个猪尾巴！"

"不对，像个小萝卜头儿！"

"噢——噢——"

"嘻嘻嘻，哈哈哈……"

榕花被闹愣了。他们在笑什么？榕花一抬头，从挂在墙上的镜子里看见了一个小姑娘：小辫扭扭歪歪翘着，衣服皱皱巴巴撅着，脸上痕迹一道道，眼角粘着眵目糊——难道这就是自己吗？过去妈妈在的时候，哪个家长来了不夸自己小辫梳得好看、衣服穿得整齐？哪个参观的阿姨来了不夸自己长得漂亮、讨人喜欢？哪次星期一检查卫生时，老师不夸自己在班里属第一？可今天……榕花一眨眼，大滴大滴的泪珠像断线珠子似的淌了下来……

如果说幼儿园孩子们的嘲笑，给失去了母爱的榕花心里罩上一层阴霾的影子，那么，父亲李勤的错怪，则伤害了女儿幼小的心灵，亵渎了女儿纯真的感情。

那天，李勤买菜回来，刚要进家门就听屋里稀里哗啦一阵乱响，像是打碎了什么玻璃器皿之类的东西。他忙进屋一看，女儿榕花站在小板凳上，倒背着一只手，惊恐地看着爸爸。地上满是凉杯的玻璃碎片，屋中央的洗衣盆里泡着一双青年式棕色牛皮鞋——这是周桔红托人从上海买来的。

"你怎么这么淘气！"李勤真火了，把手提的尼龙网兜往地上一摔，土豆滚了一地。

"呜呜！"榕花被吓哭了。自从记事起，她还没有见过爸爸对她发这样大的火呢。

"哭，烦死了，你再哭！"李勤举起了手。

"我……呜呜……"榕花哭得更伤心了，一只手揉着眼睛，另一只手仍躲在背后。

"怎么还哭？有什么可哭的？嗯？你说，你有什么可哭的？"

"我……"榕花一边抽泣着，一边满腹委屈地说，"爸爸，我不是

15

淘气。"

"不是淘气?"李勤指着洗衣盆,质问说,"那为什么把我的皮鞋泡进水盆里,又把凉杯打碎了?"

"原先,你的鞋脏了,都是妈妈给刷……现在,你的鞋又脏又臭……妈妈也不回来。"榕花说着,把背着的手移到前面,手里拿着一个鞋刷子,"我、我想替妈妈给你刷鞋。一拿鞋刷子,就把凉杯碰掉地上了……爸爸,我不是故意的。"

"榕花!"李勤蹲下来,抱住女儿的双肩,"好孩子,别说了,快别说了!是爸爸不对,爸爸错怪你了!"

失去了母爱,小对头的欺负,伙伴们的嘲笑,爸爸的冤枉……桩桩件件,使榕花变了。在家,她一天也说不上两三句话,有时还一个人站在大衣柜玻璃镜前发呆。在幼儿园,再也听不到她的欢声笑语,再也看不见她的活泼身影。眼睛,那双水潭般清澈明亮的大眼睛,起涩了,发灰了,黯淡了。

这些变化,带班老师全都看在眼里,疼在心上。可又怎好拨动孩子心里那根痛苦的琴弦呢?只好如实地向李勤反映,并建议能否换个幼儿园,改变一下生活环境,也许对榕花有好处。

然而,靠换房子、换幼儿园,就能够愈合榕花心灵上淌血的伤口吗?就能使榕花忘却对妈妈和哥哥的怀恋吗?就能让榕花对"跟商店里卖的雪花膏味儿一样"的周阿姨产生好感吗?

　　　　人之初,性本善。可有时,
　　　　　　一个孩童竟也像头发怒的狮子!

李勤家换的房子是简易楼,二层。这种简易楼,别看外形不美观,

16

住着不牢固；别看一副寒酸样，总共只有三层高；但因它建在破旧低矮的平房堆里，所以也竟有一种鹤立鸡群的气势。凭这，就足以让那些住在楼前楼后楼左楼右低矮破旧平房里的人们大为嫉妒。而那些早已超过晚婚年龄并登了记，却因无房仍不能同居的男女青年，只好望楼兴叹了。

来到这个新家，没用一会儿工夫，榕花就把卧室、厨房和厕所都看了一遍。那种换了一个新的生活环境所产生的新鲜好奇感便慢慢淡薄了。不过，屋里那个壁柜倒是怪好玩的。榕花拉开门，钻进去试了试。喔，等榕树哥哥回来，再跟他玩藏猫儿，就躲进这里头，把门一关，哥哥肯定找不到，最后乖乖地伸出手心挨打。可是，妈妈和哥哥什么时候回来？为什么连一封信也不来？

李勤上街买豆腐去了，让榕花看家。

一人在家真闷得慌，玩什么呢？榕花拉开她用的那个五屉柜抽屉。咦？谁把两个洋娃娃放在一起？哼，准是爸爸干的！榕花对两个洋娃娃比了又比，看了又看，还是分不清哪个是妈妈留下的，哪个是周阿姨送来的。这可怎么办呢？对，闻闻，闻闻哪个有妈妈味儿！榕花拿起一个，放在鼻子下——喔，这个没有，她又拿起另一个——嗯？好像也没……不，再好好闻闻……有，这个有！

"你是妈妈买来的，对不对？好乖乖，你说是。"

榕花为自己选定的结果很是高兴。她抱着洋娃娃来到窗户前，居高临下向楼外观看。

窗前有棵大杨树，只要一伸手就能够着树枝。树枝上，有两只麻雀跳来跳去，相互追逐，叽叽喳喳……哦，它们在说什么？太阳都快落山了，它们为什么还不回家？你看，还那么淘气！尖尖的小嘴，总也闲不住，啄得杨树吊吊儿（多像大毛毛虫）纷纷往下掉，一个，又一个，落了一地……哎，地上那个男孩子可真有主意，把杨树吊吊儿收起来，装进他的鸭子车，拉着绳子满地跑，转了一圈又一圈……呀，撞到一个推自行车人的身上——那不是周阿姨吗！她怎么知道我家搬到这儿来了？就是因为你，妈妈和哥哥才走了，到现在也不回来。恨死你了，臭阿姨！不，谁管你叫阿姨，我才不呢！你越想让我叫，我就越不叫，看你怎么办。哼，气死你！

榕花移开窗口，神色很慌乱。

"噔噔噔"，都能听到上楼的脚步声了。

对，藏起来！榕花躲进壁柜，带上柜门。喔，好黑，好闷，好难闻的气味儿呀！

榕花一动不动，屏住呼吸听着。

"哐当"——屋门推开了。

"嚓嚓"——脚步走近了。

"咦？人呢？李勤……榕花……真是的，家里没人，怎么也不锁门。"

静悄悄。

"哗啦"——这是什么声音？……啊，是拉抽屉声。坏了，是不是趁家里没人，她要偷吃抽屉里的苹果？那是给哥哥留的！每周末从幼儿园带回来一个，加上今天刚放里面的，一共有九个了。

"哐当"一声，抽屉像是又关上了。

脚步声……开厨房门声……放自来水声……在案板上切菜声……

榕花长长出了一口气。

壁柜门慢慢地推开了，榕花从里面走出来，脚步轻轻的，动作悄悄的，拉开哥哥的抽屉一看，九个苹果，一个不少，小手枪也在。放心了。可也纳闷：刚才明明听到拉抽屉的声音。榕花又拉开妈妈的抽屉——咦？哪儿来的头巾？尼龙纱的，印着菊花……噢，明白了，这是妈妈的抽屉。榕花把头巾一团，扔在塑料贴面的五屉柜上，头巾又从五屉柜上滑落到柜子与沙发的缝隙中。

周桔红在厨房背脸切菜。榕花抱着妈妈买的那个洋娃娃，蹑手蹑脚地溜出了房门。

"你是新搬来的吗？"楼下，拉鸭子车玩的男孩子问榕花。

"嗯。"榕花点头答应着。

"你叫什么？"男孩子凑近了。

"我叫榕花。"榕花答道。

"榕花？记住了。"男孩子一咧嘴，乐了，自我介绍说，"我叫圆圆。"

不愧为圆圆，他的脑袋、脸蛋、肩膀头……都是圆乎乎、肉墩墩的，就连走起路来，一跩一跩的小屁股也是圆的。不过，有一样不圆，眼睛不笑还好，一笑，眯成一条细长的缝儿，甭想再看见黑白眼珠。

"你几岁了？"圆圆对榕花非常亲近。

"快六岁了。"榕花对圆圆也有好感。

"我六岁半，你管我叫哥哥。"

"不，我有哥哥。"

"那怎么不见你哥哥出来玩呀？"

"……"榕花哑然了，想了一会儿，向圆圆提出一个新的话题，"你知道离婚吗？"

"离婚？离婚就是……"圆圆被问住了。可又怎好说不知道呢？面对眼前这双忽闪忽闪、充满渴望的大眼睛，急得他直挠头皮。

"离婚就是爸爸和妈妈分开，到老远老远的地方去，是吗？"榕花按她自己的理解推断着。

"嗯——对!"这一下可为圆圆解了围,"离婚就是爸爸妈妈分开。我爸爸和妈妈就分开了,到老远老远的地方去了。"

"你爸爸也到老远老远的地方去了吗?"

"对,远着呢!听爸爸说住在海岛上,一年才回来一趟。"

"妈妈和哥哥也会一年回来一趟的。"榕花心里思忖着。

"榕花,怎么下楼玩来了?"李勤手托着豆腐走来,"跟爸爸回家吧。"

"叔叔,让榕花和我一起玩吧,我们不打架。"圆圆仰着脸,甜甜地央求着。

李勤同意了。

圆圆让榕花把洋娃娃放在他的鸭子车上,轮流拉着小车跑,俩人玩得挺投机。

"圆圆!"

不用回头看,肯定是妈妈。圆圆扔下拉车绳,疯了一样跑过去。

"妈妈,妈妈!"

"哎,好儿子!"

圆圆妈妈蹲下身,一手拉着儿子的胳膊,一手在儿子的头上、脸上、身上胡乱地摸着,像是久别重逢似的。

"想妈妈了吗?"

"想了,可想呢!"

"哪儿想妈妈了?"

"这儿!这儿想妈妈了!"圆圆指指心窝。

其实,才几天不见。圆圆也是"全托",接送靠退休在家的奶奶。圆圆妈这是刚刚下班回来。

"榕花，你自己玩吧，我跟妈妈回家吃饭去了。"圆圆将洋娃娃还给榕花，收起鸭子车，拉着妈妈的手上了楼。

榕花心里一酸，鼻梁两边痒痒起来，像是有两条小虫在蠕蠕爬动。用手背一抹，手背上留下一片湿。

小羊儿乖乖，

把门儿开开，

妈妈回来了，

妈妈来喂奶……

不知是为了充实失去母爱的空虚，还是为了抚慰受到伤害的心灵，榕花竟一边拍着洋娃娃，一边一遍接一遍地哼起那首妈妈教的儿歌。

蒜苗、菜花、黄瓜，均已切好入盘了；猪肉肥瘦分开，肥肉炼了油，瘦肉煸好了；豆腐放在碗里，上面撒了一层细碎的小葱，只等端上桌一拌便可以吃了；就连做汤用的鸡蛋和西红柿，也已打好搅匀、按片切开了。

"桔红，你进屋歇一会儿，我来掌勺。"李勤把周桔红从厨房拉出来，冲她微微一笑，然后自己进了厨房，随手带上门。不一会儿，便从里面传来哐哐啦啦的炝锅声和叮叮当当的炒菜声。

周桔红来到里屋，坐在上星期天她和李勤一起从家具店买来的沙发上。说实话，真觉得有点累了。要是上床躺一会儿，该多舒服，哪怕三五分钟呢！但，不行。倘若早换了这套房子，倘若和榕花的关系处得融洽，自己也许已经是这里的主人了，也就可以无拘无束，想躺就躺，想卧就卧了。可是，现在不行，毕竟还没正式……想到这儿，她拿起刚刚让李勤试穿过的毛裤，快速拆起来。

刚才，李勤买豆腐回来，一进门就叫道："桔红，拿碗来。"周桔红应声走出厨房，接过豆腐放在碗里，然后带有几分娇嗔地问："你怎么知道我来了？"

"楼下自行车告诉我的。"李勤把手中的车钥匙往周桔红眼前一举，"瞧，车都忘锁了。"

"去！"周桔红一把夺过车钥匙，脸上飞过一片红霞，"来，你先试试毛裤长短合适不，我好封口收针。"说着，从她带来的印花尼龙绸布兜里掏出毛裤，递给李勤。

李勤接过毛裤，心里不禁一动。原来，周桔红拿走那条没有织完的毛裤，并未继续接着织下去，而是拆了，重新织的，还把"平针"改为"单元宝针"。

"干吗愣着，快穿上试试。"周桔红看出了李勤在想什么，佯装若无其事地催促道。

李勤穿上毛裤一试，长短正好，肥瘦得当，厚实蓬松，富有弹性。然而，并非尽善尽美。

"哟，这裤裆开口织反了。"李勤说。

"织反了？"周桔红仍不理解。

"这门襟儿应该左边搭右边，你织成右边搭左边了。"李勤揪着毛裤一边比画一边说。

"哈哈哈！"周桔红笑得前仰后合，脸上如同涂了一层胭脂。

能怪周桔红疏忽吗？要知道，这是她作为一个姑娘给男人织的第一条毛裤。尽管李勤一再说不妨碍穿，但周桔红还是坚决要拆掉重织，她不想在这上面留下阴影。

织很费工，拆却相当容易，只一会儿，就拆完一条裤腿。忽然，周

22

桔红一眼看见掉在五屉柜与沙发缝隙中的头巾。她伸手捡起来，抖了抖。"刚才放在那个空抽屉里，怎么跑这儿来了？"她走到五屉柜前，拉开最上面的抽屉，把头巾又放了进去。是出于好奇，还是难以言表的一种复杂心理的驱使，她又拉开了第二个抽屉，一股烟草夹着打火机的汽油味扑鼻而来。无疑，这是李勤的。她又拉开第三个抽屉，骨碌碌，是几个苹果，有的已发蔫了，有的表皮上出现了腐烂迹象的斑点。"真是的，宁可放烂了也不吃。"她一边自言自语，一边挑出四五个苹果放在茶几上。然后坐下来，掏出刀子，熟练地削起皮。不一会儿，几个苹果便都削好了。她收起刀子，自己先拿了一个吃起来。

"你吃的苹果哪儿拿的？"李勤端着两盘炒好的菜来到里屋。

"抽屉的。"周桔红无所谓地说，语调里带有几分揶揄，"怎么，宁可放烂了也不许吃？"说着，又咬了一口苹果，香甜地咀嚼起来。

"你……咳！"李勤懊恼地叹了一声。

"这、这苹果……不能吃？"周桔红闹蒙了。

这让李勤怎么跟她解释呢？又怎能解释得清楚哟！李勤曾几次劝说榕花吃掉抽屉里的苹果，甚至还说等哥哥回来再给他另买，但榕花就是不肯，一个一个地积攒到今天。李勤懂得，这九个苹果，是妹妹对哥哥的一片心，是一奶同胞的骨肉情啊！

李勤放下菜盘，赶紧用一张报纸兜着，把茶几上的苹果和苹果皮收拾起来。

但是，已经晚了。榕花抱着洋娃娃走进屋，把这一切都看在眼里。她先是一怔，然后跑到五屉柜前，拉开哥哥的抽屉一看：啊？只还有四个苹果了！"扑通"，榕花一屁股坐在地上，号啕大哭起来。

周桔红现在才感到事情有些不妙，可又不知为什么。难道就是因为吃了一个苹果吗？明天给榕花买二斤就是了。周桔红看看榕花，看看李

23

勤，心里不安也不解。

李勤瞪了周桔红一眼，眼神里带着埋怨、气恼和责备。

"榕花，别哭了，快起来。"李勤俯身安慰着女儿。

"不，我不起来！你赔我的苹果，你赔我的苹果！"不劝还好，一劝，榕花反倒躺在地上打起滚儿。

周桔红在一旁，搓着双手，不知所措。

李勤一使劲，硬是把榕花从地上抱起来："榕花，听爸爸说，爸爸这就带你上街去买苹果。"

"不，我不要！我还要原来那些个！"榕花急了，火了，疯了，像一只小狮子发怒了！她挥动起双手，狂乱地抽打着爸爸的脸。"你赔我，你赔我的苹果！"

李勤呢，也不躲闪，闭上眼睛，含着泪水，任凭女儿雨点般的巴掌打在脸上——这样，他心里也许更好受一些吧。

周桔红已完全木然了。

突然，榕花收住手，傻了一样看着爸爸，只见一股股殷红的鲜血顺着爸爸的嘴角流下来，不知是她打的，还是爸爸自己咬的。"爸爸！"榕花一下子抱住爸爸的脖子，泣不成声……

亲吻，是人们传递感情的一种高级方式。

而有时候，则别有一番奥妙在里头……

都说北京的"春脖子"短，今年似乎更短。还没到"五一"，天气就一下子热起来。那些按老皇历逐件脱减衣服的人，也不得不来一次更新换代的变革。

气温过早升高，使久旱少雨的北京更加干燥。难得的是，星期天一早，便阴起天，并响起了听来有些陌生而又令人欣喜的春雷声——轰隆隆……看来，这场雨非下不可了。

是出来看云吗？是出来听雷吗？榕花在单元门口凸出来的檐子下站着，背着手，靠着墙，望着天。哦，脸上的阴云，就像此时天上的阴云一样深沉沉；眼里的泪水，就像此时天上的雨水一样饱含着。

起风了，风卷起的纸屑落在榕花身上；下雨了，雨点击起的尘土溅到榕花的鞋上。榕花仍是一动不动，一声不吭，神情呆滞，仰望天空……

她在想什么？

昨天，为苹果的事，榕花和爸爸闹翻脸，嗓子哭哑了，眼泪哭干了，最后哭着哭着睡着了。不知过了多长时间，榕花从梦中醒来，刚想起床，却听到一阵喊喊喳喳的说话声。她身没动，眼没睁，静静地听着。

"……也怨我，事先没告诉你，抽屉里的苹果是榕花给她哥哥留的。"

"你别解释了，我……说实话，事情已经这样了，再有什么样的风言风语，父母再怎么阻拦，我都不怕了。等……咱们结了婚……"

什么什么？她和爸爸结婚？也要坐汽车，戴红花，穿新衣裳，吃一顿好饭？榕花眯缝着眼偷看一下，屋里朦朦胧胧，一时看不清楚。因为天已黑了，屋里没开日光灯，也没开"子母"台灯的大灯泡，只有小灯泡亮着，昏黄黄，弱微微。不过，最后还是看清了：周阿姨坐在沙发上，爸爸坐在沙发扶手上，一只手搭着周阿姨的脖子，一只手摸着周阿姨的头发。只见爸爸一动，榕花赶紧又闭上眼睛。

"……我想，到那时，上班一起走，下班一起回，早早晚晚总不分离，该有多幸福。到了星期六，把榕花从幼儿园接回来，一家人吃完饭，手拉手散散步，逛逛公园，又该有多惬意。甚至、甚至我还想过，反正有了榕花，我都可以不……可是，我太幼稚、太天真了！事情的发展，根本没有我想的那么简单。两个月来，我是在矛盾和痛苦中度过的。有时候认为，自己所做的一切都是理所当然，无可指摘的。可有时候，自己又觉得心虚理亏，像是办错了什么事，而又不能公开承认，只能埋在心灵的深处，自己跟自己苦斗……每当这时，我、我总想用爱抚榕花来解脱……可是，我看到榕花无时无刻不想她的……妈妈和哥哥，不知为什么，一听到榕花提起这几个字，我心里就不由得难受起来。我也常给自己宽心，会好的，一切都会好的，榕花毕竟是孩子，等大一点儿就懂事了，我只要对她好，她也会对我好起来的。可是，直到现在，她连一声阿姨都不叫，这让我……"

"那……把榕花送到通州她奶奶家住一段时间。"

"不，那不行！现在送去了，以后呢？总不能永远住奶奶家吧？明年这时候，她也该上学了。再有，起初你征求我意见，问两个孩子要哪个，是我说的要榕花。现在再把榕花推出去，我、我心里……"

不，千万不要把我送到通州的奶奶家！按圆圆说的，离了婚，妈妈和哥哥还能一年回来一趟，到那时，我就见不到他们了。妈妈是不愿到奶奶家去的，嫌奶奶家里养着鸡，而鸡拉的屎简直臭死了。

"那我们登记结婚吧。你和榕花相处时间长了，关系就会慢慢好起来。"

"不，现在不能，往后推推再说吧。"

"那……你今天晚上别走了。"

"不，不行！无论如何我得回去。"

嗯？怎么半天也听不到说话声了？榕花睁开眼一看，原来爸爸和周阿姨搂抱着亲嘴呢！

"我爱闻妈妈味儿，不爱闻阿姨味儿，阿姨味儿跟商店里卖的雪花膏味儿一样。"榕花想起了两个月前在公园长椅上对爸爸说的话。

知道了，现在知道了，爸爸爱闻阿姨味儿……

今天早晨一起床，李勤就对着大衣柜玻璃镜刮起了胡子。榕花站在床边看着——爸爸刮胡子的动作通过镜子正好反过来，映进榕花眼里。

涂肥皂沫，操起刀架，"刺刺刺""嚓嚓嚓"，一会儿工夫李勤就刮完了胡子。他放下刀架，用毛巾擦了擦脸，对榕花说：

"来，试试爸爸的胡子刮得干不干净。"

榕花赶忙用双手捂起脸蛋。

"把手拿开，试试爸爸的胡子还扎不扎。"

"不！"榕花退到床的最里头。

过去，李勤刮完胡子，只要榕花在家，总要亲一亲女儿，试试胡子刮得干不干净。刮过三天，榕花就不让爸爸亲了，因为那时胡子特别尖硬，根根胡子楂就像颗颗钢针。这一点，榕花不止一次领教过。不过，也有破例的时候。那是前年夏天，榕花的扁桃腺又发炎了。消肿之后，医生建议把榕花的扁桃腺摘除掉，以免再次发炎。于是，榕花住进医院。临进手术室开刀前，榕花向爸爸提出一个要求："爸爸，亲亲我！"那天，爸爸胡子最扎，亲得也最疼。而榕花觉得，这是爸爸亲得最甜最甜的一次。开刀时，榕花竟一声也没哭。今天，爸爸刚刮完胡子，并不扎，榕花却为什么不让亲了呢？

不仅不让亲了，刚才，周桔红提着满网兜苹果一进家，榕花就躲了出来，站在楼下单元门口凸出来的檐子下发呆。

雨，越下越大；雷，一个接一个炸响。不一会儿，房檐滴起水，地上流成河。榕花的裤腿也很快被溅起的水点打湿了。

"榕花！"李勤发觉女儿没在屋，找出楼门，一见女儿裤腿全湿，嘴唇发紫，打着哆嗦，心里不禁一震，赶忙抱起榕花。

这一切，周桔红也发现了。她正在屋里透过玻璃窗向楼下观看，一阵大风刮来，把无数雨点噼噼啪啪溅在玻璃上，看去就像打在她的脸上似的。随后，雨水形成一道道小溪流，顺势流淌下来。

这时，有几片被风雨打凋谢了的月季花的花瓣，从三楼一家阳台飘飘然落下来，掉在地上，立刻就被泥巴玷污了，被雨水吞没了……

连孩子都知道：一元等于十角。有谁晓得：三根冰棍等于多少钱？

李勤给榕花新换的这个幼儿园，每星期一上午都有"谈话课"。所谓谈话课，就是在老师的引导下，孩子们把星期天在家的主要活动讲述一遍。目的是培养孩子的思维、观察和口语表达能力。已经有几次了，一轮到榕花，就卡了壳。

是呀，又怎能不卡壳呢？

这个孩子说：我和妈妈到姥姥家玩去了，坐的是大1路汽车，通过了宽宽的天安门广场，看到了高高的北京饭店，还听到了电报大楼的钟声……

那个孩子说：我和哥哥一起去看电影《赛虎》，里面那条大狼狗可乖了，特别听人的话。它会抓兔子，会看家，还会帮助人拿东西……

榕花有什么可说的呢？能把为了苹果把爸爸嘴角打流血的事说出来吗？能把晚上看到爸爸和阿姨抱着亲嘴的事讲述一遍吗？

这天又该上谈话课了。

"圆圆，今天你先说吧。"老师点着名。

圆圆从小椅子上立起身，站得笔直，先是转转眼珠想了想，嘴角露出一丝很得意的微笑，然后非常高兴地讲起来："昨天，我正在楼下玩，来了一个邮递员叔叔，问我：'小朋友，你们这个楼里有没有叫吴桂兰的？'我说：'有，我妈妈就叫吴桂兰。'邮递员叔叔掏出一个大夹子打开说：'快叫你妈妈下楼来拿电报。'我把妈妈叫来。妈妈接过电报一看，扑哧就笑了，拍着我脑袋说：'爸爸就要探亲回来了，让咱们晚上八点到北京火车站去接。'我一听，拍手跳起来，比妈妈还高兴。"

"那你和妈妈接爸爸去了吗？"老师问道。

"去了，我和妈妈坐 10 路车去的。等火车一来，我一眼就看见了爸爸！爸爸给我带来好多好吃的东西……"

什么？圆圆把他爸爸接回来了？圆圆说过，他爸爸和妈妈离婚分开，到老远老远的地方去了，一年才回来一趟……圆圆爸爸现在回来了，妈妈和哥哥也该回来了吧……榕花遐想着，渐渐地，一个大胆的行动在她心中孕育成熟了。

下了谈话课，休息了一会儿，等再上第二节课时，榕花的座位却空了。

幼儿园里里外外找遍了，附近所有的街道和大小商店寻过了，就是不见榕花。

老师打电话把这一情况告诉给榕花的父亲李勤，让他协同寻找。

榕花到底上哪儿了？她是受到圆圆接爸爸回来的启示，从幼儿园逃出来，准备到火车站接妈妈和哥哥。但一走到车水马龙的长安街，就蒙了。这会儿，她站在六部口 10 路汽车的站牌子旁的便道上。

车，过去一辆又一辆，乘客下来一批又一批。榕花眼睛看酸了，两腿站累了，哪里有妈妈和哥哥的影子？

又开来一辆车，从车的中门下来一个妇女。

哦，那会不会是妈妈？

那妇女下车后，便向西匆匆走去。从背影看，那发型，那身段，那衣着，那走路的姿态，以及那手提的皮包，都和妈妈的一样！

榕花揉了揉眼睛：那妇女似乎站住了，转回身，扬起手，招呼榕花快过去。

"妈妈——妈妈！"榕花呼喊着奔过去，一下子拉住那个妇女的手。

手，又慢慢松开了。这哪里是妈妈，根本不认识，刚才不过是榕花的幻觉。

"这孩子，真乖！"那个妇女低头抚弄了一下榕花的脸蛋，走了。

"妈妈！……"榕花看着那个妇女远去的背影，伤心地抽泣起来。

一辆清洁队的洒水车"叮叮当当"开过来。车上高压水龙头喷射出的水柱，以扇子面的形状，瓢泼大雨般地从空中倾注下来。淋湿了便道上的水泥方格砖，洗涤了落满灰尘的国槐树叶子，路边铁栏杆里一棵棵嫩绿的小草上，一朵朵盛开的鲜花上也挂满了水珠，阳光一照，晶莹透亮。五光十色的水珠从草叶上、花瓣上滚落下来，一滴、一滴又一滴……这是榕花思念妈妈流淌的眼泪吗？

榕花来到了西单十字路口旁。

"冰——棍！哎，小姑娘，你们家大人呢？"系着白围裙、套着白套袖、戴着白帽子的卖冰棍老太太，忽然发现身边站着一个女孩子，愁眉苦脸，满面泪痕。

榕花摇摇头，泪水又在眼眶里打起转儿，一眨眼，长长的睫毛立刻湿润了，一撮一撮的，显得很沉重。

"噢——别哭别哭，奶奶给你冰棍吃。"老太太说着，把一根冰棍递到榕花面前。

榕花没有接，仰脸看着老太太，眼圈一红，泪水唰地流了出来。

"嘘——哭不是好孩子。来，快拿着，吃完了，奶奶还给你拿。"老太太硬是把冰棍塞在榕花手里。

榕花接过冰棍，低下头，说了一声："谢谢奶奶。"

"谢什么，快吃吧。来，坐这儿吃。"老太太把榕花安排在自己的马扎上坐下来。"冰——棍！"老太太接着干起她的营生。

没用一小时，老太太和榕花混熟了，把榕花父亲的名字和工作单位也套了出来，一箱冰棍也快卖完了。她推起冰棍车，领着小榕花，穿人群，过马路，来到西单交通岗，向警察说明了情况。

半个小时后，李勤和周桔红风风火火赶来了。

"榕花！"李勤一下子把女儿抱在怀里。

"爸爸！"榕花也紧紧搂住爸爸的脖子。

李勤为女儿擦去泪水："榕花，你不在幼儿园好好玩，跑街上来干什么？你知道爸爸找不到你，心里多着急呀！"

"爸爸，我……"榕花吞吞吐吐地说，"我跑出来，不、不是为了玩……我、我是为了找妈妈……"

哦！找妈妈，跑出来是为了找妈妈！到现在，她心里还只有妈妈！周桔红在旁边听了心里一热，眼睛一酸，竟流了两滴泪。

"你——"卖冰棍的老太太把"你"字拉得长长的，用疑惑的眼光上上下下打量着身材苗条、细皮嫩肉的周桔红，试探地问，"你是孩子她妈妈？"

"啊……嗯。"周桔红顾不上许多，含含糊糊地应着。哦，倘若真是榕花的妈妈，事情还能这样难吗？

"你们现在这些当妈的呀！"老太太像数落自己女儿似的，"疼孩子也疼不到正经地方上！让孩子一个人跑出来，这要是让车撞着，有个三长两短的，看你们可怎么好！"

"啊……是、是呀，多亏您……"周桔红觉得脸上发烧，连连点着头。

"不是我嘴碎瞎叨叨。"老太太不知又触动了哪根儿神经，大发起感慨，"现在有不少年轻媳妇，又想生儿养女当妈，又不想给孩子吃人奶，老是喂牛奶，唯恐让孩子一吃自己的奶，身腰就变粗了。"老太太扫了一眼周桔红那纤细苗条的腰身，"哼，等赶明儿孩子长大了，甭管这样的妈叫妈，去管奶牛叫妈吧！"

周桔红的脸一阵红一阵白，浑身不自在，不知如何是好。李勤领着榕花走过来，对老太太说："大妈，谢谢您了。"

"不谢，不谢。"老太太说，"谁都当过老家儿，孩子找不着了，急得恨不能跳井。"

"爸爸，奶奶还给我冰棍吃了呢！"

听榕花这么一说，周桔红立刻从钱包里拿出一张两元的人民币，递给卖冰棍的老太太。

"榕花一共吃了您几根儿？"

唰地，老太太的脸变得青紫青紫的，嘴唇也微微哆嗦起来，像是受到莫大的侮辱。"你这个不通人情的小娘们儿！"老太太心里暗暗骂了一句，毫不客气地接过周桔红递过来的两元钱，塞进贴在胸前的钱口袋里，然后掏出一个小布口袋儿，把里面的钢镚儿往周桔红的手里"哗啦"一倒，"你的孩子吃了我三根冰棍儿，你给我的是两块，找你一块四，你自己数吧。"老太太说完，连声招呼也不打，推起冰棍车，头也不回地就走了。

周桔红和李勤都莫名其妙地愣在了那里。

其实，老太太找给周桔红的根本不是一块四，而是两元整——这是她卖冰棍时，忙里偷闲早就点好了的。

自己做的饭——香。自己盖的房——亮。

自己酿造的苦酒呢？……

十五不圆十六圆。近似椭圆形的明月，如同一面铜锣，高悬在当空。月光透过明净的玻璃窗，带着摇曳的树叶影子射进屋来，照在躺在床上久久不能入睡的李勤父女俩身上。

今天下午，李勤把榕花从西单找回来后，为了安定女儿的情绪，没有再送她上幼儿园，直接回家来了。

爸爸为什么还不睡觉？两眼直勾勾地看着窗外的月亮干什么？……噢，一定是自己从幼儿园跑出来找妈妈，让爸爸伤心了……爸爸爱闻周阿姨的味儿，不爱闻妈妈的味儿……对，爸爸是伤心了，找到自己时，他眼睛红红的，都要流泪了。

"爸爸，你怎么不睡觉？"榕花捅了一下躺在身旁的爸爸。

"啊，榕花，你睡吧，爸爸睡不着。"

"不，爸爸，你是生我的气吗？"

"不，不，爸爸是在生自己的气。"

"不对，你就是在生我的气。"榕花抓过爸爸裸露在毛巾被外面的胳膊，放在自己脖颈下枕着，又腾出一只手，亲昵地抚摸着爸爸那连鬓胡子的脸，像大人安慰孩子似的说，"爸爸，你别生气了，快睡觉吧。我一定听你的话，不再乱跑了，好好在幼儿园玩……以后、以后当着周阿姨的面儿，我也不再提妈妈了……妈妈走了这么多日子，也不回来看我，连封信也不来，一定是把我忘了，不想我了……妈妈不想我了，我、我以后也不想妈妈了……"

"别说了，榕花，爸爸真的不是生你的气，爸爸我……"李勤说不下去了，使劲揉攥着女儿细嫩的小手。

忽然，榕花感到有几滴水珠掉在自己的脸上，用舌头一舔，凉凉的，咸咸的。

"爸爸，你……你哭了？"

"啊……没，爸爸没哭……"李勤抬手擦去存留在眼窝的泪水。

"爸爸，你别难过了，让我亲亲你吧，来——"榕花伸过头去，在爸爸的嘴唇上、脸颊上、眼睛上、额头上亲着，深深地亲着。

女儿一亲，李勤的泪水流得更多了。

"爸爸你怎么还哭呀？"榕花摇着爸爸，带着哭腔儿劝道，"幼儿园老师说，小白兔的眼睛就是哭红的。你一哭，也该变成小白兔了。"

"榕花，别说了，是爸爸对不住你呀！"李勤把女儿搂抱在怀里，紧紧地、紧紧地……

夜，渐渐深了。月光，渐渐淡了。城市，也渐渐静谧下来了。但仍不时传来疾驶而过的电车、汽车的声音，偶尔还夹杂着一两声隐约可辨的火车长鸣。

或许是白天从幼儿园跑出来找妈妈太疲乏了，或许是以甜甜的话儿安慰爸爸一番心里安稳了，或许是从爸爸身上闻到了残留的妈妈味儿，总之，榕花躺在爸爸怀里睡着了，嘴角挂着一丝不知是痛苦还是甜蜜的微笑。

李勤仍没有睡。离婚后，他想过，要比过去加倍地疼爱榕花，以此来弥补女儿失去的母爱。谁想，人的爱也有"生态平衡"，不管是父爱、母爱，还是友爱、性爱，均缺一不可。又有谁想到，离婚几个月来，会出现这么多大大小小的矛盾呢？榕花对妈妈和哥哥的深切怀恋，对周阿姨的厌恶反感，李勤给女儿感情上的伤害，周桔红屡屡所遇的尴尬处境……一桩接着一桩，一件连着一件，桩桩件件仿佛根根蘸了凉水的皮鞭，抽打着李勤的心，时轻时重，时缓时急。榕花从幼儿园的出走，又如同在李勤头上炸响一个霹雳，使他心灵受到极大震惊。若仅仅是痛苦，若仅仅是震惊，倒也罢了。痛苦和震惊过后，随即而来的是心灵深处极度的内疚——钱好还，物好偿，负下感情上的重债，是永远也偿还不清的！

要知现在，何必当初。当初，与周桔红头一次见面，为什么心里就产生一种朦朦胧胧的萌动？当初，队里分来一批知青做学徒工，为什么单单对周桔红手把手地教，竭力显示自己技术出众，谈吐文雅，千方百计想给她一个好印象？当初，每每和妻子发生矛盾，为什么脑子里就闪出周桔红的身影？而且还总爱把夫妻吵架拌嘴的经过，滔滔不绝甚至添枝加叶地讲给周桔红听呢？当初，单位领导找自己谈话，苦口婆心，列出利弊，为什么强硬否认与周桔红有任何关系？当初，哦，当初如果榕花妈不捅破这层窗户纸，如果榕花妈不推波助澜，也许、也许不至于像今天这个样子吧？

去年夏末秋初的时候，李勤和周桔红的关系还处在一个非常微妙的阶段，但在两个人中间，毕竟隔着一层窗户纸，谁也没有足够的勇气把它捅破，也许一辈子也就这样了。然而，捅破这层窗户纸的，恰恰就是榕花妈自己。

那是一个星期天，榕花妈从菜市场买菜出来，又走进一家饭馆买馒头，准备带回家留晚饭时吃。谁想却碰上丈夫李勤和周桔红在一起吃饭。"噢，说是星期天出来加班，敢情是邀女人下馆子！"她一见就火了，当着众人大吵大闹，不容李勤做任何解释……傍晚，李勤下班回到家，榕花妈就是不给开门，闹得满城风雨，全院人都出来劝说。

"你们大家伙评评，有他这样没良心的吗！"榕花妈向邻居们哭诉说，"我在家给他拉扯两个孩子，一天到晚，洗洗涮涮，缝缝连连，刷锅做饭，没有一会儿闲……可他呢，良心全让狗吃了，在外面胡搞！"

开始，不管妻子说什么，李勤也不言语，心想，她火气消下去就好了。但万万没想到，妻子竟这样不顾他的颜面。

"你胡说什么？她是我的徒弟！"

"我知道她是你的徒弟，可我还知道，她也是一个女人！"

后来，李勤和榕花妈两个单位的领导都来家里进行调解，并证明李勤和周桔红确实是出车加班误餐了，同在一个车，怎能不同在一起吃饭呢？但榕花妈不信，非要求把周桔红调开，不然就如何如何。

后来，周桔红调离，到施工队当统计员去了。

然而，两个人的心呢？

哦，不要再想了！谁让自己随意打开理智的闸门，让感情的洪水自由泛滥呢！

自己做的饭——香。自己盖的房——亮。那么，自己酿造的苦酒呢？也只有自己才能品出是什么滋味。

"妈妈，妈妈……"榕花翻了一个身，喃喃地叫了两声，又接着睡了——尽管她睡前还对爸爸说"不想妈妈了"。

是呀，谁不想念生养自己的母亲？谁不想得到伟大的母爱，就连未出满月的婴儿，只要一听到母亲心脏的跳动，都会立即停止哭叫，很快踏踏实实地入睡。而哪一个孩子最初发出的带有意义的音节，不是"妈妈"呢？

起风了，长云了，云彩把月亮严严实实挡住了。

风又吹，云又走，月亮又从云彩中间露出来了。

一朵云彩飘过去——月亮变成了榕花妈妈的脸。

又一朵云彩飘过去——月亮变成了周桔红的脸。

李勤捂上眼睛，不再去看。可是，月光仍通过手指缝儿顽强地透过来。李勤索性下了地，过去拉上窗帘——把十五的月亮，把榕花妈妈的脸，把周桔红的脸，统统地挡在了窗外……

常言道：踏破铁鞋无觅处，得来全不费工夫。

"榕花，想要什么东西，说一声，阿姨给你拿。"

这已经是周桔红第三次提醒榕花了，而且每次都是把"阿姨"两个字加重了语气。可是，榕花呢，就像根本没听见，既不应许，也不反驳，给周桔红来个一言不发。

大前天，李勤出差去了——到天津新港接新进口的吊车。临走前，李勤对周桔红说：

"如果到了周末，我还没回来的话，你把榕花从幼儿园接回家吧，你也住在家里。"

周桔红怎能不懂李勤的用意？这是借此机会让她和榕花多接触接触，以便改善她和榕花的关系。等和榕花的关系相处好了，他们也就可以……所以，周桔红满口答应下来。

到了周末，李勤果然没能回来。周桔红便把榕花从幼儿园接回家。

自从那天在公园里，周桔红用汽水和巧克力想从榕花嘴里换出一句"阿姨"，不仅没有实现，反倒引起一场不快后，至今已过去三个月了。春天已经过去，夏天已经来临，可周桔红从没听到榕花叫她一声阿姨。这让她气不得，恼不得，急不得。可是，当初李勤提出两个孩子要哪个时，周桔红为什么一口就选定榕花呢？这里面，也有一段往事。

去年这个时候，在一个雨天，周桔红来到李勤家。李勤出去了，不在。那时，榕花妈已经听到一些风言风语，可又不好直说。正赶这时，榕花过来说她的积木少了一块，问妈看见没有。于是，榕花妈便借题发挥，把榕花当成了"替罪羊"："你这个丫头片子，瞎了眼！找不到积木别上这儿来，到大街上找去！"周桔红听出榕花妈话中有话，转身出了屋。到了院子里，才发觉雨伞放在屋里，忘拿了。可又怎好返回去取呢？便顶着雨走了。雨虽不大，但走到车站，头发和双肩都已淋湿了。

"阿姨，给你伞！"

周桔红正在等车，听见喊声，扭头一看，见是榕花站在身后，手里举着她忘了拿的雨伞。

"谁让你送来的？"周桔红接过雨伞问。

榕花吞吞吐吐地说："我妈让我把这伞……扔在院子里。我想这是阿姨的，我就追着给你送来了。"

周桔红听了，心头不禁一热。

人，往往因为一件小事，就有可能对另外一个人产生难以忘怀的好感，留下不可磨灭的印象。周桔红之所以在两个孩子里选定榕花，恐怕也在于此吧？

为了改善与榕花的关系，为了能听到一声甜甜的"周阿姨"，周桔红把榕花接回家后，除对榕花很亲近外，还特意补了一句："榕花，想要什么东西，说一声，阿姨给你拿。"并趁榕花不注意，把吃的、玩的、喝的、看的……都放到了高处。可是，榕花宁可不吃、不玩、不喝、不看，也不说一声"阿姨你给我拿"。弄得周桔红哭笑不得，也不好强求榕花开口，唯恐再闹出什么不愉快的事来。

晚上睡觉前，榕花蹲在地上，解了半天鞋带，可还是解不开，是个顶紧顶紧的死扣儿。周桔红佯装没看见，心想："这回你不叫阿姨，看你怎么办。"忽听"咔嚓"一声，周桔红扭脸一看，原来榕花用剪子把鞋带剪断了。

直到睡觉，周桔红也没听到榕花叫她一声阿姨。

……咦，这是什么味儿？又酸，又臭，就像饭馆里留着送到乡下喂猪的泔水，直呛鼻子，难闻死了……榕花从睡梦中醒来，果真闻到屋里有一股强烈的异味儿。她迷迷糊糊爬起来，揉了揉惺忪的睡眼，终于看清：周阿姨趴在床边吐了！

做晚饭时，周桔红往碗里打了两个鸡蛋，都不太新鲜，有一个还散了黄，但也没扔。炒好端上桌，榕花一口没吃，全让周桔红包圆儿了。谁想刚到半夜，吃进肚中的"坏蛋"便发作起来。

榕花一时被吓愣了，呆呆地看着周桔红。

去年夏天，北京特别热，榕花中了暑，也呕吐过一次。现在想起来，仍觉得那么难受。周阿姨也很难受吧？你看，吐完了也不躺好，歪着头倚在枕头上，连眼也不睁，使劲皱着眉，还不断咽口水……她嘴里一定味儿得很，可为什么不起来下地倒杯水，好好地漱漱口呢？喔，准是吐得一点儿劲儿也没有了，那次自己有病时就是这样……

"当啷"，周桔红听到一声玻璃杯轻微的撞击，随后又听见"哗哗"的倒水声。她知道这是榕花，这个孩子要干什么？她想看看，但又懒得睁眼。吃下去的东西全都吐出来了，吐得她头发昏，心发慌，全身像散了架似的。

"阿姨，给你一杯水，漱漱口吧。"

叫谁？榕花这是在叫谁？难道……周桔红觉得有了精神，睁开眼睛一看，只见榕花双手捧着一杯凉白开，举在她面前，而且眼睛红红的，眼眶湿湿的，眼神充满了同情和怜悯。

"榕花，再叫我一声。"

"阿姨。"

"再叫我一声。"

"阿姨。"

"再叫我一声。"

"阿姨。"

周桔红一把握住榕花的双手和水杯，多少情感一齐涌上心头，又从心头直往喉咙眼上撞，她终于抑制不住，抽泣了起来。

"阿姨，你等着……"榕花又忽然想起什么，转身走到五屉柜前，拉开哥哥的那个抽屉。

抽屉里的苹果，又攒到九个了。

手，一只细嫩浑圆的小手，先是拿起那个既蔫又小的苹果，停顿一下，又放下了。又伸向那个既鲜又大的苹果，但只是摸了摸。最后，把那个不大也不小、不鲜也不蔫的苹果拿起来。

"阿姨，你吃苹果吧，吃了，病就好了。"

哦，周桔红的心都要碎了！上一次，她误吃了榕花留给哥哥的苹果，榕花简直疯了一般，把她爸爸的嘴都打出血。今天，榕花竟把苹果主动拿出来给她吃，这让她……不要说了，此时此地，此情此景，说一句话也是多余的。

"阿姨，你怎么不吃呀？你吃吧！以后，我不再气你了，我跟你好，跟爸爸好……真的！阿姨，你吃吧，吃完我还给你拿，你快吃呀，阿姨！"

"啊……阿姨吃……阿姨吃……"

周桔红咬了一口苹果，细细咀嚼着，品味着——苦、辣、酸、甜……最后，连同流到嘴角的泪水一起吞咽到肚里去了……

胶泥可捏成一个娃娃，或一只公鸡，这是因为有可塑性。但入窑一烧，泥就不再是泥。

李勤到天津新港接车比原计划用的时间整整多了一个星期。昨天傍晚，接车组一回到单位，别人都往浴池跑，李勤却急忙往家赶。他不放心啊！出去十来天，榕花会不会又从幼儿园跑出去？尽管走前对榕花再三嘱咐，但榕花与周桔红相处得好吗？别把榕花憋闷出病来。

李勤赶到家，上了楼梯，来到自家的门前，略微停了一会儿，安定了一下忐忑不安的心，这才敲门。

门开了，出现一个打扮得非常洋气的小姑娘。李勤不由一怔，怀疑自己是不是走错了门。

"爸爸！"小姑娘愣了一下，扑上来。

这是谁？这难道是自己的女儿榕花吗？李勤简直不敢相信自己的眼睛。这是做梦吗？不，不是梦！自己的手已被女儿拉住了，一声接一声亲热地喊着"爸爸"。

李勤轻轻抚摸、细细打量起女儿：两只小刷子变成了披肩发，用带有金丝的黑发带拢着，刘海、发梢都是卷的，显然烫过了；花上衣和磨白了膝盖的裤子换成了一件样式新颖的印花的连衣裙，还系着一条窄窄的腰带，线条分明，富有活力；脚上那几乎露趾的红条绒面的布鞋不见了，现在穿的是一双乳白色的皮凉鞋；眉毛描过了，淡淡的；脸蛋涂了红粉，也是淡淡的；身上散发着一股香水味儿，还是淡淡的……变了，女儿完全变了！不仅衣着变了，精神面貌也变了！变得不再愁眉不展、闷闷不乐，变得生身父亲李勤都快认不出来了！

周桔红闻声从屋里走出来，一言不发，站在楼道里，默默地看着这父女俩。那张瓜子脸上喜滋滋的，充满了胜利者的表情，鼻梁两边的点点雀斑，也显得更加妩媚。特别是那双眼睛，无法掩饰她此时的心情，好像在说："怎么样，想不到吧？这只是刚开始，以后想不到的事情多着呢！"

今天是星期天，也正是榕花六周岁的生日。李勤和周桔红带着榕花来逛王府井，准备给榕花买生日礼物。从家出来乘上 10 路汽车，他们三人挨肩坐在最末排的座位上。

"爸爸，"榕花贴着爸爸耳边，悄声地说，"我忘了跟你说了，阿姨还让我管她叫妈妈了呢。"

昨天晚上，周桔红走了以后，父女俩躺在床上，榕花向爸爸说了这十来天里，周阿姨如何带她玩、如何给她吃、如何打扮她的事，却偏偏把让叫妈妈这件顶重要的事忘了。现在才想起来告诉爸爸。

"那你叫了吗？"李勤听了，又惊又喜。

"我……"榕花扭捏起来，"我本来不想叫，她是阿姨，不是妈妈……可、可后来，我怕阿姨生气……我、我就小声地叫了一句……"

李勤听了女儿的话，心里很高兴。可是，高兴过后，又觉得有点别扭，就像那二锅头酒，喝进肚去，嘴里总要留下一丝苦味儿。他看了坐在榕花那边的周桔红一眼。

周桔红把脸转向车窗外，为的是不让李勤父女俩看见她的脸已经红了。

大前天夜里，周桔红睡得正香，突然被雷声惊醒了，与此同时，躺在身边的榕花也一把抓住了她的乳房。哦！周桔红的心一下子提到嗓子眼，脉搏也骤然加快了。是羞涩？是幸福？还是惭愧？她没有把榕花的手从乳房上挪开，反而把自己的手放在榕花手上压着……正是因为这，才引起周桔红让榕花管她叫妈妈的念头。

周桔红虽然脸朝车窗外，可是，她的双手却仍不停地打着毛活，金属扦子噼里啪啦，发出清脆悦耳的声响。上次，她把毛裤的开口门襟织反了，闹了一个小小的笑话。这次，她又让李勤试穿过了，不用说，开口门襟没织反，长短肥瘦也正好，而且有一条裤腿已经封口收针，另一条裤腿也眼看就织完了。

"王府井到了。"

听到售票员报站，周桔红又加紧织了两针，但仍差最后十几针没有织完，她不情愿地把毛裤装进印花尼龙绸布兜。

李勤和周桔红双双领着榕花，在熙熙攘攘的王府井大街上走了一会儿，随着人流涌进了新中国儿童用品商店。

也许是临近六一儿童节，也许正逢换季的时候，也许是报纸再三呼吁儿童商品短缺的结果，今天，商店里，顾客特别多，商品也特别全。

那么，给榕花买什么东西作为生日礼物更好、更有意义呢？

买一个皮革书包？深红的、天蓝的、绛紫的、乳白的……应有尽有，还是可以双肩背的，以避免肩膀畸形发展。价钱嘛，不算高……不过，似乎早了一点，明年暑假之后，榕花才能上学呢。

买一双丁字皮鞋？前年，二舅母送给榕花一双这样的皮鞋，榕花喜欢得饭都顾不上吃，穿上后，立着脚尖走，不敢全沾地，生怕把鞋底弄脏了。可惜，没穿几天，在公共汽车上挤丢了一只，急得榕花大哭一场……可是，现在买了一时也穿不上，还是等到秋天凉快了再来买吧。

买一条丝绸发带？对，一定不错！扎在头上，走起路来，上上下下直忽闪，如同两只花蝴蝶……这将重新并彻底使榕花在幼儿园成为一个佼佼者，走到哪里也不会再被孩子们奚落耻笑了……但不能仅仅买这一条丝绸发带呀！

再买些什么？还是问问榕花自己想要什么吧。

"榕花。"李勤和周桔红回头一看，榕花不见了！

榕花跑哪儿去了？她这时正站在儿童玩具专柜前，手扒着柜台，出神地观看一对夫妇为自己的孩子挑选玩具。

"劳驾，您再把那个小鸭子拿给我们看看。"

啊！这小鸭子真好玩！上满弦，放在柜台上，翅膀呼呼扇，嘴里

"呱呱"叫，身子一跛一跛的，跑了一圈又一圈……记得去年过生日时，和妈妈一起到这里来，自己就很想买这个小鸭子。妈妈说"等明年生日时再给买"……哦，妈妈也许早把买小鸭子的事忘了吧？忘了，一定是忘了！妈妈走了这么多日子也不回来看我，把我都忘了，还能记得买小鸭子？

榕花正看得入迷，忽然见一个身影一晃，很熟，多像哥哥榕树呀！看看，追上去看看，别再像上次找妈妈那样认错人。

哎呀，人可真叫多，得双手扒拉着穿缝；地可真叫滑，险些摔了一个跟头。不过，总算是追上了，也终于看清了，那个蹲在柜台前隔着玻璃看小足球的男孩子，不正是榕树哥哥吗！

"哥哥！"榕花奔过去一把拉住榕树的手。

"你……"榕树愣了，一时没认出眼前这个"小洋人"是谁。

"哥哥，你不认识我了？我是榕花，我是你妹妹呀！"

"妹妹！"

"哥哥！"

一对兄妹紧紧地抱在一起。

这时，李勤和周桔红赶来，见到榕花正和榕树在一起，俩人不禁一怔，不约而同地看了对方一眼。随后，李勤急迫而又恐慌地朝四周寻看，恰同榕花妈的目光相遇了。

榕花妈没有忘记去年的今天答应给榕花买小鸭子的事，正好也要给榕树买套衣服，母子俩便来到这里。榕树惦着买小足球，不容妈妈买好衣服就跑到体育用品专柜前。榕花妈买完衣服，过来寻找，谁想却……

喔，刚刚几个月，她的变化竟这样大！那张长方脸明显地消瘦了一圈，使本来就比较高的颧骨更突出了；脸色也失去了往日那红润的光泽，变得灰白发锈，缺少血色……李勤把目光转向孩子，他不敢再正视榕花妈那充满哀怨和愤恨的眼神。

"哥哥，你上哪儿去了？我想你着呢！我给你留的苹果都放烂了，你也不回来吃……小对头拧我耳朵，我也没法告诉你……哥哥，你上哪儿去了，嗯？你怎么不说话呀？"

榕树一句话也不说，只是攥着妹妹的手，眼泪一对儿一对儿地往下掉。

"哥哥，回家来吧，我以后再也不和你打架了……有好东西先让你吃，有好衣服先给你穿……回家来吧，哥哥，好哥哥！"

榕树点点头，又马上摇摇头。他曾背着妈妈到幼儿园看过榕花，可是妹妹已经转走了。他也曾用妈妈给的吃早点的钱买了苹果，到家看过榕花，可是妹妹已搬走了……他恨呀！恨爸爸，恨"那个姓周的"，恨……恨，在一个九岁的孩子心里深深扎下根。

"哥哥，你是偷偷跑出来的吗？妈妈呢？妈妈在哪儿？"

榕花随着哥哥转过去的目光看去——啊，妈妈原来就站在前面不远处，正往这儿看呢！

"妈妈！妈妈！"榕花展开胳膊扑上去，谁想脚下一滑，"啪"地摔倒了。

"榕花！"榕花妈一步抢上前去，从地上扶起女儿。

"妈妈！妈妈！"榕花抱住妈妈的脖子，一声接一声地呼唤着，似乎要把几个月来失去的母爱全都补回来。

榕花妈胡乱地摸着完全变了样的女儿，手颤抖了，嘴角颤抖了，心也颤抖了！"是她！准是那个姓周的狐狸精把孩子打扮成这个样子。"榕花妈咬牙切齿地想着，狠狠地瞪了周桔红一眼。

周桔红一见，立刻把目光躲开了，脸上发烧，心里发慌，就像紧守在一堆熊熊篝火旁，全身上下焦烤难忍。忽然，她发现剩下的那二尺多长的毛线，不知什么时候耷拉在尼龙绸布兜子外面了。她把布兜倒换了一下手，借机将毛线塞了进去，并使劲按了按露着头的毛衣针。

这时，榕树也看见了爸爸和爸爸身后的周桔红。但他没有像榕花那样扑过去，而是原地不动，默默无言，用冷冷的目光盯着他们。

是想打破众目睽睽之下的僵局，还是确实想仔细看看儿子？李勤走过去，拉过榕树的手："榕树……"

"我不认识你！"榕树一甩手，冷冰冰地说。

围观的群众叽叽喳喳，发表种种议论，做着种种猜测，这使周桔红陷入极度的尴尬中。

这边，榕花又对妈妈说："你走了这么多日子，为什么总也不回来看我？"

"我……"榕花妈能说什么呢？

"妈妈，你是不是把我忘了？"

"不，没忘，妈妈没忘。"

"那……你是不是不要我了？你要是不要我了，我、我以后就再不想你了。"

"好孩子，妈妈想……妈妈想你！"

"那我再也不让你走了。咱们回家吧……你看，爸爸就在那儿呢！走，咱们和爸爸、哥哥一起回家吧！"榕花拉着妈妈的手，使劲往前拽。

榕花妈怎么能过去呢？她抱起女儿。

榕花挣扎着从妈妈身上滚下来，又跑到爸爸的跟前："爸爸，妈妈回来了！你没看见吗？你怎么不叫妈妈回家？你叫啊！快叫妈妈回家啊……"

哦，榕花心里只有妈妈、爸爸、哥哥——她，周阿姨呢？那个曾被叫过一声"妈妈"的周阿姨呢？精心耕耘播种数月，到头来，却一无所获。一时间，对榕花的希冀，对未来家庭的向往，对寻求幸福的渴望……统统泯灭了。

周桔红一捂脸，冲开人群，跑走了，那装有只差十几针就织完的毛裤的印花尼龙绸布兜，随着她的奔跑摆动着，不时地绊着她的双腿。

是被榕花这炽热的感情感染的吗？榕树抹了一下眼泪，慢慢地走到爸爸面前，想叫声"爸爸"，却没有发出音，只是张了张嘴。然后，伸出手死死地揪住了爸爸的衣袖。

榕花和榕树的两只小手首先搭接在一起了，而他们另外的两只手，一头拉着爸爸，一头拉着妈妈……

人体能导电，是否也能传导感情呢？

三天之后，李勤收到一个邮包。他打开白布包皮，又打开印有"东四人民市场"字样的包装纸，见是一条"平针"毛裤，一看就知道是机器织的。那条手工织的毛裤呢？那条先后拆过两次，仅剩下二尺多长毛线，只差十几针就织完的"单元宝针"的毛裤呢？

李勤从毛裤里找出一封信：

> ……爱情的种子，只能播进未被开垦的处女地，不然，即使生了根，发了芽，开了花，结出的也是一枚苦果——苦果，尝一口便终生难忘的苦果啊！
>
> ……为了追求幸福，闯入爱情的禁区，得到的必将是感情的惩罚！最终，社会舆论，良心责备，精神苦恼，自不必说，还有什么幸福可言？
>
> ……未经你允许，我把那条毛裤又拆了，就算……

就算什么呢？

鸡血红纱巾

一

　　不怪婶子家的炕短，只怨大洋驴的腿长，尽管斜楞身儿躺着，脚后跟仍顶着了凉凉的窗墙，只好蜷起双腿，才能贴紧俊秀滑腻腻、肉滚滚的身子。

　　"龚平。"俊秀柔柔地叫了一声。直呼其名字的，只有她和他瞎妈，而村里男女老少都叫他"大洋驴"。她将脸贴过去，立刻就被胡子扎疼了，她感到很有底。

　　"俊秀。"大洋驴美美地叫了一句。这是他半个月前睡到这条炕上后才改的口，过去总是一口一个"婶子"地叫哩！他抚摸着圆滑的后背，闻着她身上甜腻的气味，他感到很陶醉。

　　"大洋驴"原本是指他瘦高个子、常赶驴驮子的父亲。父亲一死，幽默乐观的龚家店村的人们便原封不动地将这个雅号转送给他。他继承了父亲的雅号，也继承了父亲的身坯：瘦高瘦高的个子，一张冬瓜似的长脸，两条秫秸似的细腿。

　　窗户纸由黑灰渐渐变成黄白了。

51

"起吧。"她脖子枕着他的胳膊,不动。

"起吧。"他胳膊搂着她的脖子,不松。

两个人又是一阵亲热。

整个村子还没有醒来,很静。几声雁鸣从空中传来,听了不免有些凄凉。可以想象得出,它们结成人字或结成一字正向南飞去,偶尔叫上几声,不过是为了消除旅途的寂寞或是与北方的人们告别。很快又恢复了平静,只有几片树叶哗啦啦地滚到窗根儿下。

忽然,夜空中响起"吱棱吱棱"的胡琴声,不成曲,不成调,忽起忽落,断断续续,只响了几下便戛然而止。过了一会儿,又响了起来:"吱棱吱棱……吱棱吱棱……"

村人知道,这是五保户老张头。每天或夜晚或凌晨,他便出来村里村外地遛,手里拿着一把自制的胡琴,走一段,拉几下,幽灵般地闲荡;而一到白天,他就扎进他那小破屋里,不露面了。有人说,这胡琴声是拉给他旧时相好听的;也有人说是拉给他领养的闺女、后来成了他炕上的女人听的,那女人也命归九泉。起初,人们将这飘忽不定的胡琴声视为丧曲,令大人小孩起鸡皮疙瘩;后来,习惯了,把它当成梆鼓,看作更声,听了就觉心里安稳,平安无事。若真偶尔哪天听不到,反倒觉得心里空荡荡的,没有了着落。

然而,今天听来,大洋驴觉得有些不是滋味儿,心情一下子变得沉重了。

"俊秀,我跟你说个事。"大洋驴将胳膊从她的脖子下抽出来。

"啥事呀,这么认真?"俊秀将他的胳膊抱在怀里。

"我……要上山作金儿去了。"

俊秀吓了一跳:"你说啥?去钻黑窟窿?"

"对,钻黑窟窿。"大洋驴咬着牙。

俊秀有些急了："你也想要钱不要命吗？"

"不，我要钱，我也要命！"大洋驴一字一顿。

"你……"俊秀的嘴唇哆嗦了几下，扎在男人怀里不言声了。

俊秀没了男人才十一个月。十一个月前，她男人上了破嘴山，进国营废弃的金矿中找尾矿，再没有出来，至今连尸骨也未找到。身边这个男人也要走那条路了，去吃阳间饭做阴间活。

大洋驴觉得她在颤抖，扳起她的头看了，见她眼窝里噙着泪水。

"不去不行吗，龚平？"俊秀近乎央求。

"不行。"大洋驴语气坚定，"广和我们说妥了，还有广和的哑巴哥哥、村西头的小六子，我们四个人一伙儿，今儿一早就上山。"

本来，他不想将这件事情告诉她。不是为别的，就为她丢在大山肚子里的男人也不能告诉她。可是昨晚上一走进这个屋，他便改变了主意。平日这间存放粮食、农具等杂物的西屋，经俊秀一收拾，变得满堂生辉。炕也烧过了，只因多日不通烟火，躺上去潮热潮热的。被子也是新拆洗的，阵阵皂香扑鼻，还有那暖暖的太阳味儿。往日那种隐隐发怯的偷情的感觉再也没有了，好像这就是自己温暖的家，好像怀里的女人就是自己心爱的老婆。

"那……以后，咱们俩……咋办？"俊秀冲着他的胳肢窝说。

他亲了一下她亮亮的额头，认真地说："等挖到金子，赚了钱，咱们就办事，明媒正娶，热热闹闹，好吗？"

"嗯。"

"为啥不痛快？"

"我、我有点怕。"

"怕我到时候不娶你？"

"不，我怕……好了，不说了。"俊秀又将脸贴过去。

53

俊秀不说，大洋驴心里也明白她怕的是什么。他搂紧她，轻轻摇着，好像要把她心中那种不祥的思绪赶走似的。

"你加点小心。"

"我加点小心。"

"别磕着碰着。"

"不磕着碰着。"

"磕着碰着我不饶你。"

"磕着碰着你别饶我。"

"去，老跟人家学舌！"俊秀在他瘦嶙嶙的大腿上拧了一把，难得地撒了一个娇。

"你要再拧，我可喊了。"大洋驴打着哈哈，以驱散笼罩在他们中间的不愉快气氛。

"你喊吧，我才不怕呢！让墙那边你妈听见，让全村人都听见！"俊秀越发显得年轻。

"我就想让东屋的小珍听见……哎哟！你真狠。"大洋驴喊叫着，大腿上像是被鸡啄了一口。

俊秀已经三十一岁了。但她唇儿红红的，眼睛亮亮的，头发黑黑的，脸上也很少有皱纹，看去比她实际年龄要小好几岁。按辈论，他是侄，她为婶，但她与他不同族不同姓，八竿子也打不着，只不过是村里人胡乱大排行排下来的。至今她在他面前还多多少少地保留着昔日做婶的庄重样儿。但她毕竟是个女人，而女人有哪个在男人面前不撒娇呢。

"妈！妈！我撒尿！"从东屋传来小珍的喊叫。

俊秀忽地坐起来，三下两下穿好衣服，一阵风似的去了，临出门也没忘记回头看一眼炕上的男人。

大洋驴坐起来，坦然地抽了一根烟，穿衣下地出了屋。他第一次觉得对这一溜四间、白碴儿门窗的屋子有些恋恋不舍了。

天已经蒙蒙亮。几只麻雀在榆树上翻着跟头打闹着，惹得秋叶纷纷掉下来，给黑土地铺上一层金黄。一只花喜鹊飞过来，只在树梢上站了一下脚，就又叫着飞走了。听见"嚓嚓"的脚步声，以为是主人早起喂它们，圈里的猪，笼里的鸡，栏里的羊，哼的哼，咯的咯，咩的咩。

大洋驴小心地踩着倒塌下来的河光石，越过院墙豁子，进到他家。

双目失明的老妈正深深地弓着腰，摸摸索索地给他做饭。也许是看不见这个世界的缘故吧，对这个世界上的事她从来不闻不问。儿子近来夜晚的去向，她似乎也不关心。直到摸摸索索做完饭，摸摸索索将饭菜端上炕桌，才吞吞吐吐地说了一句："快吃吧，吃了好上山。"

他狼吞虎咽填饱肚子，刚撂下饭碗，街上就有人喊起来："大洋驴！走了嘿！"他一边应着："听见了，来喽！"一边忙不迭地装起干粮，戴上安全帽，拎起电石灯，打开院门蹿出去。走到胡同口，他无意地回了一下头，却看见俊秀站在她家门前，正朝这边望着，手里拿着一把用来遮人眼目的扫地笤帚……

二

黄土路板结了。夏日里，一下雨，路面浮土和成泥，车轧上去，人踩上去，牲口踏上去，留下杂乱的印迹。如今，秋风一刮，这些印迹定了型，像是牢牢地铸在路面上。冬小麦出齐了，墨绿墨绿的；畦很不规整，有宽有窄，有长有短，而宽窄和长短则严格地证明着土地承包之后主人家的人口多少。一条瘦瘦的杂毛狗在麦埂旁跷着一条腿撒尿，又象征性地用前爪刨了刨地，然后仰起头，望了望路上匆匆走着的一伙男人。

把式头龚广和走在前面，挂在裤腰带上的电石灯，一下又一下地敲打着他的屁股。他感到很不舒服，停下来，拧过头做着调整。随即向落在身后的三个伙计招呼道："快走啊!"

大洋驴、小六子和哑巴赶上来。

"哎，快瞧!"没走多远，小六子神秘地指着地上，"这东西是啥呀?"

几个人以为发现了什么稀奇的东西，凑过去看了，却是一个泥铸的驴蹄子印。大洋驴知道上了当，举起拳头打过去。"好你个坏种!"小六子一低头跑走了。

"啊啊……"哑巴放声大笑，眼睛眯成一条缝，黄黄的板牙暴露无遗。笑完了，又将双手放头顶上扇动着，看去还真像两只长长的驴耳朵。

十个哑巴五个精。村里人叫的外号，他全能学得上来。腿一抬，屁股一歪，手往后一扬，这叫"二屁"；眼一瞪，嘴一张，额头画上三横一竖，这叫"老虎"；合起双掌，拜上三拜，微微闭起眼睛，这叫"灶王爷"……如此等等。

小六子很快就得到了报复。走了一段，大洋驴突然指着小六子的脚下叫了起来："蛇! 蛇!"

小六子一蹦老高，脸变得煞白。定睛看了，原是一截朽黑了的草绳。

哑巴又是一阵大笑，伸出小手指头，嘲笑小六子胆小如鼠。

"大洋驴!"小六子定下神，一本正经地说，"咱先说下，等进了掌子，你要是再敢吓唬我，我、我可撺掇爷几个给你放辘轳。"

大洋驴撇了撇嘴："哼，瞧着吧，到时候不定谁给谁放呢。"

"好了好了，"把式头广和解劝着，"在家怎么瞎说都行，等进了掌子，嘴可得都变干净点儿，谁也不许再说荤的了。"

要知道，说男论女聊"下三路"，这是作金儿一大忌。作金儿人的规矩很多，不说别的，单在用词上就有不少名堂。灭说作谢，没说作靠，点说作顺，塌说作啸，石头说作疙碌，矿石说作砂子，耗子说作伙计，铁锹说作金铲，图的全是一个吉利。

对这名目繁多的规矩，广和根本不信，只是今天头一次上山，还是随着点好。他原本是个吃净粮食拿现钱的乡农机干部。妻子淑贤瞒天过海生了二胎，尽管又是个丫头，却也照罚他不误。他一赌气，辞职回了家。

走上一道黄土梁，远远地看见破嘴山了。从这里望去，破嘴山的顶端截然劈为两半，中间部分深深塌陷下去，宛如一个被强扭歪了的"凹"字，失去了山的英俊和威严，倒像一条断了脊梁的老狗蹲在那里残喘。几个人的步子不由加快了。

山脚下立有几排红砖房子，不过早已没了门窗，少了上盖，只剩下了空壳壳。这是当年破嘴山金矿的职工宿舍。如今废物利用，成了作金儿人进掌子前"方便"的场所。哑巴摸着裤裆走进去，又摸着裤裆跑出来，咋咋呼呼，连叫带比画，招呼另外三个人。他们进去看了，惊呼起来，像是发现了新大陆。原来，在白白的墙上画着一幅幅杰作：一个个女人奇形怪状，七横八卧，当然了，绝对一丝不挂。

大洋驴一下子就想到俊秀。他的生活中太缺少女性的具体形象了。他只挨过俊秀一个女人的身子，外界任何刺激所产生的联想，也只能是她，而不是别的女人。"妈的！这哪儿跟哪儿呀！"他暗暗骂了自己一句。

墙上还赤裸裸地写着一些淫秽的字迹，有的字一看便是自造的。只有一副叠字对联还算得上含蓄。上联：新郎压新娘新娘压床床压地地动山摇；下联：老头顶老婆老婆顶炕炕顶墙墙倒屋塌；横批：天翻地覆。

"哪个孙子编的，还挺对称。"广和叨叨了一声。在这帮人里，唯他有资格说这话了，毕竟也是中学毕业，毕竟当过几年兵嘛。

小六子运足气，瞪着眼，机枪扫射似的将黄黄的水柱击到墙上，一个个"女人"随之粉身碎骨，变成滩滩墨迹流下来。

"你小子！"大洋驴照小六子的后脑勺狠狠撸了一下子，"怨不得没有女人喜欢你。"

"啊……"哑巴伸出大拇指，狂笑着。

广和微笑着走出来。他不好太随便。他是他们推举的把式头，又萝卜不大长在倍（辈）儿上。论起来，就连大洋驴父亲活着时，还得管他叫声三叔呢。不管真的假的，他得"拿"着点。

"咋着，三叔也作金儿来了？"干巴瘦的龚连仲蹲在树下抽烟，见到广和走过来，恭敬地站起身打招呼。其实，广和不足三十岁，跟他儿子丑子是同学。龚连仲见广和拎着的布兜子露出半截油旺旺的红纸包，又说道："也去供供？"他指的是供山神。

广和淡淡地说："供供。"

"嗯，是得供供。灵不灵的，心里踏实。"龚连仲过去是国营破嘴山金矿的工人，钻了整整二十年掌子，金矿下马后才退休回家。如今在破嘴山金矿里找尾矿。

"见阔儿了吗？"广和打听。

"还行，有点儿卤。"龚连仲回答。

"在哪个掌子？"

"嗯，深了去了，在十五中段呢。"龚连仲并没有明确告诉广和到底在哪个掌子见了阔儿。

广和心说："小心眼儿，怕我抢你砂子去呀。"

58

早在两年前，允许"群采"后，村里人就结帮搭伙上了破嘴山，钻进国营下马的金矿中找尾矿。真有发了大财的，可也真有缺胳膊断腿丧了命的。俊秀的男人更邪行，钻进掌子就再没出来，活不见人，死不见尸。也难怪，整个一座山都挖空了，像个大马蜂窝，上下共有十几层，每层叫作一个中段，每个中段又有着像树干上的小树枝般多的掌子面。一个小小的人儿若是窝在哪儿，任凭你有火眼金睛也难找到。尽管如此，随着黄金收购价格的成倍增长，那些填饱了肚子却还缺少钱花的人们，经不住那黄黄的物质的诱惑，纷纷钻入大山的空腹里，想从这个为人类奉献了几乎全部热能的老人的骨头里，再榨出几两油来。

　　广和他们攀到山顶。山风很硬，汗落下去，脊背凉凉的。这里没有庙寺，也不见神像。作金儿人自己把孤零零立在断崖上的一块巨石树成山神，由自己来供。断崖下便是塌陷的那部位。据说，从唐代开始，就有人在这里采金了。掌子越凿越大，终于有一天山顶啸了，山嘴破了。破嘴山由此得名。后来这个说法得到证实，有人在山顶上废窟里发现铜钱铁锤人骨头，不过拿出来一着风，立刻酥成粉末。

　　广和细心地打开红纸包，将点心放在"山神"下面的平台上，然后退了几步，与另外三个人跪成一行。

　　说实话，他有些难为情，脸上在发烧，心也跳快了。这算是干什么呀？从小一上学，老师就告诉他世界上不存在鬼神。在部队入党宣誓时，他也宣布了要做一个彻底的唯物主义者。可今天这是怎么了？怎么竟跪拜在一块巨石的脚下？他忽然觉得，此时此刻失去的太多，尽管他什么也还没有得到。

　　"嘻嘻。"大洋驴不信这一套，笑出声来。

　　"正经点儿！"广和板着脸说。他作为把式头就该这样。然而，正是大洋驴这一笑，他心中那架天平似乎才得到某种平衡。他鼓了鼓勇气，按老人们教他的那一套说道："求山神爷保佑……"他祷告一句，大洋驴、小六子随一句，哑巴只好随着磕头。

"弟子不孝。"

"弟子不孝。"

"往后惊动您老人家了。"

"往后惊动您老人家了。"

"求您不跟弟子一般见识。"

"求您不跟弟子一般见识。"

"……"

仪式完毕，掸掸膝盖拍拍袖子。广和发现，顶数胆小的小六子心最虔诚，把个瘦瘦的额头磕得红红的。

然而，他们不知道，当他们刚下山，栖息在断崖缝隙中的山雀就大模大样地光临了，争吃着那香甜的供品。不一会儿，又跑来两只野兔子，赶跑山雀，将残余的供品用嘴敛起，叼回不远的洞穴里享用去了。

三

走进张着黑洞洞大嘴的主巷道，广和心里一点底也没有，手中的电石灯仿佛是夏日夜晚里萤火虫屁股发出的光。

"啊，啊啊。"哑巴让弟弟广和躲开，挤到前面。在这四个人中，他最热悉这里的地形了。他曾跟着龚连仲他们干过两个月。后来，人家嫌他愣，嫌他聋，嫌他有事没事"啊啊"乱号，便把他辞了。

小六子走在最后，没走多远，他就后悔了。他总觉得身后跟着什么东西，不时地回过头看，心里一个劲儿犯嘀咕。他调大电石灯的气门，火苗立时冲起来，突突响着冒黑烟，像是毒蛇吐出的芯子。走了一段，

60

他觉得不对劲，火苗这么冲，灯罐那么小，气很快就会燃烧完的，身上又没带多余的电石，到时身边连个亮也没有……啊，他不敢再往下想，赶忙又把气门调小了。巷道里更加黑暗，路越来越凸凹不平。忽然，他觉得一滴凉凉的东西掉进脖子里，吓得一缩脖子，差点叫出声来。他深一脚浅一脚地紧走几步，超过大洋驴。身后有个垫背的，他心里总算踏实一些。

"瞧你他妈这个胆儿，还想作金儿?"大洋驴看出了小六子的心思，低低骂了一句。

四个人沿着巷道七拐八拐，来到一个竖井面前。哑巴刚要往里钻，被广和一把拦住。广和担心哑巴哥哥愣头愣脑，不知深浅，想自己先下去探探虚实，他捡起一块石头扔下去，"扑通"，听声音不过五六米深。他放心了。踩着井壁上的脚窝，一点点地下到井底。他举着电石灯四下照了照，这才冲上面喊："没事，下来吧。"

小六子再不敢走在最后了。可面对这口黑井，他的腿打着哆嗦。

"咋着，用我背你下去不?"别看大洋驴嘴上这么讥笑，可还是好心地将小六子装干粮和水壶的帆布兜子拿过来，背在自己肩上。

小六子开始下井了。他谨慎地寻找着脚窝，眼睛看不到，只好手脚并用，下了一半，他停住了，悬在那里。

广和在下面喊着："别慌！蹬稳了脚窝再挪脚……小六子，干啥呢? 听见没有? 你说话呀！"

"我、我、我的腿肚子……转、转筋了。"小六子几乎要哭出声。

"哎呀，真他妈废物！等着别动，我上去接你。"

广和上去将小六子接下来。随后，哑巴和大洋驴也顺利下来了。他们继续沿着废弃的巷道往前走。

大洋驴捏着鼻子学着小六子刚才的哭腔："我、我的腿肚子……转、转……"一句话没说完，头撞到由天棚凸出来的石头上，"啊"地叫了一声，像是挨了一枪的乌鸦。

"该！大洋驴，这才叫活该！"小六子咬着牙地解恨。

"好了，别逗闷子了。"前面传来广和的声音，"注意，掌子矮了。"

这回可苦了大洋驴。他一米八几的大个子走在高不过一米五的掌子里，身子弓成了虾米，有时不得不爬着走。只一会儿，就觉得腰又酸又疼。"这是不是和俊秀太……过火了？"他在阴湿的黑洞里，心却已飞到阳光明媚的大山外，飞到俊秀家温暖的炕上。

好在这段矮矮的掌子不长，等拐过一个弯，掌子又变得高高大大的了。可是却迎面飘来一股邪臭。

"妈的！缺八辈儿德，拉屎不挑个地方。"

"准是吃多了，臭都不是好臭！"

"拉这屎的人明天就得烂屁股眼子。"

越往里走，掌子里越暗，湿度也越高。突然，轰隆隆一阵巨响，像滚雷像飓风像海啸像山崩像炸弹爆炸像楼房倒塌像瀑布倾泻像山洪暴发。几个人没容弄清怎么回事，一股强大的气浪呼啸着向他们扑来，所有电石灯立刻被吹灭了，掌子里变得一片黑暗。一个滑软软的东西打在广和脸上，他立刻明白这是栖息在掌子里的蝙蝠群。"快趴下！"其实，不用提醒，几个人已经双手捂着脑袋趴在地上。呼噜噜……吧啦啦……吱吱吱……叽叽叽，足足过了两分钟，声浪才平息下来。

"去你蝙蝠的妈，吓死我了。"大洋驴坐起身，大骂着。

"没事吧？"广和摸了摸被蝙蝠撞得火辣辣的脸，又问，"小六子，小六子，吓着没有？"

"没、没吓着。"小六子的语音儿都岔了。

哑巴笑起来，他一点也不害怕。这样的场面他经历过不止一次，况且根本听不到那令人心惊肉跳的轰鸣。

电石灯重新点燃，掌子里又有了昏黄的亮光。几个人就着火苗点着烟，慢慢地抽，为的是稳定一下乱跳的心。直到这时，小六子才觉得裤裆里热乎乎、湿漉漉的。"坏了，尿裤子了。"他连连叫苦，可又不敢声张，生怕大洋驴又来笑他，只好咬牙忍着。

小六子已经不小，三十四岁了，父母双亡，妹妹出嫁，家里只有一双筷子加他三条光棍儿。他生来胆子极小。他怕蛇，怕狗，怕地老鼠，怕癞蛤蟆，就连见了蝎拉虎子也吓得乱叫；他还怕上房，怕下窖，怕站井边打水，怕黑着灯睡觉。村里流传着几句有关他的歇后语：小六子上山割柴——前怕狼后怕虎（蝎拉虎子）；小六子摘酸槟子——用杆儿打；小六子挑水——看不见井。每句歇后语都有一段故事。前不久，媒婆李大脚从兴隆县那边给他说了一个女人，模样长得不错，年岁也还相当，只是少了一条胳膊。双方见了面，已下过"小定"，只等送去两千元彩礼就可完婚了。为这两千元，为那少了一条胳膊的女人，他硬着头皮作金儿来了。

几个人以百分之百的努力寻找着百分之一的希望。他们在一条条废掌子里搜呀、撬呀，只要认为哪一块毛石有一点含金的可能，他们就用锤子砸成末儿，收进碗里，放在水盆中像淘米似的"叫"。遗憾的是，始终没看见碗底有什么黄黄的物质。直到吃过干粮，又干了一大阵，几个人才敛起了半布袋子金矿砂。

一连五天都是这样。

第六天，运气好一些。哑巴挖着一个残窝子，收工往回走时，四个人的背上觉得沉甸甸的了。

作了几天的金儿，小六子的胆子也练得大了些，已经不怎么怵钻掌子了。只是每走到闹"风暴"的那个地方，仍不免有点心跳，总爱抬头看看天棚。这次，他果真看到天棚上吊着一个长长的东西，像是一根黑色的棒槌。"大洋驴你瞧！"小六子拉住大洋驴，指给他看。大洋驴举起电石灯，发现那东西在蠢蠢蠕动，仔细一看，竟是连成一串的蝙蝠。"好你们王八蛋！"他欠起脚来，抓住一只，其余的呼啦啦飞散了。

小六子一边躲闪着一边叫道："扒开下边看看是公是母，要是公的，把它小鸡鸡揪去！"

大洋驴极认真地扒开蝙蝠下身，见果真是个公的，就用指甲掐住那个如米粒大小的红尖尖，一下子揪了去。蝙蝠一声怪叫，挣脱掉了。

"哈哈，真棒！"小六子开心极了，似乎此时此刻才解了那天尿裤子之恨。

又到那个漫有邪臭的地方了。几个人早已骂腻烦，谁也不再吭声，捂着鼻子匆匆走过。大洋驴走在最后，电石灯一闪，他忽然觉得贴在岩壁根下的那块石头有点怪。凑上前举灯看了，不禁好生纳闷：这石头上怎么竟长满了白毛？等仔细一看，一只人手按着一盏电石灯，旁边还倒着一个砂袋子……他只觉头发根子忽地立起来，全身起了一层鸡皮疙瘩，惊恐地大叫一声："不好啦！来人啊！"

四

一点不错，大洋驴在第十四中段发现的那个长满白毛的"石头"，正是十一个月前失踪的俊秀的男人。事后人们分析，这很可能是电石灯烧没气了，在黑掌子里转了向，直到再也走不动了。其实，他最后坐下来的地方离通往十三中段的竖井并不远。不过，要知道，在一个完全黑暗的世界里，若是失去光，若是没有火，别说是一个人、一个靠两条腿支撑着笨重身体行走的人，就是一只长有两扇翅膀的鸟儿也难以逃出去，终将被这无穷的黑暗吞噬。

那天，大洋驴几个人受俊秀拜托将那冤家的腐尸掩埋后，大洋驴就向把式头广和告假歇工了。起初两天，他端起饭碗就恶心，只要躺炕上一闭眼，那团白毛物体便飘然而至，跟他争吵，跟他打架，跟他咬牙切齿，跟他拼死拼活。他再没敢去俊秀家——尽管只有一墙之隔，尽管院墙南头还有一个墙豁子；他也没见着俊秀的面——虽然她的影子常在他脑子里闪现，虽然他在夜里常听到她嘤嘤的哭声。

今儿个，天还没亮，他就爬起来，神不知鬼不觉地将夏日里大雨淋塌的墙豁口堵上。可他很快就后悔了。因为吃早饭的时候，又一次听见从墙那边传来俊秀嘤嘤的哭声。这是她发现墙豁口被堵上的缘故吧？他想。

鸟儿开始归窝了，落在几乎掉光叶子的树枝上叫，叫得好烦人。偶尔还传来一阵草驴"儿啊儿啊"的悲哀哭声和不知哪个尖嗓老婆高声喊叫孩子回家吃饭的声音。

大洋驴披上一件棉袄出了屋。他要去找把式头广和说，他不想作金儿了。他受不了那"白毛物体"对他魂魄的威慑。

他打开街门，不由一怔。

俊秀站在门口。她瘦了，脸色黄黄的，眼窝陷下去，唇儿也失去了往日的红润……哦，还有她的眼睛，充满了恨，充满了气，充满了怨，而噙在眼窝里的一汪晶莹，表明的是委屈，是依恋，还是企望？

大洋驴在这双泪汪汪的大眼睛面前低下头，却发现她穿的那双黑平绒鞋上，绷了一圈白布，针脚很大，潦潦草草，好像为了哪一天拆起来便当；白布已脏了，上面趴着几片油污。他真不知此时此刻该说什么好，也没勇气抬脚走开。沉了一下，他对着视线里的这双白孝鞋，吃力地说："俊秀……婶子……"他突然意识到走了嘴，赶紧抬起头。

65

俊秀的眉毛敏感地向上一挑，泪水随之流下来。"你、你……"不等说完，双手捂脸跑进家，"哐当"一声关上门，随即传出"呜呜"的哭声。

"咳！我真笨！"大洋驴恨不能抽自己的嘴巴，他闹不明白刚才为啥在"俊秀"后面又从舌头底下溜出一句"婶子"。她怎么是婶子？怎么能叫婶子呢？这一声"婶子"……唉！他后悔不迭。

还是在那冤鬼在世的时候，大洋驴就常往俊秀家跑。不过，那时顶多是与俊秀开几句不深不浅的玩笑，与比他大不了几岁的"五叔"聊聊天，蹭抽几根烟卷，白看一晚上九英寸黑白电视机播出的节目。两家住东西院，来往很密切。"婶子，我妈说使使簸箕。"于是随着一声"接着"，簸箕从墙头那边传过来。"大洋驴！把你家尖镐拿过来，我刨刨粪。"又是随着一声"拿好"，尖镐子从墙头这边递过去。

"五叔"失踪后，大洋驴很少去东院串门了。"掘姑子坟，敲寡妇门"，即使心术正，也难免招来闲言碎语。但他见她一个女人带着个孩子活得可怜，得空儿就帮她做些本该男人们干的事情。比如起起羊圈粪呀，抹抹墙头儿呀；再比如推车买点过冬的煤球呀，修修被猪拱散了的圈门呀……一来二去，俩人心里都有了那么一点儿意思。

头入秋，有天晚上小珍病了，高烧不退，咳嗽不止。俊秀体会到了身边没有男人的苦处，隔着墙头喊他过来。他二话没说，背起小珍就走。赶到乡卫生院一查：急性肺炎！后来，他到她家看望小珍看得勤了。后来，他在她家待得越来越晚，屁股越坐越沉了。后来，她包了羊肉馅饺子留下他吃，他也就毫不客气地盘腿坐炕上吃了。后来，干柴烈火，终于有一天他没有走，在她家过夜了——虽说多贪了两杯酒，但也不至于到连家也不能回的程度。再后来，他去她家不走大门了，翻墙豁子。再再后来，有一天晚上，他在她家窗根底下听到她和女儿小珍的一段对话：

"小珍，西院那个大哥好吗?"

"好，净帮咱家干活。"

"往后别管他叫大洋驴了，好吗?"

"那管他叫啥? 叫驴哥哥?"

"你这孩子! 人家姓龚，不姓驴。赶明儿你就叫他……龚叔叔吧。"

窗外的"龚叔叔"听到这儿，高兴得竟学了一声驴叫："儿啊!"不等那长长的尾音消失，屋里立即骂起来："挨刀儿的! 还不快进屋来? 看你吓着孩子。"

如今，全因那"白毛物体"的出现，全因那一句"婶子"，当真坏了醋啦……

"妈，您咋又哭了?"这工夫，从门里传来小珍的说话声，"今儿晌午，您不是保证再也不哭了吗? 妈不好，妈说话不算数。"

"小珍说得对。"只听俊秀吸溜几下，解着恨说，"说话不算数，就不是好人，是狼羔子兔崽子王八蛋! 咱这辈子再不搭理他。他再敢过来，看我不打断他的驴腿!"

"妈，您说谁呀……"下面的话没了声，显然是小珍的嘴被一只手捂住了。

大洋驴心里酸酸的。他知道，俊秀在指桑骂槐指鸡骂狗指着石头骂砖头，宣布从今往后与他断了关系。他一下子觉得空空荡荡的，像是五脏六腑被人一把掏了去。

"广和三爷在家吗?"大洋驴踏上龚家的外屋台阶。

"在，快进屋待着。"锅前温猪食的广和媳妇淑贤热情而不失长辈的矜持。

大洋驴挑帘进了东屋，见丑子也在座，脸色铁青，神情严峻，一副大难临头的沮丧样。

"来，坐这儿。"广和递给大洋驴一根烟卷，"你不来，待会儿我也想找你去呢。"

大洋驴点着烟，觉得屋里空气有些不对劲儿："出啥事了？你们……"

广和给大洋驴使个眼色，暗示他不要再问下去，然后对丑子说："事儿反正是这样了，你也甭太急。等今儿晚上，我们几个人商量一下，明儿清早儿给你准话儿。"

丑子说："三爷，我丑子说话不打水漂儿，您不用担心到时我不认账。"

广和说："这话就多余了。咱俩同学九年，谁不知道谁？不说还让出金窝子，就是没这个条件，你上门找来了，我能说个'不'字？"

听来听去，大洋驴丈二和尚摸不着头脑，越听越糊涂。

丑子站起来："那我就不说旁的了。如果你们不愿意干，也别勉强，我再另求别人。"

"好，明儿……不，今儿晚上，你听话儿吧。"广和说。

等广和送丑子回来，大洋驴急切地问："到底出啥事了？"

"他们作金儿的掌子啸了。"

"啸了？在哪儿？"

"十五中段。"

"伤着人了？"

"丑子来就为这事。他爸龚连仲现在还埋在那儿没拉出来。"

"老龚头儿还活着？"

"……死了。"

大洋驴猛地又想起那团"白毛物体"，心里阵阵发冷。他闭门在家的这几天，金矿上竟发生这样重大事件。不能干了，真是不能再干下去了。"那……丑子找咱们干啥?"

"他说要是把他爸拉出来，就把他们的金窝子让给咱们。"

"他们那五六个人是干蛋用的? 找咱们干啥?"

广和的语气变得沉重起来："他们拉了，拉断套绳也没拉动，不敢再拉了，寻思有鬼拽着脚。"

大洋驴不吭声了，今天他多多少少相信这个世界上可能真有鬼神存在。

"咋着，这事咱们干不干?"广和问大洋驴，"扒出一个龚连仲，换来一个金窝子。"

"我、我是……"大洋驴变得吞吞吐吐，"三爷，我找您，是想跟您说，我不想……作金儿了。"

"为啥?"广和脸上有了愠色。

"我……我怕。"大洋驴低下头。

"怕啥? 怕砸死喽? 怕残废喽? 怕……"

"不，这我不怕!"大洋驴抢过话说，"我是怕……怕……"他无论如何说不出因与俊秀有那层关系而惧怕那团"白毛物体"，惧怕钻那张着大嘴的黑洞。

"啥事都事在人为，只要咱精心，不蛮干，不会出啥事。放心吧，没这点儿底数，我也不这么说。"广和拍着大洋驴肩膀。

"那、那我……"

"啥都别说了，走，咱们找小六子合计合计去。"不容分说，广和拉上大洋驴就走。

从小六子家出来，天已黑了。月亮还没有爬上来，倒是有无数颗星星挂在天幕上。夜晚很静。能听见干树叶在粪堆旁翻身的声响，也能听见不知谁家的座钟在慢悠悠地打着点，还可听见一个女人在哭，很远，隐隐约约，时有时无。是丑子妈，是俊秀，还是村北头因搞对象变疯了的那个模样挺俊的姑娘？大洋驴胡乱猜想着，独自一人往家走。

拉出龚连仲，换取一个金窝子，这事已在小六子家商定好，而且明儿一早就开始行动。现在，他已不能打退堂鼓了，只有硬着头皮往上冲。况且，那第十五中段的金窝子对他还是具有很大诱惑力的。他相信，不仅是他，不仅是他们这一伙的四个人，这现成的金窝子对任何一个作金儿人都会有很大诱惑力。如果他们不愿做这个交换，那么肯定要有很多人去抢着干的——你知那掌子里储存的是啥？那一袋子又一袋子的金砂又是啥？是钱！是能盖新房子能娶来女人能置办家具能抱回彩电能为人增光能使鬼推磨的钱钱钱钱钱，钱啊！

突然，"咕咕咕"，一只夜猫子笑着从空中飞了过去，吓得大洋驴倒吸了一口凉气。这是怎么了？难道真的被那"白毛物体"吓破了胆，变得比小六子还胆小吗？大洋驴用力抖了抖身子，像是一匹疲劳的马在地上打了几个滚儿之后，全身上下又有了精神。

大洋驴推开自家的院门，站在门槛上，欠着脚望了望东院，见俊秀屋里的灯已熄了，仅能看到模模糊糊的白碴窗户框子。他摇摇头，再一次懊悔那一句"婶子"叫得多么荒唐，多么笨蛋！

五

哪有什么鬼神拽住脚的事！把几块咬在一起的石头撬开，很容易地就把早已变得又凉又挺的龚连仲这个老鬼拉出来，交给丑子。程序极简单，仿佛是两班人马换防时随便交接一个什么物件。原来，是一根钢钎绊住龚连仲的腿。丑子他们那样生拉硬扯，除非把人像机器似的拆成零件，不然就是再拉断几根套绳也无济于事。

广和记得，半个月前龚连仲还跟他保密金窝子的地点，而如今却"竖着进来，横着出去"。他心里堵上一块棉花。但这种心绪，很快就被一种激情冲淡了、掩盖了。

一伙儿四个人来到新得来的掌头上，撬下一块砂子，砸成粉末，放水碗里一"叫"，竟不敢相信那碗的黑色"底留"里，存下来的几粒黄黄的物质是金子。"这是黄铁吗？"黄铁不值分文。广和捏起一粒大的放进嘴里。要知道，用这一招儿鉴别是黄金还是黄铁非常灵验。若是黄金，便能咬扁；若是黄铁，对不起您了，即便锛了牙也难以让它屈服。广和用舌头尖将那粒东西送到上下两颗槽牙之间，攥着拳头使劲一咬，吐在手心里，扁的！他又照法咬了一粒，吐出一看，还是扁的！

"来吧，干呀！"广和抄起钢钎铁锤，叮叮当当凿开了。哑巴、大洋驴和小六子也撸胳膊挽袖子跟岩石较起劲儿来。

仅两个钟头，地上就堆起足够装二十袋子的金矿砂——这比过去钻了半个月掌子找到的还多好几倍啊！

广和招呼三个人歇了，就地坐那儿吧嗒吧嗒抽烟。掌子里的烟雾渐渐浓了，像云彩一样缓缓地飘浮着、翻动着，在掌内气流的作用下，一会儿拉成长条，一会儿又积聚成片状，最后像是被天棚上的潮湿吸住了，水平地贴附在岩石上。不过，它似乎低低埋怨人们为啥将它带到这里来。它不愿永远留在这暗无天日闷热潮湿的洞穴里。它在悄悄地做着整体移动，借助天棚偷偷地向外溜，想去看一看掌子外的世界是什么样子。

别人坐地抽烟养神，不断酿造新的烟雾。小六子闲不住，他过去抓起一把砂子放在一块有平面的石头上，一手拢着，一手用锤子砸着，一下又一下，神情专注极了，就像一个孝子为炕上的病母捣着草药。几粒细小的岩石渣被震下来，掉在他的头上。他立即停下来，警觉地望着天棚，仿佛一只猎犬发现了可疑情况。直到确认天棚没有异样，这才又挥起锤子。砂子终于被砸成粉末。他将这些黄面面儿用手掌一侧刮进盛有水的淘金碗里，又貌似老练地用湿湿的指头蘸起残余的粉末搁碗里涮涮，这才像淘米似的筛着抖着。尽管手生，黄泥汤照样流走了，碗底剩下黑色的"底留"——这里面，金银铜铁锡共存，金子极少，铁锡居多，所以是黑色的，而正是有了这黑色，才更显出金子的灿黄。

小六子靠近电石灯，将碗向手掌上一倾，"底留"拉成一长条，碗底有几个针尖大小的黄粒粒显露出来。他贴近鼻尖，好像不是在看，而是在嗅，在吃。他完全陶醉了，全部身心倾注在碗底里几小粒黄黄的物质上，他从中仿佛看到了那很快就可到手的嘎嘎响的票子，看到了那不久就能娶到炕上的一条胳膊的女人……

歇过后，开始往外背砂子。丑子他们的办法是，先将砂子背到十三中段，然后装上雇来的手扶拖拉机，顺着通往山外的一条宽宽的巷道运出来。广和他们也照这个办法干。不过，这段路途，要爬一个长达三百米的二十五度陡坡，来到十四中段后，还得攀一口通向十三中段的竖井。

小六子身单力薄，干巴瘦小，可却不好意思比别人少背。因为一个人代表一股，赶明儿分钱也是按股分，自己若真比别人少干了，到时又该怎么说呢？他不好跟广和哥俩比，暗暗瞄准大洋驴。他装了足足一袋子砂子，提起蹾了蹾，象征性地又放上两块。可是没走多远，他就鸡毛支炕席——顶不住劲了，觉得肩上的背带正一点点地勒进肉里。他只好一手端着电石灯，一手抠着袋子底，腰也猫得更弯。

开始爬坡了。小六子双腿打战，汗水滴滴答答掉在很不规整的台阶上。其实，哪是什么台阶哟，是人们长年累月踩出来的脚窝。脚窝滴上汗，汗被胶鞋踩了，每当抬起脚，必有一声"刺啦"响。靠鼻孔吸气已远远不能满足肺的需要，他鼻嘴并用，哈哈地喘气，像一架破旧的锅炉机在工作。"够劲儿吧？"大洋驴已背完一趟返回来了。他顾不上回答，只觉大腿上有汗汇成的小河在流，如同尿了裤子。终于挪到了十三中段放砂子的地点，他把砂袋子由肩上卸下，一屁股瘫坐在地上，大口大口地喘气，脸上的汗也懒得擦一擦。由于通风，这里比下面两个中段里要凉快多了。他的头，他的脸，他的腿，他的手脚，他的脊背，都好像刚刚揭屉的馒头似的冒着白色的蒸汽……不等完全落汗，小六子手一按地站起来，紧紧裤腰带，拎上空袋子，提着电石灯，又向着黑黝黝的洞穴走下去……

六

空中飘起入冬后头一场雪，很大。山峦、田野、村庄、街道以及一切美的、一切丑的、一切洁净的、一切肮脏的都被晶莹的雪花掩盖了。雪花将世界粉饰成没有瑕疵的纯白色。不过，这不可能长久下去。等雪停了，太阳一出来，凌厉的北风一吼，在坡坡岗岗沟沟坎坎道路中央房脊屋顶便露出或黄或灰或褐或黑的颜色——而这才是大自然的本质。

一清早儿，大洋驴和广和就来到村头等候着，冷得不断跺脚。大洋驴很是不耐烦，一口一个"妈的"，不知是骂天骂地骂这皑皑的积雪，还是骂迟迟不到的汽车。或许这种潜在的烦躁情绪很可能就是因为一个多月没到俊秀家去的缘故吧？

仅仅一个月零七天，他们就从第十五中段那个换来的掌子里捣鼓出约五十吨砂子，装进用尼龙编织的袋子，准备运往万里之遥的昆明冶炼厂。他们这批砂子，县黄金公司抽样化验，每吨含金三十五克左右。这是相当富的矿，一般每吨砂子含八九克就算不错了。如果这个含量可靠，如果冶炼厂那边公道，这五十吨砂子就可出一千七百多克金子。每克金子，收购价将近四十元。

一千七百多个四十元等于多少？作为把式头的广和，始终不敢相信，大把大把的票子已开始齐步走，向他们几个人慢慢靠拢了。

铁路运输紧张，车皮是个难事。县黄金公司答应帮助解决，不过要多少提取一些手续费。昨天捎来话，说今天夜里有个车皮，砂子必须在今儿白天运到火车站装车。县黄金公司也已给联系好两部带拖斗的"黄河"大卡车，可是等到现在还没有来。广和担心是不是雪天路滑，汽车在半路抛了锚。

"你听!"广和让骂骂咧咧的大洋驴住了嘴巴，支棱耳朵听着，从远方隐约传来声音。"来了!"两个人跑到渠帮上眺望。积雪的公路上偶尔有一两个路人走过，连个汽车的影子也没有。他们很快就知道上当受骗了——天上一架飞机由南向北飞去。"妈的!"大洋驴指着空中那渐渐远去的小灰点，亮亮地骂了一句。"那东西可是铝合金的，你那家伙儿行吗?"广和开这句玩笑，纯是为了解闷散心。

这时，小六子和哑巴从村里走出来。广和让他们盯着，他去大队部打电话问问。可是，电话却说啥也要不通，拿起话筒总是听到一句懒洋洋的回答：占线。广和急得在地上直转磨磨儿。过了一会儿，哑巴哥哥"啊啊"叫着跑来，双手做着转动方向盘的动作。广和知道，车来了。

火车站距龚家店村四十多公里。两部带拖斗的"黄河"各往返两次将五十吨砂子全部运到站台卸下时，天已经傍晚了。广和让累得东倒西歪的小六子和哑巴哥先跟车回去，自己和大洋驴留下来。他们要等到站里的装卸工将砂子装上火车才能走。俩人在车站饭店里吃了二斤烙饼、一斤半猪头肉，又喝了两碗肉丝榨菜汤，身上热乎乎的很舒服。临出门，广和买了几包"黄金叶"牌香烟，为的是应酬装卸工们。

他们俩来到站台上。一个黑大个子正不干不净地嚷嚷着："谁的货啊？有没有主儿？"广和忙笑着脸迎上前："师傅，我们的货。"随后打开刚买的一包烟，抽出一支客气地说："烟不好，您将就着抽。"黑大个子冷眼看了看这两个浑身上下不是土就是泥的乡下人，把烟接过，却不放嘴里，而是在手上来回搓着，直到搓散搓碎扔在地上。"知道他妈烟不好，还让我抽？你当咱爷们儿没抽过烟呀？"

两个只知道钻掌子找金子的年轻人一时愣了，傻了，不知如何是好，只觉心里有一股股气直往上撞。

"去！买带把儿的去！"黑大个说完，一撅屁股，挑帘钻进一间很大的帆布帐篷。紧跟着从里面传出一伙男人放荡的笑声，还可听见一两句粗俗的咒骂。

大洋驴憋在心里的火气腾地被点着了。他活这么大还没让人这样欺负过。他抄起一块砖头奔向那笑声不断的帐篷。

"站下！"广和一把拉住他，夺过他紧攥的砖头，塞他手里几张大团结，"你这样更得坏事！快去买两条带把儿的烟，啥好要啥，公家那儿没有，到那边小摊儿上看看，别嫌贵！"

"妈的，等完了事再算账！"大洋驴极不情愿地走了。

天黑下来。站台上的路灯唰地一齐亮了。一列特快客车鸣着笛呼啸而过，似乎嫌这个车站太小了，不肯在这里歇歇脚。

两条带把儿的"阿诗玛"递到黑大个手里。"嗯，这还差不离儿。走哇，弟兄们，装车去！"

列车发车时间是深夜十一点五十九分。到十一点的时候，砂子只剩下四五十袋子，在发车之前装完不成问题。这时，黑大个走到广和面前："伙计，是等我们回家吃了夜班饭再来装呀，还是……"

广和愣了愣，明白了这里面的潜台词，忙说："您跟各位师傅说说先忍一忍。等装完了，我请各位到对面儿饭店吃小笼包子。"

"装完饭店可就关门了。"

"那、那我这就去买。"广和拉上大洋驴就要走。

"哎，等等！"黑大个叫住他们，"买回来这冰天雪地的让我们咋吃？"

"这……"广和没词儿了。

"真是个雏儿！"黑大个只好点化道，"别死心眼一根筋，给弟兄们来点夜餐补助也行啊。"

广和顿时醒悟，什么夜班饭呀、小笼包子呀，兜了半天圈子，敢情全是假的。他忙从衣兜里摸出五张大团结，递给黑大个："师傅您看够不？"

"差不多，够弟兄们的了。"

广和忙又摸出两张："这是您的。"

黑大个接过钱掖起来，连句客气话也没有。

五十吨砂子装进黑皮车厢里，列车徐徐开动了。看着渐渐消失在黑夜里的一串长长的车身，广和心里忽然产生一种当年服兵役走时，离开家乡、离开母亲的感觉，同时伴有希望和失望、成功和失败、喜悦和担忧。

那伙儿装卸工已经走了。只有一只瘦骨嶙峋的狗，东游西逛地嗅着什么。广和和大洋驴来到候车室，各找一条长椅子躺下，准备忍到天亮，再乘长途汽车回家。只一会儿，大洋驴就打开了呼噜。广和睡不着，劳累一天一夜却没有一丝困意，烟抽了一支又一支。如今这人不就认钱吗？那好，等这拨儿砂子的款返回来，给你！——装卸工，汽车司机，车站调度，铁路警察，包括黄金公司的办事员……凡是能用得上的人，都给！可有一样，等三十五十三百五百的票子入了你的腰包，对不起，主动权就攥在我手里了，让你往东你不能往西。那时，你就不再是你，而是听我使唤为我拉套随我摆布的一头驴！……想到这儿，广和不禁为自己的用心吓了一跳！——这还是我吗？我这是在干什么？我啥时候变成这样？什么东西使我变成这样？……金子？金子里里外外可都是黄灿灿的啊！

七

"啊，啊啊！"哑巴从县里买煤球回来，一进东屋就大发雷霆地对弟弟广和高声号。

广和一时怔住了，他从没见哑巴哥哥发过这样大的火。

"啊啊，啊啊啊啊啊……"哑巴连声大号，力图表明自己的心思。

广和一摊手，什么也不明白。

哑巴急了，瞪着充血的眼睛上前抓住广和的衣服领子，似乎要跟弟弟拼命。

"我、我怎么你了？"广和急得忘记了哥哥是个不会说话的哑巴，"我到底咋惹你了？"

"啊啊啊……"哑巴揪住领子不放，只是一个劲儿干号。

外屋做饭的广和媳妇淑贤，停下手中的活计，进屋来，比比画画解劝。

哑巴吐了一口气，松开广和，一屁股坐在炕沿儿上，犯开了犟脾气。

淑贤问丈夫："哑巴哥今儿这是咋了？"

"我还直纳闷呢！回来不管青红皂白，气势汹汹跟我翻扯。"

"啊，啊啊！"哑巴显然不服，脸涨得通红，嘴唇急得直哆嗦。

"你别跟他急，越急他越犯犟。"淑贤劝着丈夫，倒了一碗茶水递到呼呼喘气的大伯子手里。

哑巴看了弟媳妇一眼，接过水一口气喝了，将碗扔炕上。沉了一会儿，哑巴的火气消了一些，一边"啊啊"，一边比画：先是往西一指，用拇指和小指示明一个"六"，又手蘸唾沫做了一个点钱的动作，再把两个合着的手掌上下分开，最后又指指广和指指自己，模仿了一个背砂子的姿势。

广和明白了哥哥的意思，他是说刚才听村西的小六子讲，那一火车皮砂子返回钱来了，有一大摞呢，而这钱是他们俩人挣的，他想拿走他应得的那一份。广和心里一阵难受，但还是毫不犹豫地找出钥匙打开锁，从板柜里面拿出一个小包袱，打开——里面齐整整地码放着十四捆崭新的大团结！每捆一千元。这是两个小时前，他和大洋驴、小六子三人骑着自行车，怀里揣着刀从县银行取回来的，一共是五万多元。除去运费等项花销，留足日后开支和三千元专门用来打通门路的"关系费"，还剩二万八千元。四七二十八，一人一股分得现金七千元。广和本想等哑巴哥买煤回来将钱拿给他看，可他一进门就揎秧子了。

广和拿起其中的七捆，郑重地交给哥哥。

哑巴捧着钱，半张着嘴愣了一会儿，好像突然想起什么，孩子似的跑进他住的西屋，并把门"哗啦"一声闩上。

广和点上一根烟，狠狠地吸着。他想不明白，哑巴哥哥为啥突然变得与他离心离德，与他计较起钱来了，这让他很伤心。

哑巴小时候，不聋不哑也不傻，爸爸妈妈全会叫。三岁那年，二姐带着他玩，从猪圈墙上掉下来，摔破天灵盖，从此再也不会说话了。至今，头顶上还有鸡蛋大的一块皮没有头发。他虽聋又哑，却有一副壮坏子，有一身好力气，手脚也蛮灵活。在队里干活上仓时，他扛着二百斤的粮包一路小跑上梯子，脸不红气不喘，年年评工挣满分。爬树时，再高的树干也不怵，噌噌几下就爬上去，而且还能猴子似的从这棵树上悠到那棵树上。

村里人常跟哑巴开玩笑：比画一下长长的头发，又比画几下吹喇叭按眼，说给他找个女人。每到这时，哑巴的脸就羞成红布，又摇头又摆手，指指广和，指指弟媳，将手放脑后闭上眼。意思就是这辈子不再有别的想头，就指望弟弟和弟媳给他养老送终了。

当时，广和还在乡里做事。淑贤在家实打实地心疼哑巴，把他当亲哥哥。"三夏"活重，有点细粮她就留给他吃——烙张油汪汪的饼呀，包一些鸡蛋韭菜馅的饺子呀，擀两碗细细的过水面条呀……可哑巴常常让给两个侄女。他过冬的衣服，她也是早早做好，棉花絮得厚厚的，针脚缝得密密的。广和回家休假，也总忘不了买上一瓶白干，称上一包猪头肉或蒜肠什么的，他知道哥哥好酒。可哑巴每次都跟来的亲戚似的，且推让呢，再不就夹一块肉放进这个侄女嘴里，用筷子头蘸点酒让那个侄女嘬嘬——见侄女辣得直咧嘴，他哈哈大笑，高兴得几乎忘形。

哑巴知道日子紧，从不乱花一分钱。淑贤让他去卖鸡蛋，他每次都把钱如数交给弟媳。淑贤让他去打酱油，哪怕剩下一个钢镚儿，他也绝不留下自己用……然而今天这是怎么了？哑巴哥哥急赤白脸地要去他挣的那份钱，是想闹分家，是想留起来花着方便，还是受谁的挑唆？广和好不费解。

这时，忽听西屋一阵"哈哈"大笑，随后又"啊啊"号了几声。

广和推推西屋门，闩着。他走到房外，扒着窗台儿透过玻璃向里看。只见哥哥盘腿坐在炕头，棉袄脱掉了，只穿件秋衣，但仍满头大汗。他在点钱，眼睛睁得大大的，呼哧呼哧喘着气，点过一张就伸出舌头蘸一蘸吐沫，有时还把一张票子翻过来掉过去地看，似乎怀疑那是一张硬纸片子。

广和不禁为哥哥这一幕所感动。是啊，哥哥活了四十六岁，在人的一生中已经走完多一半路程，可他从没见过这么多的钱，更不用说自己亲手摸一摸点一点了。不知为什么，广和非常愿意看哥哥点钱的神态，那样专注，那样陶醉，那样痴情。这种情绪也感染了他，他也从中得到一种享受，一种愉悦，一种从未有过的做人的自豪和尊严！

哑巴全神贯注地点着钱，一点儿也没察觉到窗外有一双眼睛在看他，嘴里嘟嘟哝哝，像是在数数儿。钱哗啦散了，落了一身一腿。"哈哈哈！"他大笑了一阵，又用双臂揽过炕上所有的钱，紧紧拥抱在怀里，像是拥抱一个女人，脸上分明有泪流下来。

广和看到这儿，眼睛忽地酸了，不甚情愿地离开窗台。

夜里，广和失眠了。飘荡在夜空中的胡琴声，透过窗户顽强地钻进来，不成曲，不成调，忽起忽落，断断续续："吱棱……吱吱棱棱……"

第二天早上，哑巴原封不动地将七捆钱交到弟弟广和手里，"啊啊"比画着，说把钱拿到银行存起来，留着赶明儿翻盖这陈旧的房子。

广和反倒觉得莫名其妙、不可理解了。他掂着这七捆沉甸甸的东西，想起昨天对哑巴哥哥的种种猜想，是多么渺小多么猥琐啊！

八

进入"三九"，一天比一天冷了，通向破嘴山金矿的黄土冻裂了一道道口子。但这阻挡不住人的脚步，这是作金儿的好时机。不然，雨季一到，掌子里的地下水就会漾上来。

栖息在掌子里的一群群蝙蝠，虽然进入冬眠期，但只要受到惊扰，它们就逃离一地，飞向更深处更温暖的掌子。广和他们来到掌头，发现有几百只蝙蝠攀附在天棚上。他们再也不惧怕这些小动物了，就连小六子也敢一边"噢噢"地吆喝，一边用帆布袋子抽打。蝙蝠"叽叽叽"惊恐地叫着，像片片黑色的云似的飞走了。当然了，若有不幸撞到这伙人手里的雄性蝙蝠，定逃脱不了被揪掉生殖器的悲惨下场。

赶跑蝙蝠群，脱掉棉衣裤，换上工作服，广和砸了一块砂子，放碗里一"叫"，可以清楚地看见在黑色"底留"的后面挂有几粒黄黄的物质，大小如尘土的颗粒。"不错，干吧！"广和说话比两个月前气粗了，胆壮了，也愈加具有权威性。

小六子干活更卖力了。尽管背一袋砂子，汗水就打湿一次裤裆，但他觉得身上有使不完的劲。他恨不能立刻把两千元彩礼送到兴隆县那未来的老丈人手里，把那一条胳膊的女人娶过来。可一算计，来回要三四天，而现在一天就能挣二百块钱啊！他有点舍不得。他打定主意，等春节放假时再去，一来送礼，二来拜年。他装满一袋子砂子，把袋子拎到一个坎上，照着袋子狠狠地踹了几脚，蹲下，套上背带，一撅屁股背起来。他显得有经验多了，这样就可免除硌后背的痛苦。

迎面移动下来一团亮光。

"谁呀？"小六子问。

"是我。"来人走近了，是丑子，左手拿着一条长口袋，右手提着一盏电石灯。"你们把式头呢？"

小六子告诉他在掌头上。

丑子来到掌头："广和三爷！"

"哟，是丑子呀？来，坐。"广和无论从心理上还是从感情上都不愿意与丑子见面，但他还是装出一副挺热情的样子，抽出一支加长过滤嘴香烟递过去，"给。"

丑子接过烟，转着看烟牌子："嗬，透着高级啊！"

广和听出这话里有话。他已猜到丑子的来意，无非是来"沾沾灶火"。那没说的，作金儿人有这个规矩，只要张口提出要砂子，多少也得答应让他弄走"一扛儿"。

丑子抽了两口烟，说话了："这回你们可发了！"

"还行吧。"

"您吃肥肉，让我也喝口肥汤，沾沾灶火总行吧？"

"当然行呀！"广和见丑子不提拉出死人换掌子的事，也就跟着装明白使糊涂，"你带家伙儿来了？"

丑子举起他家里装粮食用的口袋。

"好，你装吧，给你一扛儿，只要能挪开这儿就是你的。"广和紧跟又补充一句，"不过，只能这一次，出去也别跟人乱说，规矩我想你懂。"

丑子有些不好意思："那当然了！我作了二年金儿，还不知道这个？！"

"那你装吧，给你碗，你自己'叫叫'，哪儿砂子好，你就装哪儿的。"广和似乎很大度，回过头对大洋驴和哑巴哥说，"你们歇歇，让丑子先装。"

"那我不客气了。"

丑子很快装满一口袋砂子，竖起足有半人高。广和心里说："看你怎么弄出去！"可是丑子也真行，不用背带，不用人帮，憋足一口气，扛起就走。

"这小子还真有点儿贼劲！"广和盘算着，"这一口袋砂子，换回一辆加重飞鸽自行车不成问题，这也算对得起他丑子了。"

大洋驴对广和说："我琢磨着，丑子对这掌子不会死心的。"

广和点点头，同意这个看法。他有一种预感，尽管丑子打过保票，说到啥时也不会抹桌子打水漂儿，但空口无凭，况且当初他根本没有想到后来能挖出这么好的砂子，不然他才不肯拱手送给别人呢。所以，在掌子归属的这个问题上，肯定要有一场麻烦。

九

还有六七天才是春节，但已闻有零星的鞭炮声，偶尔还有一个"二踢脚"在空中炸响，"叮——当！"给山村添了几分喜庆。但细细品来，又不免有几分悲凉。

白炽灯光携着几条人影透过玻璃窗投到院子里，不过这人影一经放大就变了形，头似斗，手如扇，臂像猿。一只黄鼠狼拖着长长的尾巴出现在灯影里，松开叼着的耗子，向热热闹闹的屋里望了望，用前爪洗洗脸，然后叼起猎物一溜烟儿似的钻进摞在院墙边的木头堆中去了。

屋里炕上放着一张方桌，桌上摆着丰盛的菜肴，淑贤仍不断地将炒好的菜端上来。但这对今晚上围桌而坐的四个男人来说，只能排在第二位了。每一双眼睛都不错眼珠地盯着板柜上播出彩色图像的方框子。

"下面，请大家欣赏《在希望的田野上》！"不等这位个子高高的笑起来有些歪歪嘴的报幕员小姐说完，广和、小六子和大洋驴就随着电视机里面的观众一起鼓起掌来。哑巴稍稍愣了一下，紧跟也使劲地拍着巴掌，比别人慢了半拍。他根本听不见电视里说什么，更不知道唱的是什么内容，但他有一双眼睛，一双鹰似的眼睛，他的视觉比正常人还要发达敏锐。他可以充分利用这个优势，看那一个个如花似玉的美人儿载歌载舞，看那或肩披薄纱或腿裹牛仔或袒胸露背（后背咋那么瘦呀，两片扇骨都显出来了）的明星们扭来扭去。

一首歌唱罢，炕上的人免不了又一番鼓掌，一番欢笑，一番感慨：

"嘿，真他妈带劲！"

"过瘾过瘾，这辈子死了也值了！"

"啊啊啊啊……"

"过完年我也非得上县里抱回一个。"

广和盘腿坐在炕桌旁，心里如同抹了蜜。今天，他去县里置办年货，买回这台彩色电视机。此外，他没有忘记，为哥哥选购了一条有黄铜卡子的牛皮裤腰带。这是他很久以来一直挂在心上的一件事。

哑巴常年系的那条"裤腰带"，不是布的，不是革的，更不是皮的，而是纸的，纸绳的！每当买东西回来，哑巴都把捆包装的纸绳留起来，等攒多了，就捻成一条手指粗细的绳子，代替腰带使用。日子一长，汗水一沤，纸绳糟了、断了，哑巴就又捻一根。有一次，他为生产队的猪场镩树，刚爬到半截，纸绳就断了，裤子出溜下来，亮出光光的屁股。喂猪的几个妇女见了，笑得"妈呀妈呀"叫，羞得哑巴回家躺炕上两天没出门。在弟弟广和的记忆里，哥哥还不曾用过其他东西系裤子，所以，一回到家，他就把哥哥腰里系着的那条油腻腻的纸绳子抽下来，扔在灶口旁。哑巴却又弯腰把它捡起来，冲弟弟比画说，在家里穿好裤子时用大铜卡子的牛皮腰带，而上山下掌子穿工作服时还是系这条纸绳子。广和苦笑一声，也就由了哥哥。

广和邀请几个人来家吃饭看电视，同时有事要商量——万一丑子那伙儿人不讲情面，动手抢砂子或采取其他什么行动的话，他们该怎么办？只是人们兴趣都在电视上，这事只好推到以后再说。

"来来来，边看边吃边喝！"

四个男人的酒盅碰到一起，发出一阵好听的声响，随后一个个都干了，亮亮空空的盅底。

"来，满上满上！"广和从大茶缸子里抄起酒壶，摸摸，热的，为人斟着酒。

小六子说："再满上这一个我就齐了。"

"齐了？没门儿！"大洋驴来了情绪，"你小六子今儿敢不跟爷儿几个陪到底，赶明儿你办事那天，我就敢当众抱着嫂子亲嘴，反正三天之内不分大小，你信不信？"

"信，信信。"小六子连连点头，他知道大洋驴耍起浑来，什么事都敢做。

广和看着不公平了，插话说："大洋驴，你的话，我看是草驴趴草驴——没准儿！"

"嘿！三爷，你敢当着三奶奶面说我这话是吧？好吧，到时我真要亲了小六子老婆，你敢输我点儿啥？"大洋驴指手画脚地叫横儿。

广和不示弱："这屋子里的东西你随便挑。"

"好！有这话就行，到时我也不多要，抱走这彩电就够了。"

小六子解劝着："得了得了，不都是因为我吗？大洋驴，今儿我也瞎子害眼豁出去了，陪你喝到底！醉了就睡在三爷这儿！"

"好，有种！"大洋驴端起酒盅，"咱哥俩一气儿干几个？"

"干几个都行。不过，这酒得有个讲头儿。"小六子双手端起酒盅，郑重其事地说，"在咱这伙儿人里，顶数我人疲货软，比不上各位哥们儿爷们儿有劲，可、可谁也没小瞧了我。我活儿没各位干得多，但钱一个没少分我。今儿个，我用三爷的酒借花献佛，给各位行礼了！"说着，鞠了一个躬，将酒一饮而尽。

"好！"广和被小六子这番话说得很感动，"咱们以后不管遇到啥事，记住一条，抱成一团儿就能成大事。"

大洋驴端起酒来："三爷说得对，来，为我们发达干杯！"

四个男人跪在炕上，宣誓一般地对碰了一下高脚玻璃杯，然后仰脖灌进肚里。大洋驴还玩了一个花活，将酒盅贴嘴边，把酒转着喝，末了发出一声尖尖的如同亲嘴的声音。

"你小子！"广和被大洋驴的滑稽举动逗乐了。

这几个作金儿人喝着说着，越喝越高兴，越说越有话题。两伊战争，计划生育，歌星艳事，倒卖私金，羽绒制品，犟谜素猜……当然，也用了很长时间来讨论万一丑子急红了眼，翻脸不认人该怎么办。最后得出一致意见：兵来将挡，水来土掩；人若犯我，我必犯人。

广和忽然发觉，哑巴哥变得不高兴了。让他喝酒，他不端盅；让他吃菜，他不拿筷；让他往炕里坐坐，他反倒离开桌子下了地，坐到板柜旁的椅子上。

"咋了？刚还好好的。"

"是呀，纳闷儿！"

小六子和大洋驴想不明白。

"我问问他。"广和下了地，比画着问哑巴哥到底为什么拉长脸。

哑巴呢，只是出粗气，并不言语。

满屋欢乐的气氛顿时变得紧张了。

"真是的，你到底为啥呀？"广和提高了语调，用手向哥哥解释，屋里有客人，你这样对人不礼貌。

"啊啊啊啊啊啊啊……"哑巴一连串地"啊啊"着，比画一下齐肩的长头发，模仿吹几下喇叭按按眼，学了一个背砂子的姿势，又做了一个点钱的动作，然后大猩猩似的重重地拍拍自己胸脯，将双手摊开，"啊——"

哦！广和一下子明白了，原来哑巴哥哥说他背砂子挣了那么多钱，也要娶一个女人。

哑巴哥这一突然变化，广和思想上一点准备也没有。过去，村里人常跟哑巴开玩笑，说给他找个女人，他不是总连连摆手不要吗？还比画说，这辈子再没有别的想头儿，就指望弟弟弟媳养老送终了吗？可今天他这是怎么了？怎么突然间要起女人来了？

广和听人说过，哑巴哥哥十几岁时和村里一个叫蓝花的小姑娘非常要好。俩人常一起下河摸鱼，一起去挖苦苦菜，一起到远远的山那边看火车。而村南那个大碾棚，更是他们娱乐的天下。他们在碾盘底下玩拉大车，他们在碾盘上面玩抓石子。他让她坐在笨重的碾框上，他推起碾子骨碌骨碌地跑，直到她喊"我晕了！我晕了！"他才止步，把她抱下来。她见他手背上长了一个大瘊子，就按老人们讲的办法那样，每逢下雨就用淋到碾盘上的雨水给他洗手背上的瘊子，后来，真真把瘊子洗没了。有时，他扛着她玩，让她骑在他脖子上。村人见了，比画着让她做他的媳妇。他笑着点头称是。后来，俩人长大了，疏远了。一天，有人告诉他，蓝花要结婚了，嫁给一个乡邮员，约他一起去喝喜酒。他自然不会去。他躲到碾棚里，看着穿红戴绿的蓝花骑着毛驴被人前呼后拥地出了村。从此，只要有人提出——其实全是玩笑——给他找个女人，他就连连摆手，再不就指指自己嘴巴，指指自己耳朵，再指指身上衣服，说他又哑又聋又穷，不配。

也许是他抱着成捆的钱睡了一觉而悟出了什么，也许是看到电视里笑起来总有些歪歪嘴可却正因此才十分妩媚动人的女报幕员而引起的冲动，也许……反正，他真心实意想要个女人了！

广和到今天才知道，他太不了解哥哥了。他只知道照顾哥哥吃饱穿好，以至煞费苦心地为哥哥挑牛皮腰带，但他恰恰忘记了根本的一点：尽管哥哥又聋又哑，但他也是一个男人，一个除了耳膜和声带，其余一切人体器官都非常健全的男人，一个同样有着七情六欲的男人！

十

站在俊秀家的院门外，大洋驴的心不由跳得快了。他将鼓囊囊的书包倒换了一下手，又向胡同两头寻看一番，不见有过路行人，这才抬手去敲紧闭着的两扇铁皮门。但就在手指即将触到那冰冷的门环时，他又犹豫了，收回手来，愣了片刻，反身进了相距不足两丈远的自家院门。

瞎眼的老妈在堂屋稀里哗啦地刷碗，院门"吱呀"一响，她停下手中活计，支棱耳朵听着。"跋拉，跋拉"，这是她熟悉的儿子的脚步声，不然她会冲院门方向喊："谁呀？家里没人！"把来客拒之门外，而她似乎就不是人。

大洋驴进屋来跟妈连个招呼也没打，便甩掉鞋子，仰巴脚躺在炕上油脂麻花的"光棍卷"上。他和俊秀已经有三个多月不曾来往，要不是同吃一井水，同住一条胡同里，恐怕连面也不得见。"白毛石头"的威慑，随着时间的流逝和钻掌子所带来的富足，对他已没有多大作用了。他对俊秀的那片情意也就像按入水中的葫芦瓢似的，在他心中又缓缓地泛浮上来。况且又临近春节，别人家欢欢乐乐，他家却冷冷清清，除了屋里还有一股粉条炖肉味，便再不见有什么过年的气氛了。在他受穷时，对冷清和寂寞好像也不觉怎么样，一个山里人除了吃饱穿暖，还有啥奢望呢？

可在腰缠万贯的今天。他却忍耐不住冷清，无法排遣寂寞了。而冷清和寂寞的根本原因，不就是屋里缺少一个活蹦乱跳的年轻女人吗？今天，他去了一趟县城，购置些年货，又为东院娘俩买了些东西：巧克力、水果糖、橘子罐头自不必说，还特意为俊秀买了一条鸡血红的尼龙纱巾。在他看来，年轻女人戴这种纱巾最美。这个不可磨灭的印象，还是在他刚刚迈入成年的时候，村里一个从北京城里来的插队女知青留给他的。

记得有一年麦收，他同一个大眼睛的女知青一起跟拖拉机装麦子捆，这俊俏的姑娘就有一块柔软的鸡血红纱巾，叠成三角形，一半戴头上，一半飘脑后。拖拉机开动起来，红纱巾随风飘呀飘、飘呀飘……把他的心都给带走了，飞向遥远的天外……就在当天夜里，他做了一个梦，梦见空中飘着一块红纱巾，他追呀追，追得满头大汗，追得筋疲力尽，最后到底将红纱巾抓在手里。这时他醒了，只觉小肚子上凉凉的，上手一摸，黏黏糊糊，他遗精了。

然而，大洋驴来到俊秀家院门前时，却没有了买红纱巾时的那股冲劲。他是怕被赶将出来，因为她早有言在先："说话不算数，就不是好人……再敢过来，看我不打断他的驴腿！"若真这样，再被人添油加醋地张扬出去，说你侵门霸户强占人家寡妇的便宜，那可就跳进黄河洗不清，好姻缘也会变成坏姻缘了。

大洋驴又转念一想，她俊秀就真的不思男人？再说，她就真的把过去对他的情分忘得一干二净？不管怎样，过去探探虚实再说。不过，一定要掌握火候，才好进能攻，退能防。他翻身下了地，拎起书包出门来。

起风了。一片不知谁家为亡人抛散的纸钱，被风追赶着像车轱辘似的在胡同里奔跑，直到让靠墙的玉米秸垛绊住才停下来，但似乎不大情愿，倒在地上一掀一掀的，像是一条鱼在喘气。躲在玉米秸垛里的一条瘦狗钻了出来，看了走来的大洋驴一眼，夹着尾巴跑走了。

铁皮院门仍紧闭着。大洋驴一推，门竟开了，原来没闩。他走进门，向那一溜四间的白碴门窗望望，回身把门关上。

小珍走出屋门，一眼看见大洋驴进了院子，扭头又跑了回去。

大洋驴听见一句嫩嫩的禀报："妈妈！咱家来人了！"玻璃窗上有一张女人的脸，只一闪就不见了。

她会不会把屋门关上？或者一见面就抄起烧火棍？大洋驴想错了。

俊秀出现在门口台阶上，一边整理着上衣外罩的下摆，一边客气地向屋里让着："她哥来了，今儿真闲在。"

"啥？'她哥'？……"此时不容多想，大洋驴随口应道，"我来看看小珍，快过年了。"

进了里屋，大洋驴坐在炕沿上，俊秀依着靠墙的柜橱站着，双手抚弄着依偎在身旁的小珍黑亮亮的头发。

看去，俊秀今天穿戴得很得体，蓝底白花的外罩没能完全罩住棉袄，下摆露出一圈指宽的紫红，深墨绿色的料子裤定是刚熨过，裤线又直又硬，脚上是一双大绒面的偏口棉鞋。"头上要再戴上一条鸡血红纱巾就更漂亮了！"炕沿上的男人想到了衣兜里的东西。

地下的女人始终没有抬头。

屋里出现一阵短暂的沉默。

炕沿上的男人解开鼓囊囊的书包，把东西一样样地摆在炕上："小珍，这是……叔叔给你买的，留着过年吃，好吗？"他特意将"叔叔"加重了语气，言外之意，郑重申明：我不是小珍她哥，而三个多月前的那一声"婶子"也是叫错了。

小珍没吭声，仰面看妈妈。

"孩子以后的日子长着呢，拿回去给你妈吃吧。"地上的女人很有策略，既没有让女儿收下礼物，也没有直截了当拒绝，语气不疏不淡、不卑不亢，仿佛她与他之间没有过任何关系。这让炕沿上的男人有些恼火。

又是一阵短暂的沉默。

炕沿上的男人摸出一根烟叼在嘴上，掏遍衣兜却不见打火机。

"小珍，到外屋锅台上拿火柴给你哥。"

又是一声"你哥"！

炕沿上的男人面带愠色地看了她一眼。

地下的女人扭过头去躲开了他的目光。

"给你。"小珍把火柴放在一会儿是"哥"一会儿是"叔"的人手里，反身又出去了。

"小珍，外面冷，屋里玩来!"听得出，地上的女人的嗓音微微发颤。院里传来小珍的回答："等等，我撒尿呢!"

又是一阵沉默。

炕沿上的男人忍不住了，刚想张口说话，却被地上的女人抢先发问。

"晌午饭吃了?"

"嗯。"怏怏不快。

"喝点儿茶水不?"

"不!"已不耐烦。

"山上活累吗?"

"不!"火气攻心。

"近来你妈眼睛好点儿吗?"

"不!"简直愤愤然了。

这时，多亏小珍提着裤子跑进屋，不然他会一把揪住她问，你到底还认不认识我是谁?!

小珍又依偎在妈妈的身旁，看看炕沿上坐着的，瞧瞧地上站着的，眉头皱成疙瘩。

91

屋里烟雾浓了。炕沿上的男人又接上一支烟，狠命吸了两口，冲着自己翻毛皮鞋说：

"秀，我今儿来，是想和你……"

"小珍，你该做寒假作业了吧？"地上的女人唐突地来了这么一句。

炕沿上的男人心里顿时凉了半截，这不是赶自己走吗？他一气之下站起来。

"再坐会儿吧，忙啥的？"地上的女人嘴上这样说，手已过去掀门帘儿。

大洋驴低头钻出门帘，在屋外台阶上站住了，犹豫一下之后，终究还是从衣兜里掏出鸡血红纱巾，回身放在俊秀的手里，咬着牙说："这是送你的！"说完头也不回地走了。

可是大洋驴怎么也想不到，当他出了这个院门，进了那个院门，来到自家的院子里时，竟发现那鼓囊囊的书包已神出鬼没地放在了墙头上，而这段墙头恰恰正是过去那个墙豁子的地方。取下书包，打开看了，送过去的东西一样不少，当然包括那条费尽心思才买到的鸡血红纱巾。"不识抬举！"他冲墙那边跳着高地吼道，还觉不解气，紧跟着又骂了一句专门用于寡妇身上的足以让俊秀一宿睡不着觉的脏话。

墙头那边鸦雀无声。

但没过多大工夫，俊秀就得到了一个被逼急的作金儿人的报复。

"妈妈，快去看呀，咱家树梢儿上挂了一面红旗！"小珍把她的新发现告诉给妈妈。

俊秀便出屋来看，见院里那棵高高的榆树树梢儿上挂着一块红纱巾，随风飞舞，十分惹眼，如同旧时窑子馆门前用来招揽生意而高挑起的幡子。

俊秀立时腿就软了，坐在台阶上哭起来。

听见东院传来的哭声，大洋驴好不解恨。刚才他把一块石头包进纱巾，用力向墙那边的榆树抛去。结果石头掉下来，纱巾则挂在了高高的树梢儿上。

"活该！哭去吧！"

直到夜里躺在炕上睡不着觉的时候，大洋驴才隐约感到这样做是不是太过分了。思来想去，拿定主意，等明天想法子把红纱巾从树上取下来就是了。

第二天清早儿，大洋驴起来一看，高高的树梢儿上只挂有一两片残叶，而红纱巾已不知去向。是不是让风刮跑了？他在房前屋后寻了一遭，不见纱巾踪影。

"妈的，怪了。"

十一

哑巴同往常一样，起来后头一件事就是扫院子。竹扫帚已经使秃了，地皮上被划出许多小道道儿。枯枝败叶和地表浮土被扫成一堆堆的，将倒进猪圈做垫土，只剩下院子东南角柴火堆旁没有扫了，哑巴加快了速度。

忽然，扫帚碰到一团红色物体。哑巴眼睛亮了，拾起看，原来是一条尼龙纱巾。掂一掂，轻得像是一团摘下的棉花；揉一揉，细得一个劲儿刮着那双粗拉拉的手。弟媳淑贤不曾有这玩意儿，也没见街坊四邻家的大姑娘小媳妇戴过，谁的呢？

广和走出屋，站在台阶上刷牙，嘴边堆起的大团白沫子似乎都在显示着富足。

哑巴回头见了，慌忙把红纱巾塞进衣兜里，抄起扫帚用力扫起来。

这是他跟弟弟、弟媳一起生活以来，第一次有了"私有财产"……

吃过"破五"饺子，广和他们就开工上山了。

天气不再那么冻手冻脚，西北风失去严冬时的凌厉，太阳照在人身上暖洋洋的。田里朝阳背风处的小麦开始返青，几乎与地皮同一颜色的秃尾巴鹌鹑，贼不溜秋地在畦埂上跳跃……这是令山乡人充满幻想的季节。

大洋驴边走边伸个懒腰："这个年过的，骨头架子都待散了。"

"可不，"小六子附和道，"冷不丁一歇，你猜咋着，身上跟生了锈似的，皱皱巴巴。"

广和笑着说："我看呀，你们都是天生的受罪命。"

走了一段，大洋驴又换了一个话题："哎，小六子，我忘问了，你这趟去兴隆县那边收获大小？沾着我那未来嫂夫人的身子了吗？"

"你胡说啥呀！"小六子腼腆地说，"人家就在她家住一宿儿，还是跟她爸那个老帮子睡的一个炕。"

"哈哈……"大洋驴、广和都被小六子坦诚的回答逗乐了，哑巴也起哄似的大声"啊啊"。

"那起码也得拉拉手吧？"大洋驴继续拿小六子开涮。

小六子显然有些情绪："噢，两千块嘎嘎响的票子点给那老帮子了，还不让我拉拉她闺女的手？"

广和忍住笑。

大洋驴又问："没找个背影儿的地方亲亲嘴儿吗？"

"去！"小六子脸红了，未做正面回答。

广和关心地问："啥时办事定了吗？"

小六子挺认真地说："打算等过了'五一'再说。"

广和说："越早越好。"

小六子说："我也这么想。可她爸说，让两头儿都再准备准备。"

大洋驴插过话来："那就先接嫂子过来，住几天熟儿。"

"我跟她爸提了，这老帮子死活不干。"小六子补充道，"人家那边不兴'住熟儿'，没这个规矩。"

"咳！"大洋驴就像自己遇到倒霉事似的，遗憾地一拍大腿，"那你老哥只好再多抱三个月的凉枕头了。"

"住熟儿"是龚家店一带约定俗成的规矩，已流行不知多少年，这或许与历代都在这一带山上开办金矿有关，至今没有人做过考证。若掰开揉碎了说，"住熟儿"是指男女双方一旦明确恋爱关系，换过彩礼，订下终身，女方就可随时到男方家来"住熟儿"，言外之意就是先熟悉熟悉。至于是否在一个炕上睡觉，全是双方自愿的事。家长不仅不会干涉，还会用极含蓄的话语撺掇，以极巧妙的办法创造条件。村里乡亲也不会有类似"非法同居"的指摘，早早地称"她婶子""她嫂子""她舅母"。就这一点来说，似乎很开明。等到洞房花烛之日，女方即使已经"脉向弦滑，如盘走珠"，却不觉丢人现眼，腆着大肚子向来宾敬酒，而来宾则庆贺"双喜临门"。

在进主巷道之前，广和留住小六子，诚恳地说："等你再去兴隆县那边时，代我托你老丈人办件事，让他帮着给打听点儿，要是有合适的人，给我哑巴哥哥说说。"

小六子点着头："行，我一定把话捎到。"

这时，丑子从山下不紧不慢走来。

广和脸上显出几分不快。往年过年，丑子整天泡在广和家里，该吃就吃，该喝就喝，该抽就抽，该玩就玩。今年过年，丑子却连面儿也没露。尽管广和家里新添置了大彩电，这是轰动全村的事，但这并没有把丑子吸引来看一眼。广和敏感地觉察到，这本身就已经说明了什么。

"咱们走!"广和与小六子点燃电石灯,快步进了张着大嘴的主巷道。他回避和丑子会面。

陡坡下面移动着一团红火,这是电石灯发出的光。

"谁呀?"小六子问道。

红火继续往上移动,却不见有人回答。

"说话呀!聋了还是哑了?"大洋驴出口就伤人。

红火映出人影,仍不见回答。

广和看看这团越来越近的红火,没有言语,他已猜到来人是谁了。"再不吭声,我可拿石头砸你了!"大洋驴果真抄起一块石头。

"啊啊啊!"哑巴也跟着乱号。

"瞎咋呼啥呀?猫叫春似的。"来人走近了,是丑子,手里提着一条空口袋。

几个人都不作声了。

"呵,真是财大气粗,连人也不搭理了。"丑子怪声怪气。

把式头广和指指身旁:"坐吧。"

丑子理直气壮地坐下来。

广和递他一支烟,说:"过年这几天咋没上我家去?"

"啊,我出门了,昨儿刚回来。"

显然是说谎。借助电石灯,广和发现丑子眼神里掠过一丝恐慌。"咋着?是来看看哥们儿爷们儿,还是……"

"明跟您说,"丑子毫不顾忌地将布口袋摔在广和面前,"还是来沾沾灶火。"

"作金儿人的规矩你是知道的,沾灶火可以,但只能一次。你上回沾灶火时说的话,我可还没忘呢。"广和话里带刺。

丑子脸上堆笑:"三爷,这规矩搁咱爷俩身上还能叫规矩?再说,

96

当初我……"

"算了算了!"广和不再让丑子说下去,抓起布口袋扔在金砂堆旁,吩咐伙计们,"都先靠边,让他装!"

"哎,这么还有点儿三爷的样儿。"

大洋驴忍不住火了:"丑子,你别得便宜卖乖!"

丑子装腔拿调地说:"大洋驴,关你屁事?你们把式头都说话了,你敢不让我沾这灶火?一边炮蹶子去吧!"

广和按住被气得冒烟的大洋驴,警告丑子:"要装你就快装,拱起火来,可没你好果子吃!"

丑子不再吱声,装满一口袋砂子,铆劲背起往出走。

广和下了最后通牒:"丑话说前头,再来沾灶火,别说我驳你的面子。"

丑子含含糊糊应了一声:"知道了。"

等丑子一走,大洋驴和小六子就埋怨起把式头,对丑子不该这么宽宏大量,又说:"你跟丑子是同学,他是啥号儿人你不了解?占便宜没够!"

不管伙计们说什么,广和一声不吭。他有他的算计。他已强烈地预感到,在这条掌子归属的问题上,肯定要出现一场大乱子,或早,或晚。

果不其然,五天之后的一天下午,丑子又来到掌头,不过不是来沾灶火,手里也未提长布口袋。

"三爷。"丑子没了前几天沾灶火时的狂气,甚至有些低三下四地对凿撬砂子的广和说,"我有事求您来了。"

广和愣了一下,对他的来意猜到八九分,放下手锤钢钎,坐在地上。

"给您。"丑子陪广和坐下，摸出一包烟，抽出一支递上去，又用打火机点着，显出十二分的殷勤。

广和不作声地抽了两口，不错，挺有劲。

背完一趟砂子，大洋驴、哑巴、小六子三人陆续回到掌头。"来，都尝一支，正经的英国货！"丑子慷慨地向三人分发着。

"有啥事？说吧，我们的人都在这儿呢。"广和弹了弹烟灰。

"不忙，忙什么的。"丑子用余光扫了一眼三个伙计。

广和明白了，丑子是想和自己单独谈，便说："你们抽完烟就接着背去吧。"

三个伙计扔掉烟头，往帆布袋里装砂子，谁也不吭声，但每双眼睛都在说话，对丑子报以极大的轻蔑和嘲笑。他们陆续装满砂子，先后背起走了，冲散了笼罩在掌子里的烟雾。但这烟雾又在集结着，很快又笼罩了掌子。

广和说："找我到底有啥事？这回敞开说吧。"

"我……"丑子停顿了几秒钟，似乎在寻找着合适的词汇，"咱俩从小一起长大，上树掏鸟，下河摸鱼，您当兵走时是我送到火车站……按辈论，您是爷；按年纪说，咱俩是同学。不管咋说，我提个要求，我想您不会不同意。"

广和稳住劲儿："不见得吧？"

"准见得。"

"你说说我听听。"

"我想……入你们伙儿里来。"丑子说完低下头，像是法庭上一名等候判决的罪犯。他们组织的那一拨儿人，他爸龚连仲一死就树倒猢狲散了。

"这不行！"广和毫不犹豫。

98

屁股上像是挨了蝎子蜇，丑子噌地站起来，瞪大眼睛看着用石头在地上瞎画的广和。

"坐下！"广和厉声命令着。

迫于威严，丑子重新坐下来。

"不是我不给你面子。这掌子是我们四个人的，真要吸收你进来，也得我们四个人商量商量才能定。"

"你是把式头，这个掌子你说了算。"

"好，咱先不纠缠这个。"广和用平缓的口气说，"你生活真是那么困难吗？作这二年金儿，恐怕你家的存折上也得写上个万八千块了，我说得不错吧？"

"不错，是存了一笔款子。可我要翻盖房。我爸留给我那几间破烂货，不用说你也都瞧见了。等盖完房，不仅一个子儿剩不下，还得拉饥荒。"丑子边说边颠屁股。

"盖房钱不够，上我那儿去拿，八百九百上千块都可以，以后还不还，也全在你。"

"花别人钱不硬气，爹有娘有不如自己有。甭再说别的，我想入你们的伙儿，你这个把式头到底同意不同意?!"丑子呼地站起来。

"刚才已经说过了，不同意！"广和也呼地站起来。

四目对峙，剑拔弩张。

最终丑子先软了，蹲在地上，抽泣开了："我这番央求你，你也不吐口，你是想让我给你下跪呀？"说着，真的跪下来。

要不然就收下他？广和看着跪在地上的这条汉子，心有些软了。但马上转念一想，不行！收下丑子一个，村里别的人就得闻着味儿找上门来，到那时收不收？过年的那几天，已经有十几个人找到家，话里话外地把意思抖搂出来了。

"起来，有话站起再说。"

"不，今儿三爷您不答应，我就这样给您跪着。"

"那好吧，我实话对你说。"广和来了火气，"你就是跪到明儿早晨，我该不答应，还是不答应！"

"你……"

背砂子的三个人出现在掌头。

丑子脸儿一热，拍打拍打膝盖站起来。他不想让这三个人看到他在他们把式头面前的这个熊样子。"龚广和！"丑子直呼其名，恼羞成怒，"你再最后说一遍，到底答应我不？"

身旁有三个怒目圆睁的伙计，广和更为胆壮了，斩钉截铁地说："好，那就再最后跟你说一遍，想入伙儿分红，没门儿！"

"好哇，姓龚的，咱骑驴看账本——走着瞧！你不仁，以后可别怪我丑子不义，你等着，早晚有一天让你爬着来见我。"

"哼！"广和冷笑一声，"丑子，我姓龚的等着你！上有苍天，下有国法，我谅你也撒不出一丈二尺尿去！"

"好，有你这话就行！靠边，让我过去！"丑子拨开众人，噔噔地走了。

傍晚，收工后走在山道上，广和对大洋驴和小六子说："不能被丑子的狂言吓住，还是那句话：兵来将挡，水来土掩；人不犯我，我不犯人。但也要加些小心，晚上出来进去要留点神。"又说："从今儿晚上开始，要整宿地看掌子，防备丑子偷抢砂子。你们两个人一拨，我和我哑巴哥一拨，今儿由你们先看，等吃了晚饭就上来。"

"好，知道了。"大洋驴和小六子齐声回答。

天边的云彩被落下山去的太阳映得红红的，像是一团团熊熊燃烧的火。

十二

正月十五雪打灯。出了山腹才发觉，山山岭岭披上银装，踩上去"咯吱咯吱"响。

进了村，路过丑子家门前，正遇丑子送几个人出来，全是过去他们那一伙儿的。

他们是在商量夺回掌子吗？广和暗暗思忖。

"不远送了，后会有期！"丑子将院门重重合上，一语双关。

两拨儿人拉开距离在一条街上走着，前面几个无话，后面几个没声，只有鞋底挤压积雪的声音，"咯吱、咯吱"，好似千军万马在厮杀。

广和哥俩回到家，聚在压水机旁洗脸。

淑贤三步两步出了屋，压低声音告诉丈夫："咱家来了两个人。"

"谁呀？"广和用毛巾擦着脸。

"一男一女，男的叫冯贵，女的叫冯月，说是打安徽来的。"

"安徽？找我的？"广和当兵在安徽，曾结识几个当地老乡。

"不是找你。"淑贤回头瞟了瞟窗户，"说是想找主儿嫁人的。"

"噢？"广和看了一眼正在擦脸的哑巴哥。

淑贤说："你看给咱哑巴哥提提行不？"

广和很感兴趣："你对他们说了？"

"还没，就等着你回来呢。"

"好，我试试看。"广和又关照妻子，"多准备几个菜，留他们在家吃晚饭。"刚想进屋，忽又想起今天晚上轮到他们哥俩看掌子，便跟哥哥比画一番，让他去通知大洋驴和小六子，就说今晚有事不能去了，让他们俩替值一宿班。哑巴哥"啊"地应了一声，走了。

夫妇俩走进屋。一男一女客气地站起来。

"请坐，快请坐！"广和坐在他们对面的方桌旁，打量着这两位不速之客。

男人四十岁上下，中等个子，又瘦又黑；女人三十有余，也是瘦瘦的，细长眼，尖下颏，模样挺巧，只是长了一脸的雀斑。

广和让烟让水让糖果，聊东扯西诌闲篇，把真正的目的隐藏得深深的。

哑巴回来了，见屋里来了两个陌生人，便点头笑笑，拿过茶壶给他们的碗里分别满上水，然后到外屋帮助弟媳妇烧火去了。

"这是您哥？"冯贵问。

"是，跟我们一块儿过日子。"广和答。

"还没成家？"

"没。前二年穷，又不会说话。这二年日子好过了，岁数也大了，没找到合适的。"

"他多大？"

"四十……二。"广和将哥哥的实际年龄少说了五岁。

外屋传来一阵铲子碰锅的声音。

哑巴端菜进屋来。

"来，咱们边吃边说。"广和收拾桌子。

"那就打扰您了。"冯贵习惯地点点头。

菜一盘盘上，酒一杯杯喝，话一句句说，越吃越喝越说就越显近乎。

哑巴不清楚弟弟和客人热热闹闹地说些什么，给冯贵满一盅酒，给冯月夹一筷子菜，又"啊啊"两声，让这两位别客气，随便吃。

冯贵端起酒盅："广和兄弟，咱哥俩再干一个，完了我有话说。"

"来，干！"广和知道他要说什么，早就等着他那句话呢。

俩人一饮而尽，亮亮酒盅底。

"广和兄弟，靠祖辈儿积德，我们兄妹俩今儿遇上好人了！"

"您太客气。来，再满上一个。"广和抓起已经下去大半的酒瓶子。

冯贵半遮半掩："有句话不知我该不该说。"

广和心里着急："有啥话您尽管说。"

"好，我也豁出丢脸了。"冯贵抬抬屁股，重新坐好，"我这妹子前两年死了男人，在婆家熬不下去了，让我带出来想再嫁个人。我想把她许配给你哥，不知兄弟你肯答应不？"

"冯大哥，你这话说哪儿去了！"广和隐住心头的喜悦，"我怕我哥不会说话，年岁又大，委屈了你家妹子。"

"哪里哪里，我真怕高攀不上哟！"

这次，哑巴似乎明白了他们说话的内容，脸忽地红了，一直红到脖根儿，摇头晃脑，低头掩面，扭捏得像个大姑娘。

广和吩咐妻子："淑贤，再给添几个菜上来！"

"好嘞！"淑贤高兴地回答，挑帘出了屋。也许因为太匆忙，衣袖将桌上的酒盅碰到地上，"啪"的一声，碎了。

十三

对钻山肚子的作金儿人来说，茫茫黑夜与灿灿白昼没有什么区别。对枕头为伴的光棍儿汉，睡自家炕上与宿在掌子是同样的享受。掌子里很暖，且静得出奇。鸡鸣狗吠，马嘶驴叫，鬼哭狼嚎……人世间的一切嘈杂，都被隔在山腹外，就连无线电波也休想传递进来。小六子带来用于解闷儿的半导体便成为废物，多亏有盏放在壁凹里的电石灯"咝咝"

地吐着微弱的红火，才得以证明这个世界还没有死。

"唉——"大洋驴长叹一声，打破寂静。

"我瞧你好像有啥心事？"小六子想找话说说。

沉了片刻，大洋驴突然问道："你说，这女人的心，咋才能琢磨透呢？"

"这……我咋说得准呀。"小六子往大洋驴身边凑了凑，问，"咋着？已经搞上了？"

"又吹了。"

"吹了？谁？没听说呀？"

"没听说就算了。"

"让我想想。"小六子在脑子里努力搜寻着目标，"噢，我猜着了！是不是你家东院小珍她妈？"

大洋驴没吭声，既不承认，也不否认。

"你们俩配对儿不是挺合适的吗！"小六子大为遗憾，"是不是你饿得难受，见了热豆腐就吞吃，反倒被豆腐烫了心呀？"

大洋驴摇摇头，又是一声长叹。

小六子开导着："放宽心，不值得为那娘儿们伤神。世上三条腿的蛤蟆不好找，两条腿的人有的是。只要兜儿里揣着嘎嘎响的票子，啥样儿的漂亮姐找不到？赶明儿娶个黄花大闺女搂在怀里，不比那寡妇过瘾？说实话，我倒退十年八年，像你这岁数，我才不用两千块钱去换那个一条胳膊的女人呢！"

大洋驴摇头咂嘴不言语，小六子也便没了词。两条光棍在地下几十米深的掌子里，默默地想着各自的心事。

骨碌骨碌——咚，一块石头从陡坡上滚下。

小六子吓得一激灵，捅捅大洋驴，支棱耳朵听。

嚓嚓，嚓嚓嚓，似乎有脚步声。

两个人的心骤然收紧了。

叽喳，叽叽喳，仿佛有人说话。

两个人抄起尖尖的钢钎。

吭吭，吭吭吭，显然是谁在咳嗽。

大洋驴关灭电石灯。小六子紧张得心都要蹦出来了。

两团红火一前一后出现在坡道拐弯处。

大洋驴拉着小六子退到掌头最里面的一个凹穴里。

两团红火渐渐移下来。

大洋驴明显地感觉到，紧挨着他的小六子在瑟瑟颤抖，便趴他耳朵边悄声说："别害怕，做贼的心虚。一切行动听我的。"他想好了，只要有人敢来偷抢砂子，就甭想舒舒服服出这掌子。

红火越来越近，映出两个男人的身影。大洋驴和小六子把钢钎攥出了汗。

两个男人来到掌头，每人手里拎着一盏电石灯，拿着一根粗木棍，却没有带装砂子的口袋。

支撑掌头天棚的几根木桩的影子正巧遮住凹穴。小六子全身筛糠。大洋驴狠狠地掐了他脸蛋子一下。果然奏效，小六子呼吸均匀多了。

来人不再向前走，举起电石灯照着天棚。

"差不多了，就量到这儿吧。"

是丑子在说话，这个黑了心的！

"总共二百二十八步远。"

"往回走，再仔细数一遍。"

两团红火向掌子外移去。火光将放大了的两个人影投在石壁上，摇摇晃晃，飘忽不定。

藏在凹穴里的两个人松了一口气，扔掉钢钎。

红火拐过陡坡上的弯，不见了。

小六子划着火柴，点亮电石灯，手仍在微微颤抖。

"丑子这小子，一不偷抢砂子，二不毁掌头，到底憋啥臭屁呢？"大洋驴好不费解。

"是呀，真纳闷儿！"小六子的心情总算平静下来。

十四

当晚，广和与冯贵伴着哑巴如雷的鼾声，躺在西屋炕上聊到半夜。末了，冯贵说：

"广和兄弟，你是个痛快人，我干脆也打开窗户说亮话。明天我就赶回家去，把我妹子的结婚证明信开来。你看怎么样？"

"好哇！就怕大哥你太辛苦。"

"为我妹子办事还怕辛苦？"

"那就等大哥开信回来，再多住些日子。"

"到时候，就怕你烦我哩！"

"哪儿能呀，大哥真会开玩笑。"

抽了几口烟，冯贵又说："有件事，我想了很久，总不好开口。"

"有啥事，大哥尽管说，咱们不已经是一家人了吗？"

"我这妹子她……婆家……咳，怎么说呢？"

"你就如实说。"

"我们临出来时，她婆家说，我妹要想再嫁，就得把当初的彩礼钱退回去。"

"彩礼钱？……多少？"

"两千元。"

广和打了一个愣。所说"她婆家"是假，他冯贵想要这两千元彩礼拿回家是真吧？不管怎样，两千元换一个大活人，值！

"好，这两千元明儿你就可以带上，交给嫂子她婆家。"广和豪爽地说。

第二天一早儿，当着家里所有人的面，广和点给冯贵两千元嘎嘎响的票子。冯贵不客气地揣进怀里，对妹子冯月说："看见了吧？这是为你赎身的。"吃完早饭，广和又塞给冯贵一百元钱，说是回家开信的往返路费。冯贵客气了几句，把钱揣进怀里，打点行装上路了。

风和日暖，光照充足。淑贤把压箱底的一套新被褥拿出来，搭晒在院子里的铅丝上。从现在起，她就暗暗地为冯月嫂子头一天"住熟儿"做准备。

大洋驴风风火火来了，向广和学说了昨黑夜掌子里发生的事情，又说："丑子这浑蛋，到底想憋啥坏主意？"

广和想了想，同样猜不透丑子的把戏，便说："他丑子有千方百计，咱有咱一定之规。往后咱们处处加小心就是了。"

这时，大洋驴发现炕沿上坐着一个三十多岁的女人，细眉细眼，小鼻小嘴，可惜长了一脸家雀屎，便问："三爷，这位是……"

广和说："是新给我哥……"

"噢？真的？"不等广和说完，大洋驴惊讶得瞪大眼睛，"这么说，我还得管叫一声大奶奶呢！"

冯月羞得捂起脸。

"去去！别瞎逗！"淑贤推推搡搡将大洋驴赶到院子里，"光知道要贫嘴，有能耐，自己麻利儿也找一个。"

"咱不是没能耐吗！三奶奶。"大洋驴心里很不是滋味儿，暗自骂道，"妈的！真是傻人有傻福气，哑巴都有匹草驴骑了，皮毛还挺光溜儿。"他忽地想到俊秀，想到在她家西屋炕上厮磨的日子，一股绵绵的旧情就像春天的小草似的不知不觉地钻出地皮。

广和跟出屋说："今儿我和我哥就不上山了，在家收拾收拾房子。你和小六子愿意干就干点儿，累了就歇会儿。要是发现丑子他们有啥动静，马上回来告诉我。"

"好，知道了。"大洋驴说着往外走，迎面遇见哑巴夹着一捆新买的窗户纸回来，便挤眉弄眼做怪样，又伸出两个大拇指往起使劲地一并，然后做了一个钻井的动作。

哑巴当然明白这是什么意思，举起纸捆向大洋驴劈来。大洋驴捂着脑袋淫笑着跑出院门。

正月，天短。扫完房子，糊好窗户，换上新炕席，挂起花门帘，太阳就落山了。吃完晚饭，时辰已不早，淑贤把冯月叫到堂屋。

"嫂子，我想……问问你，今儿晚上，你在哪屋睡？"

"你想怎么安排？"冯月说完脸红了。昨晚，她和淑贤及两个孩子睡东屋，冯贵同广和哥俩睡在西屋。

"要我说，你就和大哥睡在西屋吧。"

"那、那怎么好……"

"这怕啥的！来，到西屋我跟你细说。"

淑贤拉冯月进了打扫得干干净净的西屋，按她坐在炕沿上。"入乡随俗，进庙成佛，一个地方有一个地方的讲究。"淑贤把"住熟儿"的规矩，详详细细地给冯月讲了，又说，"这有啥寒碜的？反正早晚也是这么回事。再说，你就忍心总让我和孩子她爸分开睡呀？"

冯月一笑，露出两颗虎牙，细声细气地说："那、那就听你的吧。"

"哎，这就对了，我的嫂子！"淑贤高兴地把冯月垂在炕边的两条腿抬放在炕上，又帮助脱掉鞋子，"你就坐这儿别动窝儿，我把大哥叫过来。"

不一会儿，哑巴走进西屋，往炕上仅看一眼，就足够使他这个打了四十七年的光棍惊讶得张大嘴巴。只见属于自己的女人坐在已铺好的被窝上，正在解扣脱衣，一眨眼工夫，两个碗大的奶子便扎入他的眼里。他支着胳膊，不知所措，直到女人比画着让他插上屋门，他才找到应该做的事情。他扑上去，像饥饿的豹子发现野兔，却被女人一把推开，比画着让他灭掉灯。他乖巧极了，随着开关"吧嗒"一声，屋里变得漆黑一团……只消片刻，便响起背着沉重的砂袋子爬陡坡时才有的急促的喘气声……

半夜，哑巴醒来，悄悄下了地，拉亮灯，从镜框后面掏出一个纸卷，打开，是那块飞来的红纱巾。他轻轻地将红纱巾蒙在女人长满雀斑的脸上。女人睡得很香，鼻孔的每一次出气都把柔软的红纱巾吹得一鼓一鼓的。他醉了……

"唰——唰——"广和被惊醒了，坐起拉开窗帘看，嫂子冯月抱着竹扫帚，干着往日里本该是哑巴哥早起做的事情，头上蒙了一块红纱巾。

"呼——"，西屋传来哑巴哥的鼾声。

"三爷！快开门！"有人重重地砸门，"快开门呀！快！"冯月过去移开门闩。

小六子跑进来，瞟了一眼面前这个抱着扫帚的女人，几步蹿进屋，也不管淑贤是否还躺在被窝里，慌慌张张地对把式头广和说："不好了，丑子他们在咱掌子上面'打绕儿'呢！"

"啥？'打绕儿'？"广和的脸绷紧了，急忙穿上衣裤，"走，叫上我哑巴哥。"

三个男人执棍携棒奔跑在通往破嘴山的山路上。

十五

天将明时，大洋驴、小六子在掌头迷迷糊糊睡觉，一阵"咚咚"的声音惊醒他们。响声是从天棚上传下来的。两个人提着电石灯，走上陡坡，来到十四中段，钻进一条与他们的掌子同一走向的掌子里。很快就发现，前方有五六团红火。走近，见丑子他们正在地板上打井。

大锤，长钎，雷管，炸药，铁的面孔，冒火的眼睛。

"你们想干啥？"

"我干啥不干啥，关你屁事！"

"丑子，你不能坏了良心！"

"坏了良心的是你们把式头广和。"

"广和三爷对得起你。"

"对得起我，对不起我们这拨儿弟兄。甭废话，给我滚！"

丑子话音未落，已有五六个家伙抄起工具逼过来。

好汉不吃眼前亏，大洋驴、小六子只好退出掌子。

"小六子，快跑去告诉三爷，我在这儿盯着他们。要快！"大洋驴终于明白，昨天夜里丑子到他们掌子丈量距离的用意了。

等小六子带着广和兄弟俩气喘喘赶到时，大洋驴又报告了新的情况："我刚刚量了，丑子他们打井地点在咱们掌头前面大约十五米。"

十五米！而十四中段与十五中段两条掌子之间的岩层只隔四米。

这就是说，如果丑子他们打竖井打到广和他们这条掌子前方的金矿脉上，再横着往前掘进，就等于切断了广和他们掌子的去路。但如果广和他们掘进速度快，在丑子他们未打到金矿脉之前，超过井点，那么丑

110

子他们"打绕儿"的计谋就会落空。

一场占有与占有、力量与力量、速度与速度、计谋与计谋、火与火、水与水的较量，开始了。

宝贵的砂子与无用的毛石混在一起，掌子宽度缩窄到仅容下一人，全是为加快进尺速度，节省时间。

凿、撬、铲、运，广和一拨儿四人，各有分工，不言不语，更没有片刻停歇。叮叮当当打钎，呼哧呼哧喘气，稀里哗啦扬锨。钢铁与岩石厮杀，进度与毅力抗衡。

广和想好，虽然他们要掘进十五米才能超过丑子他们的井点，但打锤握钎得手，清运渣石方便。丑子他们虽然只需穿透四米岩层便可截断去路，但打的是竖井，口小不得干，口大费时间，越往深打越不得清运。所以广和很有信心，他不相信能败在丑子手下。

掘进两米后，遇见坚硬的青石岩层。

"小六子，到我家去取雷管和炸药，再让家里你三奶奶她们烙一些大饼带上来。"

广和话刚出口，"轰——"，上面的丑子他们已经抢前一步用炮了，震得天棚上掉下来几块石头，有一块正砸在哑巴硬塑料的安全帽上，就像是谁用锤子敲了下鼓面，当！"啊啊！"哑巴愤怒地号着。

这一声炮响，足以说明丑子他们为夺取"打绕儿"的胜利，已不再考虑下面掌子里人的死活。

一向精明的广和失算了。

丑子他们打竖井的速度比广和估计的要快得多。这不仅是因为用了炮崩，恐怕更是因为丑子他们这些人急红了眼。

人急造反，狗急跳墙，老母猪急了能斗过大灰狼。急所爆发出的力量，是无法估量的。同样，急也会使人丧失善良，生出歹毒。

眼看落在后面，广和也急了。"大洋驴，跟我来!"他同大洋驴来到山腹外，在山坡上收捡两捆干草，撅些酸枣枝子，抱着来到十四中段丑子他们打竖井的那条掌子口。

打火机点燃干草，湿沉沉的酸枣枝子放在上面，火促着烟，烟裹着火，翻滚着向掌子里灌去。两个人又以衣当扇使劲猛扇。很快，先是听见一阵呼啦啦抖动翅膀的声音，这是潜入掌子越冬的蝙蝠，随后紧接着掀起一场轰轰烈烈的咳嗽运动，同时伴着丑子的咒骂："龚广和!……吭吭……我……你……吭吭……妈!"

广和、大洋驴窃窃笑着，回到十五中段内自己的掌子里。但没过多大一会儿，他们也遭到了铺天盖地漫来的烟雾的袭击，呛得他们蹲地下吭吭捣蒜，嗓子痒痒，眼睛红红，鼻孔辣辣。显然，丑子他们在火堆上撒了辣椒面儿。

双方在变着法儿地阻止对方掘进。

于是，双方便都一时无法掘进了。整个山腹里都弥漫着令人窒息的烟雾。

广和四人撤到地面换气，见丑子他们已经坐在向阳的山坡上吃干粮了。

"给，喝一口，龙凤大曲!"

"……嗬，真有劲儿!"

"过瘾过瘾!"

"解馋解馋!"

"来着，都先喝一口润润嗓子，等赶明儿咱们再设'百鸡宴'庆贺!"

"噢——好!"

丑子那拨儿人起哄架秧子，不知谁又打了长长的一声口哨。广和眼睛瞪出了血，但却不敢轻举妄动。丑子他们有七条汉子，一个比一个棒。若真拧起胳膊动起手来，广和他们绝对没有便宜可占。

没有风，西斜的太阳照在身上暖暖的。一只野兔子在远处石头上立起前腿向这边望了望，一蹿一蹿跑走了。两只山雀叽叽喳喳一前一后钻进茂密的干草丛里。猛地，高空中冲下一只鹞儿鹰，从草丛里抓起一只山雀，又飞快地腾空而起，一片片灰褐色的羽毛从空中飘然落地。

广和估摸掌子里的烟散了，带人又钻进黑洞洞的山腹。见广和他们一动，丑子他们也拍拍屁股站起来。

来到掌子里，广和意识到自己犯了一个错误。他首先采用了"烟火攻"，所以才招来同样的报复。但他恰恰忘了丑子他们打井的那个掌子前方，是通往十三中段的另一个竖井，这竖井就如同一座粗大的烟筒，将掌子里的烟雾很快抽走了。而广和他们这条掌子前方是死胡同，烟雾漫进来，很难散出去。无奈，广和暗暗叫苦。

这四个人已顾不上这些。浸湿衣裤，捂住鼻嘴，抡锤打钎，装药放炮，不等硝烟散尽就又扑到掌头清渣，然后又是打眼放炮……反复几次之后，掌子里那股辣辣的烟雾被放炮产生的强大气浪赶了出去，剩下的只是浓浓的硝烟。

"轰——"，传来一声放炮声。方向不再是头顶上，而是前面的岩层里。广和几个人心里都明白，丑子他们的竖井已接近金矿脉了。但他们没有丝毫的泄气，无论是在心理上，还是在体力上，仍做着顽强的抵抗。就像拔河比赛的两支队伍，广和他们显然已被对方拔过表示河的白线，但胜负的哨子还没有吹响，他们就不能松开手中的大绳认输，继续做着拼死的努力，争取获胜的最后一线希望……

前方岩层里老半天没响炮了，也听不到隐约的打锤声，广和的心提上来。丑子他们是不是已经……他让大洋驴绕上去看一看。

丑子他们一伙人倒在地上，你靠着他肩，他枕着你腿，呼呼睡大觉，地上七横八卧地扔着几个空酒瓶子，浓烈的酒气扑鼻，丑子身旁还放着一个"叫金儿"的碗。可以想象得出，这里刚刚举办完一场庆贺"打绕儿"成功的酒会，然后一个个都醉倒了。

看到丑子他们甜睡的样子，大洋驴想起，两拨人已经两天一夜没合眼了。他立马儿觉得眼睛发涩，双腿发软。他捡起"叫金儿"碗，碗里盛着一槽黑色的"底留"，摇摇，在手掌上一磕，"底留"拉成一长条，几个黄黄的微小颗粒显了出来。还用再说什么吗？丑子他们已把竖井打到金矿脉了。毫无疑问，也啥话别说，丑子他们是这条金矿脉的所有者了，这是作金儿人的规矩。

当啷！一个玉米粒大的石头从天棚上掉下来，正巧击中地上的空酒瓶子。大洋驴警觉地举起电石灯看，天棚上没有发现异样。

返回到自己的掌子，大洋驴一屁股坐地上。

"咋样？"广和关切地问。

大洋驴一声没吭。

几个人都明白了怎么回事，手中的钎呀锤呀滑落下来。一拨儿四人默默地坐着，半天半天，没有说话，没有抽烟，甚至听不到一声咳嗽，只有四盏电石灯依旧"刺刺"地吐着红火。

突然，哑巴嗖地站起来，抄起铁锤，向仍插在掌头岩壁上的钎子狠命地打，边打边"啊啊"叫，直到将钎子全部打进坚硬的岩石里，才像泄了气的皮球似的瘫坐下来。

小六子哭了，传染给大洋驴，又传染给广和。但广和使劲咬着嘴唇，到底没有哭出声，而泪水却溢出来。

老爷们儿哭，叫驴嚎，铁锅碰铁勺。窄小的掌子似乎容纳不下这群被挫败锐气、丢掉脸面、失去金矿脉的作金儿人的悲怆，哭声在四壁来回冲撞，像是一匹脱缰的野马。

"别哭了！"广和猛地大喊一声。

三个伙计顿时没了声，半张着嘴呆呆地看着把式头。

"哭管啥用？丢了掌子，不能再丢了志气……走，回家睡觉！"广和提起电石灯向外走。他双腿如同灌了铅，步子拌蒜，身子打晃。此时此地若他一人，他非得倒地睡他三五天。但他不能。他是把式头，是三爷，是吃了败仗的将军——既然是将军，就不能失将军的风度。

走到十四中段丑子他们"打绕儿"的掌子口，几个人不由得停住脚步，向里面望了望。

就在这时，掌子里"轰隆"一声，随即传来哭爹喊妈的哀号。四个人迅速交换了眼色，都意识到发生了什么事情。

果然，当广和他们来到"打绕儿"的竖井旁，只见石块埋住丑子的下身，杀猪似的"妈呀妈呀"叫，只与广和对视一眼就昏了过去。丑子一拨儿的另外几个人，缩着脖子抱着头瘫在岩壁下，吓得灵魂出窍，屁滚尿流，光有号的劲儿，没有站起来的力气了。

也许被这惨象吓住了，也许从心里根本就不想抢救，也许怕随时还会有"啸顶"的危险，反正广和一拨儿人原地没动，你看我，我看你，愣了长达十几秒钟。

大洋驴拉了拉广和的胳膊，示意离开。

广和没有动。

哑巴大叫一声冲上去，就像一名杀向敌人的勇士。这举动，三个正常人过后想起来，足够让他们惭愧一辈子的。

丑子被扒出来，脚后跟已经朝前，腿肚子上露出一段白碴骨头。

"丑子！丑子你醒醒！"广和托着丑子的头，急急哀哀地叫，似乎只有这样，刚才在瞬间产生的幸灾乐祸的心理才得以安慰，良心上的内疚才得以减轻。

"啊啊！啊啊！"哑巴突然指着天棚惊恐地大叫起来。

天棚上裂开一道口子，碎小的石渣纷纷掉下。

哑巴顾不上别人，背起丑子就跑。

"快跑！要啸顶了！快跑！"广和从地上拉起一个吓瘫了的人，啪啪地重赏了两个耳光，那个人才激灵灵站起，兔子一样蹿将出去。对另外几个吓丢了魂的人，广和也如法炮制，果然一一奏效。

"轰隆隆——"，人们刚跑出掌子，那整个一条废窟就啸顶闭门，从地板到天棚，封得严严实实。这以后，任何人也甭想再用"打绕儿"的方法来与广和他们抢夺金矿脉了。

背着丑子连颠带跑走了一段，哑巴累得眉毛上挂满白霜。大洋驴换过哑巴，背着丑子继续赶路。不一会儿，大洋驴也喘不上气来。要知道，他们已经两天一宿没合眼。丑子又移到广和的背上。

山风很凉，落日昏黄。

丑子沉重地呻吟一声，苏醒过来。他抡胳膊踢腿想从广和背上下来，但腿脚已不听使唤，就用拳头擂着广和头上的安全帽，喊叫着："放我，浑蛋！你放下我！"

"你才是浑蛋！"广和扔下丑子，脸色阴得吓人，拉起几个伙计就走。

小六子有些不忍心："三爷，咱们还是把丑子……"

广和瞪起眼睛："少给我废话！"

走了几步，哑巴回过头，见丑子像个被遗弃的婴儿似的哇哇大哭。"看什么？快走！"广和用力推了哥哥一把。

"不！我不服！我不服呀！"丑子到底没有认输，向苍天挥动着拳头，"老天爷，你不公啊……你不公啊老天爷……"头一歪，又昏了过去。

十六

骑着自行车带着冯月行驶在通往县城的柏油路上，哑巴心里甜甜的，脚下用力，耳边生风，竟超过一辆手扶拖拉机。

侧身坐在车后架上的冯月，紧紧揪住男人的衣服，她有些怕，拍拍男人屁股。哑巴将车速放慢，回头看看她，咧嘴笑了。

昨天冯贵来了信，说结婚证明已开好，不几日便可送到，让这边做好准备。吃完晌午饭，哑巴带冯月进县城置办东西。临出门，哑巴让冯月戴那块鸡血红纱巾，他觉得这样美。但她不肯，比画说耳朵会冷的。哑巴依了她。她仍戴她的驼色方围巾。

风也和，日也暖，路也平，心情也高兴，仅用一个小时就到了县城。如今，县城里不分集不集的，每天都旺旺的人。

哑巴下了车。"啊，啊啊。"把冯月的手放在后架上，让她摸紧，比画说，车多人多，别被撞着，别挤丢了。

冯月点点头。

他们向县城中心走去。哑巴不断地向冯月"啊啊"着，夸耀沿街新起的建筑物，那自豪劲儿就好像图书馆影剧院展览橱窗以及门脸儿不大却装潢华贵的美发廊都是他们家开办的。

冯月每次都点头应是，她倒蛮懂得不扫男人的兴致。

走到十字路口，哑巴冲立在转盘中央的千里马塑像伸出大拇指，回头想再向女人夸耀一番，却见冯月手松开车架，朝一旁走去。

"啊啊！"哑巴推车追上前，比画着问冯月干啥去。

冯月向路边指指。

路边有个公共厕所。

哑巴不好意思地笑了，扬一扬手，拍一拍车座子，让她快去快回，他在这里等着。

等冯月从厕所出来，哑巴又将她的手放在车后架上，让她把牢。

来到百货商场门前，哑巴存上车，拉着冯月走进去。他给她买了衣，买了鞋，买了裤，买了布，全部包进包袱，又买了一块坤表，当场就套在她细细的腕子上。

出了商场，又进饭店。吃了鸡，吃了鸭，吃了鱼，吃了肉，又要了一斤三鲜馅的手工水饺。当然，其中少不了有白酒助兴。冯月竟然陪男人连干三杯，面不改色心不跳。哑巴乐得大嘴岔子咧成瓢。

哑巴的小肚子被尿憋疼了。他拍拍凳子上的包袱，让冯月看好，他去方便方便。很快，他就返了回来，手里拿着两个已经剥去纸的大雪糕。

可是，冯月和包袱都不见了。

"啊啊！啊啊啊！"他喊了几声，招来邻桌吃饭人的几多白眼。

他跑出门："啊啊！"

他冲上街："啊啊啊！"

他拦住行人，比画说看没看见一个头戴方围巾、脸上长着雀斑的女人。但没有人能听懂他的手语，更没有人理解他的心情，问谁谁都摇头。

他急得直跺脚。

他恨得将舌头咬出了血。

他手里的两个雪糕，化成光秃秃的两根木棍儿，但他仍紧紧攥着……

十七

大洋驴听说冯月走丢了，想到广和家看看。刚一出家门，遇见媒婆李大脚带着一个四十来岁的男人走来。这男人的头发油亮油亮的，像刚被牛舌头舔过。

李大脚和那男人推门进了俊秀家。随即传来说话声。

"侄媳妇在家吗？"

"在。大婶您来了，快请屋里坐。"

腾地，大洋驴心里燃起万丈妒火，烧得他立时心慌意乱，手脚哆嗦，周身血液在沸腾。这时他才清楚地意识到，能够引起他躯体里每条血管都膨胀起来的那根神经，仍在俊秀手里牵着。他想推门冲进去，但努力克制住了，转身返回家，在院子里直转磨磨儿，忍受着他一生中最难熬的一段时光。

终于听到出门送客的声音了。

"大婶，您慢点儿走，天黑。"这是俊秀。

"不怕，就是栽个跟头也乐意。喝喜酒的时候，别把我给忘了！"李大脚的嗓门儿大得像纸糊的驴。

大洋驴的心提到嗓子眼儿。

"看您说的！真要到那会儿，还能把大婶您给忘了？"俊秀声音低低的。

"是呀是呀，忘了谁也忘不了您呀！"那油头男人女声女气一副公鸭嗓儿。

大洋驴真想一拳揍趴下这个浑蛋。

"侄媳妇，别送了，回去吧！"李大脚的嗓门突然变得又尖又细，

"长福，要不你再陪俊秀回屋待会儿？"

"这……"那浑蛋肯定是在看俊秀的脸色。

"啊，不，大婶，以后有的是工夫。"俊秀声音有些发颤。

大洋驴稍稍松了一口气。

"哈哈哈！你们呀你们，还算都是过来的人呢。"李大脚放声大笑，仿佛这个世界都是属于她的。

呸，我去你李大脚的亲闺女！大洋驴心里狠狠地骂。

"好吧，回去吧，孩子叫你了。我们明天听你的准话儿。夜里睡不着觉的时候，再好好想想，啥都是一咬牙一闭眼的事。"

脚步声渐渐远去了。

事后想起来，大洋驴自己也不相信，他哪里有那么大的勇气。他不等俊秀关上院门便冲进屋一屁股坐在炕头上，盘起双腿，呼呼喘气，脸憋得青紫，就像斗红了眼的一条公牛。

俊秀跟进屋，看了他一眼，没吭声，坐在炕边，搂过女儿小珍，冷冷地问："你来干啥？"

"我来干啥？"大洋驴一纥蹴子从炕上站起来，啪啪甩掉鞋子，"我来让你认识认识我是谁！知道吗？我是谁？我到底是谁?!"

只这么一句，俊秀眼圈就红了。

"告诉你，我不是小珍她哥，不是！是她叔！是她叔！"

泪水从俊秀的眼睛里涌出来。

"妈，你这是咋了妈？"见妈妈一流泪，小珍也哭了，她抄起地上的鞋甩到赖在炕头的大洋驴身上，"滚蛋！妈妈不喜欢你这个大洋驴！"

"小珍！"俊秀拦住女儿，"不许胡说。"

两人的目光碰撞到一起了，彼此都从对方的眼睛里看到了那焦灼的火花……

"人家那会儿，心里又难受，又害怕……可你呢，王八脖子缩回去了，连门儿也不登，墙豁子又给堵上了，见了面儿，还、还叫我'婶子'。我是你婶子吗？你说！你说！"俊秀忽地掀开被子，解着恨地捶打起重新又躺在她家西屋炕上的男人。

大洋驴一边躲闪，一边求饶："别打了！……腿都抽筋了！别打了……哎哟哟，我的好婶子！"

"你再敢胡说八道？让你嘴不老实！"于是更急更狠的拳头雨点似的落在她心爱的男人肩上、腰上、腿上。

不过，她很快就动弹不得——身子被他紧紧地抱在怀里。她又嘤嘤地哭了。

"噢——噢，我的小宝贝儿，别哭了，再哭要变成小白兔的。"

她扑哧一声笑了。

"哎，我问你，头年儿那天，我来……向你赔礼道歉，你为啥不给一点儿面子？非得让我给你下跪呀？"

"哼，口口声声说是赔礼道歉，你知道你那天啥表情？真该拿镜子让你照照，脸上每根汗毛恨不得都在说'我有钱'。我缺钱，可我更需要人！可你呢，还把一条红纱巾挂在树梢上，这不是糟践我们娘儿俩吗？呜呜呜……"

"好了好了，都已经过去了。把所有不是都归我一人身上行了吧？"

"去！谁也没说把不是都归你身上呀！我不该把劲儿绷得太紧，差点儿把弦绷断了……不，刚完，又……你不要命了？"

"今儿死你这炕上，我也认了！"

"不……真的……我是心疼你……"

"别说话！"

"……"

窗户纸由黑灰渐渐变成黄白了。

"起吧。"她脖子枕着他的胳膊，不动。

"起吧。"他胳膊搂着她的脖子，不松。

"往后你更得加小心。"

"往后我更得加小心。"

"别磕着碰着。"

"不磕着碰着。"

"磕着碰着我不饶你。"

"磕着碰着你别饶我。"

"真要磕着碰着你可就坑苦我了。"

"真要磕着碰着我可就坑苦你了。"

"去，又跟人家学舌！"

"哎哟！"大洋驴腿上像是被鸡啄了一口，一把搂过俊秀，"我真想把你吃喽！"

俊秀叫起来："松手！勒死我啦！"

大洋驴松开手，在她鼓鼓的脑门上响亮地亲了一下："我真不知对你咋好了。"

俊秀揪了揪大洋驴的耳朵，然后柔柔地说："我明儿个就去卫生院，把环儿取出来。"

大洋驴不明白："环儿？啥环儿？套哪儿的？"

俊秀又气又笑："你呀，真是头笨驴！"

大洋驴显得极认真："告诉我，你到底要取啥环儿？"

俊秀冒出一句玩笑："就是套在你脑袋上的紧箍咒儿！"

大洋驴知道这不是好话，过去一下子噙住俊秀的奶头："说不说实话？不说我就不撒嘴。"

俊秀觉得一股热流酸遍全身："我、我是想取下环儿，好给你生个

122

大胖小子！"

大洋驴抬起头，愣了片刻，再次把俊秀搂紧了……

十八

七天过去了，仍不见冯月的踪影。广和终于发现了那封所谓的安徽来信的信封上，盖的却是本县的邮戳儿。

还用再说别的吗？一向认为自己精明的广和知道上了一个大当，鸡飞蛋打，人财两空。其实，损失两千多块钱倒是小事，关键是急坏了哑巴哥哥。

哑巴明显瘦了，眼眶凹下去，颧骨凸出来，嘴唇起了一溜燎泡。他认准是自己把冯月给弄丢了。这天，广和想劝劝哑巴哥哥，比画说不要太难过，身体是自己的。又比画说，冯月和冯贵是骗子，冯月那女人非常坏……

"啊啊！啊啊啊啊啊啊！"哑巴突然一把揪住弟弟的衣服。

广和愣了一下，又用手比画说，冯月肯定是个坏女人，到家来的目的是卖淫骗钱。

咚！哑巴狠狠地给了弟弟一拳，"啊啊"地连号带比画，意思是说，再敢讲冯月不好，就跟你拼命。他不允许任何人玷污她的名声、诋毁她的形象。因为在他四十七年的人生中，最美好、最激动、最畅快、最难忘的时刻，是同那女人一起度过的，或者说是那女人给予他的。

吃晚饭时，哑巴喝醉了。本来他酒量很大，曾跟人打赌，一次喝过一瓶二锅头，然后照样扛着大镐去地里刨白薯。但今天，他只喝了几盅酒就趴在桌子上，人事不知，醉成烂泥。

广和架着哑巴哥来到西屋。淑贤跟过来忙给铺好被窝儿。

哑巴倒在炕上，死了一般。

淑贤抹了一下眼泪，退出去。

广和为哑巴哥脱掉鞋袜，脱掉棉袄，然后去脱裤子。大铜卡子牛皮腰带解开了，扒下裤腰——啊？广和怔住了，半晌没说话。

圆鼓鼓、紧绷绷的肚皮上围着一块鸡血红纱巾！

十九

绕过丑子他们"打绕儿"的井点，遇到一窝好砂子，用淘金碗一"叫"，碗里面的"底留"黄灿灿的。只是砂子很湿，能一把摸成团，偶尔还可见一两块鹅卵石。这大山腹部哪里来的鹅卵石呢？大自然真是不可思议。

砂子湿，易凿撬，也就省了工时，不需咬牙瞪眼跟岩层较劲，只管把砂子背到十三中段主巷道，让雇来的手扶拖拉机拉回村就是了。

照这样干，再有八九天，砂子就能凑够五十吨，又可以运走一火车皮。广和心里盘算着，等这拨儿砂子的钱返回来后，分成五份，他们一人一份，另一份给丑子。丑子左腿膝盖粉碎性骨折，送到县医院当天就被截肢。等他出了院，能拄拐下地了，让他看看堆在场院上的砂子堆，每天给开工钱，开春或秋后再帮他张罗把房子翻盖上，也就对得起他丑子了。这个打算虽还没与其他三个人商量，但广和相信他们不会反对的。

背了四五趟砂子，汗水早已湿了裤裆。广和招呼伙计们歇了。四个人坐下来，喘了一阵气，抽了一支烟，大洋驴便咧咧地唱开了。唱完"军功章里有我的一半，也有你的一半"，又唱"如果我倒下，再不能回来，你是否理解，你是否明白"，然后又唱"我们是害虫，我们是害虫……正义的来福灵，一定要把害虫杀死，杀死"。

大洋驴和俊秀的关系已经公开。新买的彩色电视机也放在俊秀屋里。并不是他未娶媳妇就忘了娘，瞎妈能看见赤橙黄绿青蓝紫吗？俊秀家四间白磕儿门窗，大洋驴也买来漆给油上了，顿时生辉。自然，小珍已改口，一口一个"叔叔"地叫。

一时没结婚，就还算是两家，何况两房之间院墙还没有拆除。但"住熟儿"肯定已是多余。从大洋驴表现出非凡的男子汉气魄的那天晚上起，他就同俊秀在一条炕上过夜了。俩人已商量好，等忙过这一阵，就披红戴花吹笛儿按眼儿哩喔啦。

所以，大洋驴美得整日咧咧咧地唱。

"哎，我说大洋驴，别光你独唱，咱们来个合唱咋样？"广和倡议。

"不行不行！"小六子首先摆手反对，指指胸口说，"这几天，我这儿老疼，准是整天钻掌子闹的，这里边儿氧气少，得了胃亏氧了。"

"啥？你再说一遍你得了啥？"

"得了胃亏氧呀！"

"哈哈哈……"广和笑出了眼泪。

"小六子，谁呼吸用胃呀？我看你是裤腰带系脖子上——系（记）错了。你那病叫胃溃疡，不是胃亏氧。"大洋驴很在行。

"胃溃疡？"小六子还是不明白。

"对，就是说你的胃烂了。"

"你的胃才烂了呢！"

广和说："大洋驴讲得没错。赶明儿你真得上医院查查，早治早好。"

"是吗？"小六子认真起来，"那我得抽空儿去瞧瞧。"

"对，别他妈的女人是啥滋味儿都没尝到就弯回去。"

"大洋驴，你小子缺德吧！存心咒我是不是？"

其实，大洋驴说错了。小六子在春节期间去兴隆县那未来老丈人家送钱时，偷摸着沾了那一条胳膊女人的身子。可至今品味起来，也觉得心里空空荡荡的。要是个"全人"绝不是这个滋味儿，他想。不过，这毕竟也算……按大洋驴的理论，这辈子死了也值了。但他不愿把这事透露给第三个人，不然又会成为取笑他的把柄。他以赖就赖，以守为攻，说了一句足让大洋驴恼怒的话：

"咱哥们儿就是再没能耐，也不会抢着去吃那二水儿面吧？"

"好你小六子！"大洋驴一把拧住小六子的胳膊，他果真有些火了。

"哎哟哎哟！三爷救命！"小六子疼得杀猪似的号。

"好了好了，别伤着筋骨！"广和走上前解劝开。

哑巴看到他们打闹，脸上总算露出一丝笑容。他站起身，提着电石灯朝掌子外走去。

广和觉得也该方便一下，跟过去。没走多远，先是听到一阵"哗啦哗啦"撒尿声，随后看见哥哥把裤子急速地提起来。广和将头扭向一边，佯装什么也没看见。

显然，哑巴是怕弟弟发现他围在肚皮上的红纱巾。其实，广和心里明镜似的，只是不便也不能把哥哥这属于他自己一个人的秘密捅破。

歇过之后，这四个人便开始挖砂子。

砂子更湿了，根本不需要使钎锤凿撬，只用短把小镐刨。又是一镐刨下去，却拔不出来了。大洋驴用力一撬，岩壁像一面墙似的轰隆倒下来——一条隐藏在地下的暗河喷涌而出，只几秒钟就把掌子淹没了……

在十三中段主巷道里，等着拉砂子的拖拉机手，半天不见有人背砂子上来，"哎嘿"喊了两嗓子也没有回声。"这几个人，干啥去了？真磨蹭。"他边嘟囔边走下坡，来到与十四中段相通的那眼竖井旁，用手电一照，暗河的水已溢到快跟井口一般平了，浑黄的水面上蠕蠕翻动着一条鸡血红纱巾……

这天夜里，龚家店村又照例飘荡起"吱棱吱棱"的胡琴声，不成曲，不成调，忽起忽落，断断续续。不过，与往日不同的是，整整响了一宿。

大约在冬季

一九八九年一月十六日

史玉田用一根细麻绳捆绑着纸箱。纸箱里显然还有未被充填的空隙，每绑一遭，里面的东西便碰撞着发出"咕咚咕咚"的响声。孩子们早已睡下，两个黑脑袋码西瓜似的排列在炕沿。俊头蹬开被子，将一条腿蛮横地搭在姐姐身上。

"这小子，睡觉都想欺负他姐姐。"妻子兰香扳过儿子的腿放进被窝，顺手伸到褥子下摸摸，炕依然很热，甚至有些烫手。接着，她继续飞针走线，为儿子俊头赶做里外三新的棉袄。

纸箱又"咕咚咕咚"响了一阵。

"玉田，我琢磨着给他爷爷和小姑再带点啥东西呀。窖里有肖梨，院子里埋着半口袋栗子，啥好不好的，带去让他们爷儿俩尝尝鲜呗。"半晌不见应声，兰香抬头补了一句，"嘿！说你呢，听见没？"

史玉田不紧不慢地回答："还是算了吧，咱妈就让带这个。等明儿个见了面，还不定咋着呢。"他手中的麻绳所剩不多了。

"明儿见了他爷爷，你想陪他们住几天？"

听不见回答。兰香并不在意，她已习惯与丈夫这种慢节奏的对话。

将最后一段麻绳拴成提手，史玉田拎起掂了掂，看捆绑是否牢靠，然后这才冲着印在纸箱上的"灯塔肥皂"几个字说："兰香，说句心里话，我又不想去见……他们了。"他有意无意地在"见"的后面停顿了一下，并选择了"他们"这个毫无感情色彩的字眼。

兰香停下手中的针线，疑惑地看了丈夫一眼，语气中掺入几分不满："早就定好的事，咋说变卦就变卦呢？"

史玉田避开妻子的目光，卷起一支大炮，点燃，发狠吸了一口，本来就干瘦的两腮越显瘪了。远远传来几声狗叫，引得自家的那条老犬在窗根下含混不清地随声附和一阵，便再没了动静，只有旱烟化成的烟雾在四壁涂炭的屋子里蔓延。

兰香面对丈夫长时间的缄默，终于有点儿沉不住气了："哎我说，你倒是吭声儿呀！这会儿又后悔见他爷爷了，当初别回信应人家来呀。"

"我……咳，咋说呢，我是怕见了面不知说啥好。"

"那有啥犯怵的？亲爹，啥话不能说？你就大大方方、堂堂正正的，谁还能把你吃喽？"

史玉田便又不吭声，卷起第二支大炮。

一件里外三新的棉袄在兰香手下完成了，她摘了摘挂在棉袄面上的棉花毛，从针线筐箩里拿出一对针织的松紧口，分别绷在两个袖口上。要知道，儿子的哈喇子似乎永远流不完，又总爱用袖口抹，新棉袄穿不上三天，袖口就泛起一片米汤浆过似的光亮。明天儿子要随他爸去北京见从台湾来的爷爷和小姑，不能让孩子在长辈面前丢脸。

"玉田，你的心思我知道，说穿喽，不就是磨不开面子，怕事后再吃挂落儿吗？我不知你为咱妈想过没有，从昨天头晌收到电报，她没踏实地吃过一顿饭，出来进去的，总心神不定。"兰香有些激动，语音微微发颤，"甭管咋说，孩子他爷爷奶奶夫妻一场，还留下你这条根。"

"可现在，他们……各有各的家了。"

"正是这样，他爷爷不好直接到咱家来，才约你在北京见面……哎，对了，昨天来的那封电报呢？那上面有他爷爷住的地址，可别忘了带。"

"忘不了，装衣兜儿里了。"

其实，那一纸电文已深深印在史玉田的脑海。

吾儿玉田（仲奎）十七日来京长城饭店
1032房会父妹切切生父周荣昌

三星偏西的时候，这对夫妻钻入暖暖的被窝。

"睡吧，明儿个还得早起赶班车呢。"兰香说完留给丈夫一个光滑浑圆的后背。

史玉田掖了掖被子，一股甜腻腻的气味从妻子的脖颈和乌发中散发出来。每当闻到这特有的气味，他心里就觉得陶醉，觉得坦然，觉得安逸。结婚以来，他从心底里感激和敬重这个比他小七岁的女人。是她的勤劳、贤惠、善良，使这个支离破碎生拼硬凑起来的家，少了生分，多了和睦，去了隔阂，添了欢乐。

"对了，还有一件事。"兰香翻过身来，脸贴着丈夫的肩头，"他爷爷和小姑要是想到咱家看看，你呢，就答应下。家里这边俩老人家，由我来劝说他们。你看行不？"

史玉田没有说话，揽过妻子抱得紧紧的……

半夜，堂屋门"吱呀"一声。史玉田醒来，接着又听见院子里有"嚓嚓"的脚步声，随后"哗啦"一下，这是寨子门开了。他掀开窗帘，透过玻璃，看见一个身影出了家门，从那夸着小脚走路的姿态来判断，是母亲。史玉田起身下地，跟了出去。

月牙蒙上昏黄的面纱，灰蒙蒙的夜空不见几颗星斗，空气中融入了过多的清冷和潮湿。母亲来到房前的小山顶上。有着动人传说的"望夫石"，此刻酷似一个妇人的身影。远处看去，分不清哪个是母亲，哪个是石像。山脚下通向北京方向的柏油公路，弯弯曲曲，闪着幽光。

"呜呜……"传来母亲低低的哭声。

史玉田的心顿时被这哭声击碎了，他不知所措。他这是第一次听到母亲哭。在过去四十年的岁月里，不管承受多少凄风苦雨，不管日子过得多么艰难，他从未见母亲掉过一滴眼泪。

母亲的哭声时紧时慢，逐渐变成一种急促的呜咽。

史玉田心里明白，这哭声包含了母亲四十年的哀怨和思念，倾诉了母亲四十年的艰辛和苦难。四十年啊！从他出生五个月，父亲离家出走，到今天由茫茫大海那边归来，整整四十年！草木枯荣复始，牤牛河水照流。可父亲却已另有家眷，母亲也已成为他人之妻……想着，史玉田眼中不禁有泪流下来。他咬紧牙，不让自己哭出声，唯恐惊动了母亲难得一次的悲痛流露。但他抑止不住，捂住嘴离开了。

空气愈加潮湿，似乎能一把拧出水来。

一九四八年十月八日

怀里的孩子睡着了，郝莲英从两边上翘、形如菱角的嘴里抽出奶头，将儿子卧进被窝。油灯"啪啪"地爆了几下灯花，她用针锥拨一拨灯捻，屋里立时明亮许多。她冲着那一团红火愣神想了片刻，然后将针锥插头发里蹭了蹭，瞄准鞋底上的针脚使劲扎下去，等再咬牙拔出时，针锥发出一阵好听的"嗡儿嗡儿"的颤音。家中公公婆婆小姑子

132

的过冬棉活都做好备下，只剩丈夫这双棉鞋了。鞋底纳得很厚，全是为在承德衙门里供职的丈夫免受地寒的侵袭。

村中响起几声狗叫，她侧耳细听，心里不禁掠过一丝恐慌。前几天听说娘家前苇塘那村土改闹得激烈，大户的财产分给了穷人，东家的闺女做了长工的老婆。婆家在村里也算是数一数二的富户，昨天村贫协的人已到家做财产登记了。

"扑通"，像是有什么东西掉进院子。她猛一口气吹灭油灯，灯捻上生起一缕青烟。

有人轻轻敲门。

她的心骤然收紧了，一把抄起剪子，屋里弥漫着未燃尽的煤油味。

"莲英，开门，是我，我是荣昌。"

她拉开堂屋门闩，丈夫裹着一股寒气闪身进了屋。

"你这是……"

"小声点儿。"

她随着丈夫高瘦的背影走进里屋，摸摸索索重新点亮油灯。我的天！丈夫脸上青一块紫一块，灰布长袍划破好几道口子。

"他爹，你这是咋了，啊？"

"不要紧的，没伤着骨头。"丈夫有意回避着什么，伏身看看儿子，抚摩一下那红扑扑的脸蛋。儿子本能地嚅动着嘴唇，梦想蕴有甘甜乳汁的奶头还衔在嘴里。

她端来一铜盆清水，浸湿毛巾给丈夫擦去脸上的血迹和灰尘。"到底是咋闹的呀？你说嘛。"

丈夫所答非所问，竟然冒出这样一句："莲英，我要走了。"

她的心悬起来："去哪儿？"

"天津。"

133

"啥时走？"

"现在，马上。"

"为啥？不做你的事了？"

"暂时先避避风。"

"你到底是咋了？快跟我说。"

"咳，一句两句也说不清。"

"那、那你得啥时回来？"

"估计少则仨俩月，多则一年半载。"

"我去把爹妈他们叫起来。"

"不用了，你替我转告二老，村里人要是分咱家的土地和东西就给他们，千万别硬顶着。好，赶紧得走了，还有几个人在牿牛河边等我呢。"

"哎，等等。"她取出出嫁时娘家压在箱子底的八块银圆，塞给丈夫。

"还是你留着用吧，我一个人在外边好办。"

"拿上吧，家里是灰就比土热，咋着都能凑合。"

她一直送丈夫到了山脚下的大道边。

"好了，回吧，孩子醒了会哭的。"

"等有了落脚地儿，想着托人捎个信儿回来，省得让爹妈惦记。"

"莲英，爹妈和咱们的奎儿就全都托付给你了。"

"你放心，不管出了啥事，有我呢。"

当丈夫高瘦的身影融进茫茫的夜色，渐渐消失在大道尽头的时候，她忽然有些后悔：要是早几天把那双棉鞋做成就好了，那样今天他就可以带走。

南飞的大雁把它鸣叫产生的悲凉，全都传染给了夜幕下久久伫立的女人。

一九八九年一月五日

一夜之间，千树万树梨花开。皑皑白雪来得如此突然，却又无声无息，似乎有意不让人们看到它那种飘洒的扭捏和被天空抛弃的痛苦。墨绿的松林，褐色的土地，或灰或红的屋顶以及裸露的一切，均涂上厚厚一层银。世界完全换了模样。

"不知班车还能不能通？"史玉田手中的肥皂头出溜一下滑进脸盆里。

"就是走着到县城，再倒火车也得去。"兰香把一团热腾腾的毛巾捂在儿子俊头的脸上。

"要不，就别让俊头去了。"史玉田摸鱼似的在浑浊的脸盆水里捞着。

"不！就去就去就去嘛！"俊头的脑袋在热毛巾下拨浪鼓似的摇着。

"去去去，让你去，爷爷点名儿让你去，谁敢拦挡我们宝贝儿。"兰香涮着毛巾。

"哼，偏心眼儿。"女儿小贤噘着嘴出了屋。

"就去，气死你！"俊头冲姐姐的后背瞪了一眼。

"得了，别得便宜卖乖了。"史玉田捞出肥皂头。

"可有一样，俊头，不许再用袖子擦哈喇子了。"兰香从儿子鼻子里拧出一把鼻涕甩在地上，"瞧你这个脏劲儿！等见了爷爷要懂规矩，别给妈丢脸。"

史玉田端起脸盆走向堂屋。

母亲往灶里添添柴火，又翻翻锅里大饼，就在她直起腰拢那一缕垂下来的白发时，史玉田敏感地发现母亲的双眼有些红肿。迈出门槛，他又回头看了一眼。母亲似乎意识到什么，躲过儿子投来的目光，揉揉眼睛，埋怨说："这叫一个呛，柴火着雪了，老是冒烟。"史玉田心里咯噔一动，鼻子立时酸了。

通向驴棚、羊圈、鸡窝、柴火堆的路，亮出一条黑色的甬道。

"哗——哗——"史玉田循声看去，父亲正撅着屁股清扫通往山下小路的积雪。看来他已劳作多时，秃顶上冒着热气，喉咙里拉着风箱，扫帚挥动得近似迟缓。若以往见到这种情景，史玉田会毫不犹豫地上前帮一把。可今天这是怎么了？他一动不动地看着雪地上缓缓移动的老人，像是欣赏一位工匠在创造某项非凡的壮举。自从昨天夜里发现母亲偷偷哭泣之后，他的情感变得异常脆弱，父母每个微小细节都能触动他敏感的神经。过一会儿，他就要踏着这条小路去北京见生身父亲，眼前这位与他没有血缘关系的老人，虽说不可能除掉沿途所有积雪，但起码在他迈出家门时，脚步是稳健的，没有任何障碍。

吃过饭，史玉田父子来到山脚下的班车站。临行前，妻子叮嘱这叮嘱那，父亲也说实在走不了就回来，可母亲未讲只言片语，连屋子都没出，只顾埋头刷碗，把筷子弄得"哗啦哗啦"响，这使史玉田的心上压了一块铅。

十几个乘客向驻站司机说尽好话，进而央求，又撕破脸皮连挖苦带损，都无济于事，司机坚持不走车。逼急了，司机把车钥匙举在半空："谁敢开谁拿走，有没有人？大雪封山的，我可不想玩命。"人们唏嘘一阵，骂爹骂娘骂老天地散去。

史玉田一手拎着"灯塔肥皂"纸箱，一手领着儿子上路了。对到县城六十里雪路所要付出的艰辛，他做了充分的思想准备。生父在北京等着见面，这一天整整等了四十年，一时一刻也不能多等了。

翻过一道山梁，俊头用袄袖抹抹流到下巴的哈喇子，耍赖说："爸，我走不动了。"

史玉田蹲下："上来，爸背着。"

俊头乐了，露出豁牙子，蹿上爸爸的后背。

白雪覆盖的盘山公路上，刻画出一行深深的脚印……

一九八六年十一月八日

消息来得太突然，父亲来信了。信绕道美国寄给前苇塘姥姥家，由老舅转给了史玉田。看着信封上繁体的中文，大串的英文字母，上下颠倒的收发地址，以及"史玉田先生亲启"的特殊称谓，史玉田感到这封信和写信的人是如此的陌生和遥远，甚至有那么一点点令人惧怕。

"妈，我拆信了。"史玉田自己都能品出这话中的请示味道。"拆吧。"母亲神情木然地盘腿坐在炕上，仿佛一尊蜡像。兰香把剪子递给丈夫。信封被裁下韭菜叶宽的一条，史玉田从信封里抽出几张淡蓝色的纸，小心翼翼地展开，见里面夹着一张彩色照片，他只看一眼便忙又装进信封，但还是被母亲发觉了。

"拿出来吧，我瞧见了，是相片吧？"

"妈，您……"

"妈不是小心眼儿的人，拿过来我瞧瞧。"

"来，我先瞧瞧。"兰香看了照片，也不想给婆婆，"妈，以后再瞧吧，让玉田先给您念信。"

"不，给我，给我呀！"母亲伸出巴掌等着。

夫妻俩无可奈何地对视一眼，只好将照片递给母亲。照片上有老少五口，前排一男二女三个孩子，个个眉目清秀，衣服整洁。后排一夫一妇两个大人，男的寸长白发，面色红润，花格衬衫系一条绛红领带，平添了几分精神；女的五十出头，青丝油亮，风韵犹存，绸布旗袍披一件墨绿披肩，愈显身材娇小玲珑。母亲仔细端详着，许久，似乎忘记了身旁还有一儿一媳。

史玉田提心吊胆地等待着随时都会降临的灾祸。

兰香倒一杯茶水递过去："妈，您喝口水。"

母亲的目光从照片上移开，只说了一句："他的日子过得还不赖。"

史玉田无法理解母亲出乎意料的冷静："妈，您……没事吧？"话一出口，才觉得有些多余。

"我这不是挺好吗，念信吧。"母亲竟然笑了笑，脸上菊花似的皱纹也有所舒展。

"史玉田（仲奎）……"史玉田仅仅看了信的开头，喉咙仿佛堵上了棉花。从写信人下笔的轻重和墨水颜色的深浅上断定，括号里"仲奎"二字显然是后加上去的。为啥要后加上去？为啥不直接称呼仲奎？……仲奎？谁叫仲奎？……哦，十几年了，还没有人这样称呼过他，甚至他自己都几乎忘却了这个曾使用过的名字。

母亲催促说："咋不念呀？念吧。"

史玉田试探地念起这封海峡那边的来信。

史玉田（仲奎）：

我今日悉知你们母子还都健在，并且你已长大成人，娶妻生有子女了。真是苍天有眼，菩萨保佑，我高兴至极。

今天是农历九月初九，正逢我七十周岁生日前一天。俗语说，孩生日，娘苦时。我在外边多年从未庆过生日，只有祭祀父母，祭几个时辰便哭几个时辰。今得知你们情况，令我激动不已，这个生日虽然也会照样哭，却给我以莫大安慰。

我离家时，你才出生五个月，你是农历五月初六生，与你母亲生日同月不同日。那时你白白胖胖很可爱。分别那一晚，我至家中，你已熟睡，迄今我清楚记得，为父手托你红扑扑的脸蛋之后，你频频噏动唇儿，梦想母奶仍含在口中……对不起，写到此我已泪洒信函，喉咙哽咽不能自制了。

我现已退休在家。生活虽说富裕，精神并不愉悦，心中只有一个念头：何时与我妻儿相见？我苦苦祈盼这一时刻及早到来。

你母亲待我太好了，我俩真正恩爱夫妻。在这里，请允许我向她说几句话。

史玉田在此打住："妈，下边是写给您的，念吗？"

"念。"母亲闭上眼睛。

"来，我念给妈听吧。"兰香从丈夫手里要过信，接着往下念。

郝莲英：

你现在好吗？我走后，你代夫职，养老育幼，将奎儿拉扯成人，为二老送终尽孝，你有天大之恩于我，而我愧对于你，内疚之情无法细述，只有向你深致谢意！这许多年来，你所遭不幸都因我而起。

奎儿迟迟不能择偶，你为我周家香火不断，苦等我二十六年后不得不带奎儿改嫁。这一点令我感动得泪流不止。你的牺牲和用心没有白费，娶了儿媳，有了孙子孙女，我为有你这样伟大的贤妻而自豪！

当初我匆匆离家出走，不过是因集体参加了国民党，唯恐受到严厉斗争，才想躲避一时。谁知竟然一别三十八年！若知如此，就是去死也不与你们母子分离。我不知你母子还在，故娶林氏为妻，现有一男二女。莲英，我们三五年内有可能团聚，望你快乐活下去，注意保养身体，多散步打拳运动，多与儿孙取乐。你送我那八块银圆，我一直珍藏于枕下……真是千言万语说不尽，只有借此一纸寄相思了。

信念到这里，兰香忍不住双手捂脸抽泣起来。

"还写啥了？接着念。"母亲不动声色地说。

史玉田将信继续念下去。

玉田（仲奎），你妈是我的恩人，是周家的功臣，我将永世不忘，你要好好奉养她，我想你和你的太太都会这样做的。此外，你祖父祖母何时辞世，告我确切日子，我好即时祭祀，若有坟墓，也望你清明时分代我这不孝之子，为二老添土烧纸。拜托！

史家现有几口人？来信顺便告知，并代我向史先生问好。

寄去美金支票两百元整，仅略表慰问之意，是加菜是买礼品庆贺还是分给个人，跟你母亲商定吧。随信寄一张全家照片，请查收。也急切希望你寄全家照片来，彼此看看就如同亲人见面团聚了。

祝你们全家老小健康快乐。勿失联络。尽快寄全家照片来，切切！

生父周荣昌亲笔

许久，三个人缄默无言。

门帘掀开，露出父亲那张榆树皮似的脸。老人不肯迈进门槛，就那么高高地扬胳膊挑着门帘。

屋子里的空气顿时紧张起来。

"爸，您回来了？"史玉田满脸堆笑地与父亲打着招呼，但一见老人脸上升起越来越多的乌云，他的笑容立刻凝固了。

"坏了，一定是听到了来信。"兰香心想。她看了一眼婆婆。只见婆婆盘腿坐在炕上，神情无动于衷。

门帘放下了，黑门框里消失了那张布满阴云的脸。

"爸，您哪儿去？"史玉田迟疑片刻，疾步追出屋……

饭桌摆上炕，史玉田把酒壶里温好的二锅头倒进杯子里，恭敬地放在父亲面前："爸，您来着。"

父亲理也不理，推开酒杯，抄起油汪汪的烙饼，大口地用秃牙床子撕着，闭嘴咕哝几下，喉咙滚过一阵隆起。

史玉田和老人生活了十几年，摸透了父亲的脾气，只要用好话哄他捧他奉承他，哪怕用某种不切实际的许诺明显地欺骗他，以证明家里有他这个父亲存在，凡事都可以大事化小，小事化了。今天，这一切努力都失败了。

吃完晌午饭，父亲坐在炕沿上，虾米似的弓着腰，深深埋起秃光光的头。

史玉田递上一支烟："爸，兰香昨儿才给您买的。"

老人腰不直，头不抬，默不作声。

母亲在外屋稀里哗啦的刷碗声，兰香在院子里连喊带吆喝的喂猪声，以及一双儿女在坡地上逗大白鹅的嬉笑声，相继传进屋来。

"爸,您咋不抽呀?来,我给您点上。"

直至火柴燃到头,老羊倌也没去接那白惨惨的烟卷,却依稀可见一条条蚯蚓在太阳穴上鼓起。

"爸,其实……从那边就只来了一封信……啊,还有一张照片。我本来等您一回来就……"

老人"啪"地一拍炕沿站起来,含混不清地吼道:"我都听到了。骗我,你们一个个都变着法儿地骗我!"然后怒气冲冲出了屋,门帘甩得"哗哗"响。

一贯老实得如同绵羊似的父亲,突然变成了吞噬绵羊的豹子,史玉田感到事情严重了。

羊圈响起一阵骚动。父亲赶着羊群上了山坡,羊铲投掷出的石子,又狠又准地命中试图离群越轨的羔羊。

一九八九年一月十八日

伴着一声长鸣,火车缓缓驶出站台。史玉田看看表,零点三十八分。他舒了一口气,心里有些安稳了。

车厢里乘客不多。幽暗的灯光催人昏昏欲睡。俊头枕着"灯塔肥皂"小纸箱,蜷身躺在皮革座椅上,早在候车室熬时光时,他就睡着了。车轮的节奏明显加快。车窗外偶尔出现的灯火转眼即逝。一股股冷风不知从什么地方顽强地钻进来,车厢里本来就可怜的暖气越显微不足道了。史玉田脱下半截子大衣,盖在儿子身上。

昨天,父子俩赶完六十里雪路,来到县城火车站,一列市郊车刚刚驶离。史玉田只好买下午夜这趟从承德开往北京的车票。这就是说,父亲电文里"十七日来京"的约定,无论如何不能实现了。在县城十字街头的电信大楼亭子间里，他要通了长城饭店的长途电话。

"您好，我是长城饭店，您要哪里？"话筒里传来一个女子娇柔的声音。

"我、我要1032房间。"史玉田觉得亭子间憋闷得喘不上气来。

"好的，请稍等。"话筒里随即响起动听的音乐。

急促的呼吸通过话筒变得夸张，夸张了的呼吸声又使握话筒的手颤抖不止。史玉田期待着那个声音出现，同时有些胆怯。几年来，虽说与父亲相互通了三五封信，但对生身父亲的陌生感并没有从他心头抹去。童年时，父亲在他的心中是片云，是团雾，是飘忽不定的幽灵。后来不知为什么，也不知从何时起，父亲幻化成一个身着长袍马褂、头戴瓜皮小帽的形象，并多次走进他的梦里，来去恍惚，永远绷着面孔。直到四十年后，父亲的彩色照片寄来，活生生展现在他眼前时，他竟觉得那么不真实——尽管妻子兰香说他和父亲简直是一个模子铸的，眉眼、鼻梁以及那厚厚的嘴唇都非常相像。

动听的音乐依然不知疲倦地响着。那个陌生的声音始终没有出现，没有！话筒攥得有些发潮，史玉田倒换了一下手，耐心地等待着。

"爸，让我跟爷爷说句话吧。"俊头仰着小脸，眼睛里含着诸多的渴望和真诚。

"等打通了再让你讲。"史玉田说这话的时候，一种失望的情绪在心头悄然升起。

"对不起，先生。"话筒里的音乐中断，传出那个女人娇柔的声音，"1032房间的客人不在。如果您愿意的话，可以留言，我会转告。"

史玉田便把因大雪封山不能如期赴约，要等明天上午才能抵京的意思说了。这样，生父和妹妹就不会因等不来他们父子而担忧以致做各种猜测。同时，对父亲又多蒙上一层神秘，又增添一分陌生。他领着儿子

143

走出电话亭子间时甚至想，他和生父的缘分是否已尽？出生五个月，生父便离家出走，一去四十年杳无音信，今日终于约定北京见面，却又被这茫茫大雪生分两地，相会不成，通话不能。

车厢突然摆动起来，车轮发出"哐哐"的空响，一根根桥梁支架的影子紧贴车窗掠过。等驶过白河大桥，列车去掉了浮躁，重新变得平稳深沉。

一九八六年十一月二十二日

给生父写好回信，装进照猫画虎描下洋字母的信封，史玉田却迟迟没有将此信发出。他在等待，等待这个家庭裂痕的弥合，等待裂痕弥合之后一家六口照张全家福，随信绕道美国寄往台湾，以满足生父信中"彼此看上一眼就如同面见亲人"的愿望。

其实，生父初次来信的第二天，事情就有了明确的结果。史玉田请来前苇塘村的老舅和继父一爷之孙的一个大爷一个叔叔，在频频交杯换盏之中达成一个非常实际的协议：既然两边都已各自成家，以后日子该咋过还咋过。那天，父亲醉得一塌糊涂，失态地拉住母亲竟一个劲儿地叫"乖乖"。次日，母亲到这个家十几年来第一次没有早早爬起来烧火做饭，躺了整整一天，滴水未进，粒米未沾。以后便跟没事人似的，比往日更忙碌更操劳，似乎是为了某种补偿。

清早，史玉田和父亲一人使锨，一人用镐起着羊圈粪，以便赶在大冻之前上好新垫土。

"爸，今年咱家羊的膘情可真棒，村里哪家也甭想比上。"史玉田把这句嘉奖说得听不出有半点的恭维。

"棒不棒，全凭人，伺候到了，哑巴牲口有良心。"提到羊，老羊倌来了情绪，"又有九个母羊怀上了，开春咋也得再抱它十几个羔子。"

史玉田顺坎骑驴："腊月里宰它俩，好好过个年，给您弄条皮裤子。"

"宰仁都行！皮裤子不要，我有。"

史玉田嘴上抹蜜："您那皮裤子没多少毛了，铺着不暖和。"

"那就你妈我们俩一人一个。"

夸一句羊的膘情好，许一条羊皮裤子，父亲已是心花怒放。当然，醉翁之意不在酒。

借着父亲高兴，史玉田十分谨慎地说："爸，趁今儿星期天小贤不上学，咱们一家子下山照个全家福去吧，乡里新开了一家照相馆。"

老羊倌一时没有明白过来："照……那个干啥？"

史玉田半搪塞半认真地说："挂墙上留着看呗，顺便……也给那边寄一张。"

老羊倌的脸由晴转阴，往手掌啐口吐沫，抡尖镐掀起几块粪饼，然后才问道："跟你妈说了？"

"还没。"史玉田紧跟又接上一句，"想听听您是啥意思呢。"

沉了沉，父亲脸上晃开一道晴："你妈你们娘儿几个去吧，我看家。"

"爸，我说您还是去吧，省得……"

"甭说了，就这么着，吃了早饭你们就去。"

吃过早饭，史玉田对母亲说："妈，咱们下山照张相吧，我爸说他看家。"

不等大人做出反应，小贤和俊头高兴地喊起来："噢，照相去喽！照相去喽！"

"老实点儿！再穷嚷嚷不带你们去了。"兰香稳住孩子。

昨天晚上，夫妻俩就策划好了，父亲不去在他们的意料之中，但无论如何也要拉上母亲。如果母亲不去，很难说照这张相片还有多大意义。

　　"我还去吗?"母亲看了一眼坐在炕沿握着烟袋锅子、把腮帮噙成两个坑的父亲，对儿子说，"你们四口子去吧，我在家给你们做饭。"

　　兰香在小贤和俊头耳边嘀咕了几句。两个孩子猫儿似的扑上去，这个磨那个泡："奶奶去嘛奶奶去!"

　　"儿孙们让你去，你就去吧。"父亲在炕墙上磕打磕打烟袋锅，埋头说，"甭担心，我不嗔着。"

　　照相馆设在由公社改叫乡的乡机关对面，门脸不大，装饰得花里胡哨。橱窗里大模大样地摆着三五幅放大着色的人头像做招牌，只是色彩太重，脸蛋像是挨了巴掌扇，眼睛仿佛刚哭完，嘴唇也过于红艳。"咋就跟吃了死孩子似的。"兰香好一通褒贬。

　　走进门来，店主隔着柜台热情地打招呼，又主动介绍说："新添彩照，日本胶卷，拿到北京冲印，红是红绿是绿，跟真的一样。"

　　交钱开票进到里屋。店主对这家人前后左右地摆布一番。揿亮支架灯，屋子里顿时白得耀眼，热得烤人。一家五口的形象清晰地映在镶满整面墙的镜子里。

　　史玉田拢拢头发，忽然发现镜子里母亲的神情异常惊惶，布满皱纹的脸急促地抽动几下，扭曲得几乎变了形。不等他闹明白怎么一回事，母亲已站起来离开座位。

　　"妈，您干啥去?"兰香为孩子整理衣服，没有看见婆婆脸上瞬间的变化。

　　"哎，老太太，别走哇，这就好了。"店主喊着。

　　母亲一声没吭出了屋。

146

所有疑惑的目光都投向呆呆而坐的史玉田。

"别强迫妈了，咱们照吧。"

一九八九年一月十八日

史玉田带俊头挤下公共汽车向四处张望。在盐水的作用和车轮的碾轧下，积雪化作粥状的稠物，漫淌到鱼脊形的马路两边。清洁工俩人一组沿着马路牙子奋力推着扫帚，富有节奏地将污浊的雪水推进雨水口。

"劳驾大姐，长城饭店咋走呀？"

"就前边儿，一溜儿杆子上挂着好多旗子的就是……看见了吧，上面有长城豁子的。"

按照清洁工的细心指点，史玉田父子来到一座银灰色的玻璃大厦前。

俊头疑惑地问："爸，这个爷爷也是放羊的吗？"

史玉田心头掠过一丝悲凉："别瞎说，见了爷爷要懂礼貌，听见了？"

俊头点点头，哈喇子流出来。史玉田用他那粗拉拉的手在儿子嘴上抹了一把。俊头的下巴泛起一片微红。

衣冠楚楚的门卫威风凛凛，平洁如镜的大理石地面油光闪亮。史玉田领着俊头在门外踌躇了好一会儿，鼓了不止一次勇气，又掏出父亲的电报握在手里，这才忐忑不安地走上前去。

"您好！"门卫早已注意到这对头顶高粱花子的父子，"您需要帮忙吗？"简直是变相盘问。

"我、我到里边找人。"史玉田惶恐地递上电报。

门卫翻过来掉过去地看，似乎要从这一纸电文中找出什么破绽不成。

"仲奎哥哥!"一声亲切的呼唤。

史玉田循声看去，只见一位十六七岁的少女夹带着花一样的清香，从大门里飘然而至。

"你是……"史玉田认出这是同父异母的妹妹，只是一时叫不出她的名字。

"我是小妹阿娇哇!"少女忽闪着长长的眼睫毛，微微上翘的鼻子透着几分俏皮，普通话说得挺标准，"仲奎哥，我们见过面，在照片上，你跟爸爸年轻时长得好像好像啊!"

史玉田"啊、啊"了两声，一时有些不知所措。

"走吧，我们进去吧，爸爸等得好心焦呀。"

门卫恭敬地打开门。三人步入大厅，迎面扑来暖流。

"这是侄子吧?"

"快叫姑姑。"

"姑姑。"

"哎，真乖。几岁了?"

"五岁。"

"叫什么名字?"

"俊头。

"要不长得这么俊呢。"

姑侄俩一问一答走在前，史玉田渐渐落在后。阿娇的披肩发黑色瀑布般地泻下来，无拘无束，就像她的性格。应当承认，初次见面，妹妹给他的印象不错，并没有过多的陌生感，甚至可以说是亲切的。不过，有一点让他这个当哥哥的大为不解，妹妹穿得也太单薄了，那露着脖子的桃红色宽松毛衣，怎能抵御寒风的侵袭? 那短到膝盖以上的黑羊皮筒裙，又怎能适用于北方的严冬？这时，史玉田敏感地发觉，大厅里有好几个白皮肤黄皮肤黑皮肤的人用一种异样的目光看着他。他忽然意识到，这全是脚下翻毛皮鞋鞋底子钉的那个月牙形铁掌在作怪。好在地毯就在前面。他一脚踏上去，铁掌敲击地面发出的"嗒嗒"声立时听不到了。

"雪下得太大，山里不通班车。"等候电梯时，史玉田解释说，"昨天我打来一个电话，不知……"

"总机小姐转告我们了，其实，哥你再多等几秒钟就好了，我跑进房间，电话铃刚好哑了。"阿娇不无遗憾地说，"爸爸知道你们被大雪截住了，一再说，真是难为你们了，还……还流了泪。"

想不到父亲为他们如此牵挂，史玉田一路上的所有艰辛似乎跑到九霄云外。

"哥，你知道吗，我长这么大，还是第一次看见雪。台北从来不下雪。爸也说有四十年没看到雪景了。"阿娇在刚刚结识的哥哥面前，没有丝毫的拘谨，像是遇见老朋友似的，"雪花原来是这样晶莹纯洁，这么温柔多情，触到脸上好痒好痒的，心儿都碎了。"

史玉田笑笑，他第一次体会到了当哥哥的感觉。

俊头对电梯充满了好奇，眼睛盯着不断变换的红色数字，禁不住念着："三……二……一……"

电梯门开了，三个人走进去。史玉田从茶色的玻璃镜子里看到了自己的身影。他躲过阿娇的视线，将有些耷拉的帽檐往上撅了撅。同时触景生情，不禁想起乡照相馆满墙的大镜子，想起母亲在镜子面前扭曲的脸和突然离去的举动。等一会儿见了面，父亲倘若问起来，寄去的全家福照片为什么没有母亲，他又该做何解释呢？

"哥，到了。"出了电梯间，阿娇奔过去抢先一步拧开 1032 房间的门，喊道，"爸您快看，谁来了!"

史玉田一手扶着俊头的肩膀，一手拎着"灯塔肥皂"纸箱，怔怔地站在门口。

屋内的沙发上站起一位寸长白发的清癯老人。

此时此刻，四十年的离别成为过去。相互间的凝望，在彼此的心底爆发出灼热的火花。

他就是生身父亲吗?

他们就是我的骨肉子孙?

这个老头像大官儿，不像爷爷。

"来来来，请进请进!"老人热情地迎上前。

史玉田张了张嘴，最终没能叫出那个神圣的称谓，改口对儿子说："快叫爷爷。"

俊头怯怯地叫了声"爷爷"，便躲在爸爸身后。

"哎! 我的好孙子! 都知道害羞了，哈哈哈……"老人爽朗地笑着，却有泪水溢出眼角。

阿娇打开一听雪碧递给俊头，问："哥，你喝咖啡还是喝茶?"

"喝茶。"史玉田坐进沙发里，浑身上下不自在。

老人挨着儿子坐下来，将手搭在儿子的手背上："累了吧?"

"还好，不累。"史玉田不敢与生父的目光对视，但他已明显地感觉到那手的松软和温柔。

"喝杯水，歇一歇，等一会儿咱们去吃饭。"老人拍了拍儿子粗糙的手背。

"啊，不忙的，还不算饿呢。"其实，史玉田早已饥肠如鼓了。

"哥，给你。"阿娇将一杯茶放到茶几上，补充说，"这茶还是从台湾带来的呢。"

史玉田总算有了抽回手的机会，把茶杯往老人这边挪了挪："您喝吧。"

"不，我这儿有。"老人又将茶杯移到儿子面前。

史玉田端起茶杯，清香扑鼻，直润心扉。

老人问："还喝得惯吧？这是绿茶，我记得咱老家的人都爱喝花茶。"

"挺好的。"史玉田敷衍了一句。

"哥你说可笑不，我和爸爸来时，听说大陆商品奇缺得很，就把什么茶叶呀、咖啡呀、牙膏呀、香皂呀，包括卫生纸在内塞了一大包。可到这里一看，什么东西都有，而且好便宜好便宜哟！"阿娇说完娇嗔地笑起来。

空气渐渐融洽一些。

阿娇看到哥哥扯出一条纸，撒上些黄碎烟叶，双手前后那么一拧，转眼就变戏法似的卷成一支烟，不禁惊呼："哇——哥，你完全可以开办一家卷烟工厂嘛！"

史玉田干笑着，没说话。

"我尝尝。"父亲要过卷烟，叼在嘴上。

"爸，你不是早戒烟了吗？"阿娇问。

"你哥这烟，我得破戒抽一支。"

史玉田划着火柴，恭敬地为老人点上烟。

父亲深深地吸了一口，陶醉地闭上眼睛，幽幽地说："这烟一准儿种在好黄土板儿地上，布的是芝麻豆饼，没让露水打过。"

不承想，一支"大炮"竟把父子二人的情感拉近了。

房内二十四度的恒温，对穿着里外三新棉衣棉裤的俊头来说，简直是在受刑。不等一听雪碧下肚，俊头的双颊已烧得如同两个熟透的红苹果。

"姑姑给你脱掉棉衣。"阿娇这才发现侄子的两个袖口又湿又硬，"哎呀，怎么弄成这个样子？"

史玉田解释说："哈喇子老往袖口上抹，说多少次了，总也不长记性。"

"别怪孩子，还小嘛。"老人掏出手绢为孙子擦擦嘴，"看，下巴都皴了。"

更让史玉田难堪的事情是在脱下棉衣之后。俊头贴身穿的绒衣又小又破，油脂麻花分辨不出颜色。尽管父亲和妹妹没说什么，但从他们惊讶的表情里，从他们迅速交换的眼神中，史玉田的自尊心受到伤害。他不能原谅自己包括妻子在这件事情上的失误。当初，只想到为儿子赶做一身里外三新的棉衣棉裤，却忽略了穿什么内衣。生活即使再紧巴，买件布衫或秋衣的钱总还是有的。

"哥，你带俊头洗个澡吧。"

"对，先去去乏。"父亲不由分说，起身走向卫生间。不一会儿，从里面传出"哗哗"的放水声。

洗完澡出来，不见父亲在房间。

"俊头，到姑姑这屋子来一下。"

不一会儿，阿娇便把俊头送过来："让爸爸看看，我们漂亮不漂亮？"

只见俊头身穿一套黄色绒衣绒裤，脚踏一双白色旅游鞋，头戴一顶贝雷帽，一条花手绢半掖半露在衣兜。只片刻，阿娇就魔术师似的把一个山里的孩子变成一个小洋人。

史玉田忙说："还不谢谢姑姑。"

俊头上嘴唇一碰下嘴唇："谢谢姑姑。"

"不用谢，咱们是一家人。"阿娇在俊头的脸上响亮地亲了一下。

史玉田心头掠过一阵热流，说不上是凄楚还是内疚。

这时，父亲提着一个食品袋走进来，看见俊头从上到下换了模样，眉开眼笑地说："我孙子名副其实是个英俊少年了！来，看看爷爷给你买什么来了。"

"哇——猪尾巴！"阿娇叫起来，"爸，你买这个干什么呀？"

"不怕你们笑话，我小的时候也总爱流哈喇子。后来，就是吃酱猪尾巴吃好的，这叫偏方治大病。"老人笑着将一条颤悠悠的猪尾巴递到孙子手里。

俊头似乎不甘示弱："我奶奶也给我吃过这个。"

史玉田发现父亲一怔，生怕儿子再冒出什么犯忌的话来，打岔说："爷爷给买的，快吃吧。"

"爸，我馋得也要流口水了。"说着，阿娇抄起一条形状绝对不能算雅的猪尾巴，有滋有味地啃起来。

到底是孩子，俊头在爷爷和姑姑面前已毫无拘束了。在阿娇的要求下，俊头扯着嗓子唱起了乡间的水妞之歌。

水妞水妞出来，

你要不出来，

我打你妈臭脚骨拐……

阿娇没有听明白："什么叫臭脚骨拐？"

俊头不屑地说："就是臭脚巴丫子！"

阿娇先是一怔，随即一阵大笑，笑得前仰后合："好开心呢，再给姑姑唱一个。"

俊头便又念经似的数起"拉大锯"：

拉大锯，扯大锯，

姥姥门前唱大戏。

接闺女，接女婿，

小外孙子也要去。

不让去，偏要去，

拉着驴尾巴也得去……

不等俊头唱完，阿娇又是一阵大笑，抹着泪花问道："这些都是谁教你的？"

"奶奶呗！奶奶会的歌谣可多了。姑姑，你啥时到我们家去呀？我让奶奶也教你。"

"俊头，喝口水。"史玉田打断儿子的话。因为他看见父亲快快地离开沙发，走到窗前，显露出微驼的后背。

午饭吃的是自助餐，刀叉盘子矿泉水，不知名的名种菜肴，还有回荡在耳边的绵绵音乐。这一切，史玉田都感到极为不适，甚至觉得所有的饭菜都不如家中的猪肉炖粉条好吃。此外，从走进餐厅，他就马上条件反射地生成一个念头：这一顿饭要花去少钱？正是基于这个原因，当吃完饭，父亲叫过小姐结账时，他借故起身去叫跑到一旁看烤乳猪的俊头，免去了心灵上再一次蒙受撞击的痛苦。

回到房间，史玉田解开捆绑"灯塔肥皂"的绳子，只见纸箱里装的全是红果，个头均匀，颜色鲜亮，一看就知道是精心挑选的。

"这是我妈……让我带给您的。"

老人惊呆了，太阳穴上的青筋嘣嘣直跳。

"我妈说，家里也没啥好东西，所以……"

"不，这太珍贵了，比任何东西都珍贵。那边根本见不到这个。"老人小心翼翼地捏起一粒红果，哆哆嗦嗦送到嘴边，只咬一口，眼里顿时噙满泪水，抬手去擦，泪水反而溢了出来。

姑侄俩从外边玩回来，阿娇眼到手到，抓起红果就往嘴里送："哇！又酸又甜，味道好极了！哥，是你带来的吗？这东西叫什么？"

俊头接过话茬说："姑，你这都不知道，这叫山里红，我们家多的是。"

阿娇便又陶醉了："山里红？哇，多好听的名字。"

仅一天工夫，俊头就和阿娇形影不离了。可到了晚上，阿娇说"让爷爷和爸爸睡一屋，俊头咱们两个睡一屋"时，俊头却说什么也不肯："你是女的，我是男的。"阿娇为此笑弯了腰："想不到你还是一个小封建。"在爸爸再三劝说下，俊头才勉强同意："那好吧，就一宿。"

熄了灯，父子俩一时默默无话。都市的灯火透过窗户，朦胧地映出房内摆设的轮廓。急救车的警笛声由远而近又由近而远，似乎在唤起往事的回忆和对变化莫测的人生旅途的遐想。

"仲奎。"见面以来，这是老人第一次称呼儿子为"仲奎"。

"哎，您有啥话就说吧，爸。"史玉田终于叫了一声"爸"，尽管就像蜻蜓点水般地一带而过。

"你妈……她好吗？"老人启动了憋了一天的话题。

"还可以，挺好的。"史玉田清楚，父亲一直回避跟他谈母亲。

"你寄给我的照片里，怎么没有你母亲？"父亲的话语里除了责备之外，更多的是期待。

"我……我妈没空儿，一天到晚总是忙。"史玉田自己都能品出这其中谎话味十足。

好在父亲没有再追问下去，不然，史玉田真不知会不会把那天发生在照相馆的事情和盘托出。因为，他现在觉得，在父亲面前撒一句谎，便是犯下一分罪过。他非常理解母亲为啥突然离开照相馆。母亲太老了，老得脸上的皱纹犹如盛开的一朵菊花，老得头上的白发稀疏得好像久旱的禾苗。倘若寄去这样一张照片，还真不如让父亲继续保留四十年前对母亲的印象。再有，与彩色照片上的那个丰韵犹存、青丝油亮的女人又怎么比呢？所有这些，父亲根本不可能理解。

"爸。"史玉田这次结结实实地叫了一声。

"哎。"父亲认认真真地答应了一句。

"您别误会我妈……我妈苦苦等您二十六年，为了我，也为了周家香火不断，才往前走这一步的。"

"这个你放心。仲奎，你妈是周家的大恩人，我对她永远感激不尽。"

在熄了灯的长城饭店 1032 房间里，在谁也看不清谁面孔的情况下，父子俩各自躺在床上，话说得很多，说到很晚。但是，史玉田始终没有抱怨父亲一句，也没有向父亲讲述一点儿他和母亲所遭受的苦难。有谁愿意分享苦难呢？尽管是生身父亲。

史玉田睡着了。松软温馨的鸭绒被和长途跋涉的疲劳使他睡得很沉。他不知道父亲半夜起来，独饮一杯又一杯威士忌借酒消愁；他不知道父亲一颗颗地品尝着红果，让老泪尽情地流；他不知道父亲摸出随身带来的那八块银圆，临窗眺望隐约出现在地平线上的曙光；他不知道父亲坐在床边久久地凝视着他的脸，尽管没有当年分别时双唇嗫奶的嚅动，有的却是均匀的呼吸和轻微的鼾声……

156

一九七四年十二月二十一日

收工回到家，周仲奎见院子里停放着一辆自行车，车座套坠着一圈黄穗穗，他知道这一定是老舅又来了。近些日子，老舅隔三岔五地往家跑，每次都背着他跟母亲嘀嘀咕咕。他虽不知这叔伯姐弟俩说些啥，但他强烈地预感到，家里就要发生什么事件，而且非同小可。

他没有进屋，抓起一把扫帚扫着被鸡刨的半院子的柴火末儿。

母亲送老舅出了堂屋。

"老舅。"周仲奎打了声招呼。

"回来了？"老舅黑红的脸上流露出一些神秘。

母亲躲过儿子投来的疑惑目光："他老舅，要我说你还是吃了饭再走吧。"

"不了，等赶明儿有好酒有好菜的时候我再吃吧。"不知老舅是否话里有话，兴许又在张罗给外甥提亲吧？

送走老舅，周仲奎挑起水桶出了家。当他挑满水缸，母亲已将一摞白面饼烙好了。

今天是啥日子？瓦罐里存的那点儿白面仅够迎亲待戚的，母子俩逢年过节都不舍得动一动。

"去，再抱点儿软柴火来。"母亲吩咐着，打在花碗里的鸡蛋被筷子搅得呱呱响。

竟舍得摊鸡蛋？生产队分值低得可怜，顶天立地男子汉，不如母鸡下个蛋，家里油盐酱醋全指望这个呢！

干树叶填进灶膛，周仲奎用烧火棍挑着吹了吹，底火"腾"的一声着起来。锅里的几滴水珠蹦蹦跳跳地快活一番，转眼消亡了。

母亲端过油罐子，舀了满满一铁勺花生油放进锅里。以后的日子不过了？一年一人从生产队里只分得半斤油，每次炒菜都是用特制的戥子淋上几滴油星，权当有那么点意思而已。说起戥子，那该是母亲的专利：一根竹木筷，两个旧铜钱，串在一块儿，留有空隙，炒菜时将戥子放油罐里蘸蘸，提出来一捻，锅里便落下滴滴点点，仿佛夜空中的星星。可今天这是咋了？

大半碗鸡蛋倒进锅里，引起噼啪一阵爆响，屋子里顿时充满了平日少有的油香。

吃完饭，母亲拍拍炕沿，温和地说："仲奎，来，坐这儿，妈对你有话说。"

周仲奎顺从地坐下。他知道，母亲要跟他摊牌了。

母亲开门见山："你老舅帮我找了户人家。"

"啥？妈您说啥？"周仲奎万万想不到，预感发生的事竟是母亲要改嫁。

"你别急，听我慢慢跟你说。"母亲依然很平静。

"不！我不听！我不听！"周仲奎疯了似的摇着头。

沉了沉，母亲说："仲奎，你爸甩手一走二十六年，是死是活也没个音信。我呢，带你守活寡熬了二十六年。这些年，妈受的苦和罪，你都瞧见了。就算是为了妈，为了妈有个出头的日子，你就让妈走这一步吧，啊？妈带你一块儿走。"

"不！妈，我养活您到老，我能养活您啊！"

"我的儿，妈信得过你。可妈咋着都好说，反正也是黄土埋半截了。"

"那为啥非要走这一步呢？我……我都二十六了。"

"仲奎，就是冲你二十六了，妈才……"

"真要冲我，您就不该生这个念头哇，妈！"

"仲奎，咱家的成分高，他们又说你爸去了台湾。这几年，你相的那好几个对象，不都为这吹了？"

"吹就吹，打一辈子光棍儿我认了。"

"话是这么说，可妈心里总觉得对不住你呀……去年，你爷爷死的时候，气断了老半天，眼睛也没合上。我知道，你爷爷这是放心不下你，怕咱周家断了香火。"

"不管咋着，妈，我不让您往前走。活着我养活您，死了我给您送终。"

"你的孝心妈领了。可今儿这事，仲奎，已经由不得你我了。"

"为啥？"

"我让你老舅告诉那边，后天套车接咱们娘儿俩。"

"不！妈，咱不走！"

"仲奎，真还要让妈跪下求你吗？"

"不，妈，您起来，您起来呀……我、我听您的还不成吗……妈——"

母子俩抱在一起，哭作一团。

一九八九年一月十九日

东单夜市。

"瞧一瞧看一看，马海毛大甩卖了啊！"

"皮夹克，一百八您拿走。"

"水洗萝卜裤，出口转内销。"

"小姐不来一条？正宗马头牌牛仔，当今最时髦。"

阿娇站住脚："哥，给嫂子买一条吧。"

史玉田脸上发热："你嫂子可穿不了这个。"

阿娇说："为什么？嫂子长得好帅嘛！"

摊贩趁热打铁："就是，好马配好鞍。我今儿豁出去赔了，再便宜您五块。"

史玉田解释说："阿娇，你不知道，农村不兴这。"

阿娇固执地说："牛仔本来就是从农村兴起的嘛。"

"好了好了，爸和俊头都走远了。"史玉田拉起妹妹赶几步追上去。

"仲奎。"父亲眼睛盯着挂在架子上的各式服装，一时听不见反应，便转过身又叫了一句，"仲奎。"

史玉田这才意识到父亲是在唤自己，忙不迭地答道："哎，爸，啥事？"

父亲说："看什么衣服合适，给你妻子买几件。"

史玉田说："用不着，兰香她有，里外都不缺。"

俊头仰头看看爷爷，又看看爸爸，生气地噘起小嘴。

父亲说："别客气，见什么可心就说话。我这个当公公的，总也该尽点责任，是不是？"史玉田没有说话。

即使现在想起来，他也觉得妻子兰香就跟天上掉下来似的。随母改嫁的第二年，有一天，家里来了一位身背粪箕子的老头，还没聊上几句话，老头劈头便对母亲说："嫂子，我有个大姑娘，给你儿子当媳妇要不要？"母亲喜出望外，又是打酒又是炒菜，好一通招待。直到洞房花烛，史玉田也不明白曾扛着三八大盖打过日本鬼子的老丈人，举措近似荒唐的动机。新婚妻子告诉他："我爸早听说你管理果树有一套，爸那天是慕名而来。"

走过服装摊位，各种小吃的诱人香味扑鼻而来，招揽生意的叫卖声更是不绝于耳。

"卤煮火烧!"

"茶汤油茶杏仁茶!"

"老豆腐!不热不要钱!"

一家老少四口每人要了一碗宫廷紫米莲子粥。白炽的灯光下，碗里的粥红得像是凝固的血。

"仲奎，再来几个小笼包子不?"父亲问。

史玉田低头喝粥，没有听见。

"哥，爸问你再要几个包子不!"阿娇提醒说。

"啊，不，不用，这就足够了。"史玉田不禁为自己再次的反应迟钝而愧疚。不是他耳背，更不是他有意怠慢父亲，他实在是对"仲奎"这两个字反应不过来。"史玉田"这个名字叫了十几年，他习惯了，从听觉到感情上都已经接受。两天来，父亲对他的称呼似乎很在意，要么叫"仲奎"，要么省略，从没直呼过他现在这个名字。是不认可"史玉田"，还是难以启齿? 也许……也许就像他当初由周仲奎改叫史玉田一样，经过很长一段时间才适应。

爷爷发现孙子不高兴，问:"俊头，怎么了?"

俊头忽然冒出一句:"爷爷，您叫啥名儿呀?"

爷爷被孙子这句没头没脑的话问愣了:"爷爷叫周荣昌，你问这个干什么?"

"您、您是我亲爷爷吗?"

"是呀。"

"我爸姓史，我也姓史，您为啥姓周呢?"

"俊头!"史玉田阻拦儿子不要再说下去。

"不，我就要问! 我爸叫史玉田，爷爷您为啥老管我爸叫仲奎呀?"

161

"我……"爷爷在不懂事的孙子面前无言以对，放下粥碗，起身走了。

"爸爸！"阿娇追上去。

史玉田杵着儿子的脑门儿："你呀你，净胡说八道，还不如不带你来呢。"

俊头理直气壮："我才没胡说八道呢！"

"再敢顶嘴?!"史玉田举起巴掌威胁。

"本来嘛！"俊头满肚子委屈，带着哭腔儿，"你叫史玉田，爷爷老叫你仲奎，你、你还答应……"

史玉田举起的巴掌慢慢放下了……

一九七四年十二月二十三日

一挂三套马车拉走了全部家当。

母亲坐在车尾的包裹上，头蒙灰色围巾，身穿藏青布衣，裤口扎着绑腿，黑面鞋子浆洗得亮亮的。

车轮碾过山路上薄薄的雪，印出两行淡淡的车辙。周仲奎跟在车后，脚下有些拌蒜。

细碎的雪糁儿时缓时急，却终究不是鹅毛大雪，不能将荒凉和丑陋都掩上银白，只能为这阴霾的天气增添几分肃杀。

大车把式很卖力气，摇着红缨手鞭，高声吆喝牲口，打破了峡谷里死一般的寂静。偶尔惊起栖息在悬崖峭壁上的野鸽子，扑棱几下翅膀便又没了声息。

昨天，收拾家什的时候听母亲讲，那边老头的两个闺女都已出嫁，老伴死于三年前的一场车祸，五间瓦房只住着老头一人。

傍晌午，雪糁儿停了。大车赶进了坐落在长城脚下的一个叫史家峪的小山村。坝坎上站的男女老少，观看猎物似的对母子俩指指点点，评头品足。

　　"这老婆子模样不赖，年轻时一准儿是个漂亮媳妇。"

　　"敢情！那边儿过去是大家主儿，能娶丑八怪？"

　　"还带个大小子，瞧着挺精的。"

　　"他三叔这回耗子上灯台——美了去了。"

　　"看咋说，一枪打俩鸟儿。"

　　"省他费老劲了，这叫啥人啥命。"

　　"哼，难说，他三叔这夹板算是套上喽。"

　　周仲奎头不抬，眼不斜，盯着车辙蔫蔫地走。他早已料到要过这一关，且不说那颗二十六岁的心已经变得麻木。

　　突然响起噼噼啪啪的鞭炮声，还有零星的二踢脚，听来绝无半点喜庆，有的仅是隐隐凄楚和悲凉。

　　等候在门口的老舅把母子俩接进一所四周围着篱笆墙的宅院。院里站立着一位老人，面善得近似畏缩。

　　"这是……"老舅不知如何向周仲奎介绍老人，索性说，"打今儿起，你就叫他爸爸吧。"

　　周仲奎点点头。

　　"屋里坐，屋里坐。"继父难为情地咧咧嘴，露出没了门牙的红牙床子。

　　看来，老舅为外甥想得很周到，直接将周仲奎领到属于他自己住的西屋，端来一杯水，放下一盒烟，又捧来些瓜子，说声"你在这屋待着别动"，便带上门出去了。

　　周仲奎用热茶杯焐着自己冰凉的手，打量着这间阴潮的屋子：弓形的灰质顶棚修补了几块白纸，发黄的墙壁贴着早已褪色的李铁梅剧照，独节板柜上摆着掉了水银的梳妆镜。这是老人的闺女出阁前居住的吧？他想，以后就要在这里度过后半生了。

院子里开始了喧闹，人声鼎沸。

一个男子的公鸭嗓，声压众人，透过新糊的窗户纸不可抗拒地穿射进来："都准备好了没有？结婚典礼马上开始了啊！"

周仲奎觉得一下子掉进深渊。

"史树德、郝莲英结婚典礼现在开始！"

一阵鞭炮，一阵哄闹。

周仲奎放下棉帽子捂住耳朵，却仍抵不住窗外种种声响的侵入。

公鸭嗓："一拜天地，向伟大领袖三鞠躬！"

一阵安静。

公鸭嗓："夫妻对拜！"

哄闹声像是一群乌鸦惊起。

公鸭嗓清清嗓子："人生莫过四大喜事，下边就由我把这喜歌唱——久旱逢甘雨，他乡遇知己，洞房花烛夜，金榜把名题。"

嬉笑哄闹声一浪高过一浪。

"别闹别闹，仔细听着！"公鸭嗓接着吟诵起来，"勤俭持家是第一，计划生育要牢记，夫妻恩爱到白头，千秋万代举红旗。"

一个妇人的声音："还计划生育要牢记呢？放心，光开谎花结不了果儿了。"

又一个妇人附和着："俗话说四十不开怀，看样子有五十大几了吧？"

另一个妇人挑逗说："那可说不准，秋后还能结个嫩倭瓜呢！"

喧闹声仿佛一颗地雷炸响。

周仲奎扯过被子蒙住头，他感到一种从未体验过的屈辱和窒息……

吃酒随份子的人走了，老舅也完成了他的使命回了家。掌灯后，公鸭嗓（后来知道他是生产队长、继父的本家侄子）领着周仲奎进行最后一项仪式：认族。

东屋两间一明的大连炕上坐满史家二十多口老少爷们儿，一张张贴了威严的面孔使周仲奎不敢有任何造次，只得麻木地听从公鸭嗓的摆布。

公鸭嗓指着炕头一位脑瓜顶盘有白发小辫儿的暮年老人，介绍说："这是三太爷。"

周仲奎鞠了一躬："三太爷。"

三太爷眨眨眼代替了回答。

"这是二爷。"

"二爷。"

二爷用长长的烟袋磕打磕打窗墙算是应了。

"这是五爷。"

"五爷。"

五爷从鼻子里发出一种奇怪的声音。

"这是二叔。"

"二叔。"

二叔倒是"哼"了一句，但明显地不情愿。

"这是四叔。"

"四叔。"

四叔答应得倒还干脆："认得了，以后给史家争气。"

拜认一个又一个长辈的时候，周仲奎想起小时候玩的磕头虫。

公鸭嗓说："下边呢，各位老家儿表个态度，收认我三叔招的这个

165

儿子为咱史家的人。"

沉了一会儿。

"收吧。"

"没意见。"

"同意。"

"好，打今儿起，你呢，就正式改姓史，记住了？"公鸭嗓又说，"不过，还有件事，我代表在座的各位跟你商量商量。"

周仲奎木然地听着。

"按理说呢，过来后只改姓，不用改名儿。可要那名儿只会吃挂落儿，不会有啥香饽饽，所以干脆连姓带名儿一块儿改了吧，你看咋着好？"公鸭嗓特意补充一句，"咱史家，祖辈都是贫农。"

周仲奎自然明白这言外之意，他点点头表示同意。此时他麻木到极点。别说是更名改姓，就是有人说"枪毙了你"，他这时也不会反对的。其实"周仲奎"已经被枪毙了。

"好，那就入族排行。咱俩是同辈儿，咱们这辈儿中间的字排'玉'。"公鸭嗓掰着手指掐算着，"富贵兴旺，辛勤耕田……你就叫玉田吧，史玉田。"

周仲奎——不，史玉田机械地点点头。

从此，这个二十六岁的男人，有了脱胎换骨的改变：周仲奎更名为史玉田，地主崽子、外逃家属成了贫农的后代。这仅仅发生在一夜之间，仅仅就是从长城外迁至长城内。而这一切，是以母亲牺牲作为代价的。

一九八九年一月二十三日

一辆顶着黄帽子的"尼桑"行驶在崎岖的公路上。阿娇不断催促着司机快点开。但刀切似的峭壁，百丈深的沟壑，蛇一样弯曲的交通警告标志牌，加上山阴背后地段未融化的积雪，使得出租司机不敢有丝毫的大意。

坐在车里的周荣昌归心似箭，恨不得一步迈进儿子的家门，与阔别四十年的前妻相见。可随着距离的缩短，目的地的迫近，他不由得产生几分忧虑：此次之行会不会给那个家带来矛盾？他们要是不欢迎怎么办？

三天前的晚上，面对父亲"过去有家难回，如今无家可归"的哀叹，史玉田试探地问："您想回家看看吗？"

"想啊！可我又担心……"

"您看这样行不，明天我带俊头赶回去。三天以内接不到我的电话，您就和阿娇到家来。如果……三天后，我还会来陪您，直到您走。"

三天过去了，谢天谢地，房间的电话一直没有响。

按路标的示意，出租车下了柏油公路，拐上碎石子铺的土道。

"爸，是不是快到了？"阿娇兴奋地问父亲。她今天更换了一身运动服，一条白绸手绢将黑色"瀑布"束起。

"估计快到了吧。"周荣昌的心收紧了。

迎面过来一队羊群。

"把羊往边儿上赶赶！"司机摇下车窗，大为光火，"嘿，说你呢老头儿，快赶呀，真添乱！"

老羊倌顺从地将羊群拢成长条。

周荣昌下了车，客气地向羊倌点点头，问道："这位老哥，请问史家峪还有多远？"

老羊倌木木地看着来者，往肩上颠了颠羊皮袄，用手中的烟袋指着说："不远了，绕过前面这道山梁，再过一座小桥，往西一拐就是。"

"谢谢老哥了。"

老羊倌没言语，只管拢护着羊群让汽车贴身而过。

"姑姑！"在坝坎子上等候的俊头，远远地看见一辆小汽车开来，呼喊着奔跑到爷爷和姑姑身边，"爸爸让我和小贤姐等你们，等了老半天老半天了。"

小贤跑回家通风报信，很快引来爸爸和妈妈。

兰香梳理得整整齐齐："爸，他小姑，你们来了？"

"不用猜，你就是兰香吧？你好。"父亲伸出双手。

"您好您好。"兰香握住公公的手，脸已红了。

"嫂子！"阿娇扯着兰香的胳膊，"你长得比照片上还要漂亮。"

"不行了，老喽！"又一抹桃红飞上兰香的脸颊。

消息不胫而走，坝坎上冒出众多乡亲，并无恶意地议论着。

"一看就是个阔佬儿。"

"这些年口音愣一点没变。"

"你瞧那闺女长的，真跟葱白儿似的，一掐一股浆。"

"敢情，人家整天吃啥喝啥呀。"

一家人走进院子。只见母亲手扶门框，静候在青石板的台阶上。

周荣昌站下，喃喃地说："莲英……是你吗？"

母亲脸上立时堆起笑容，俨然对待一位常来常往的客人："是荣昌吧？来，屋里坐。"

父亲怔住了："莲英，你……"

母亲走下台阶，脸上依然挂着笑："快进屋吧，外边怪冷的。"

史玉田看了兰香一眼。母亲咋用这种态度迎接远道而来的父亲？这哪像离别四十年的重逢？直到昨天夜里，他和兰香还在担心，母亲是否承受得住父亲到来的打击，甚至做了充分的思想准备和应急措施。可万万想不到，母亲一反常态，竟以笑脸相迎，尽管那笑脸让人看了比哭还痛心。

进了屋，阿娇甜甜地说："大妈，您身体好吗？"

"哎，好。路上累吧闺女？穿得太单薄了，这山里头冷，快上炕，炕头儿暖和。"母亲对阿娇倍加亲切。

阿娇爬上炕，却不能像父亲那样双腿盘坐，而是直挺挺地伸着两条大腿。

"这床真大……哦，还真热，这要耗多少电呀？"说完烫着了似的欠欠屁股。

满屋人都笑了。

兰香说："他姑，这叫炕，不用电，烧柴火。"

"兰香，快给他小姑搬个枕头坐着。"母亲边沏茶边吩咐儿媳妇。

兰香从被垛上抻下一个枕头递给阿娇。

"不用，嫂子，这样很好的。"

"到家了，还客气啥呀？"

"就是嘛，到大妈这儿来就甭见外，越实在大妈就越高兴。"

母亲只顾与阿娇攀谈，似乎忘了炕上还坐着一位远道而来的老人。

史玉田生怕冷落了父亲，递过去一个苹果，说："爸，您尝尝这个，是我引种嫁接的，叫富士，日本品种。"

"太好了！"父亲激动地转着苹果反复看。

俊头学着爸爸的样子给阿娇拿了一个苹果："姑，你也吃。"

阿娇拿着苹果犹豫起来。

史玉田看出妹妹的心思，补充说："不用削皮，没打农药，是生物防治的。"

阿娇张大嘴巴咬了一口，不禁夸道："真甜！"

屋里便又有了笑。

母亲里外张罗，笑容始终挂在脸上。不过，史玉田还是看出了母亲内心的慌乱。因为母亲不是拿着茶叶罐"骑马找马"，就是将暖瓶塞错放进茶壶里。妈，您为啥要这么折磨自己呀?!

父亲问："怎么没见史先生?"

史玉田支吾说："啊，我、我爸他……"

母亲接过话："他有事出去了，一会儿就回来。"

"不对!"俊头一副不依不饶的样子，"我听爷爷跟奶奶说，他躲出去放羊了，说省得碍你们的眼。"

"俊头!"兰香吼了一声，"多嘴驴，就显你了。"

"本来就是……"

"还说，给你脸了是不是?"

俊头撇撇嘴，委屈得要哭。

屋里的空气紧张得要爆炸。

阿娇打破僵局："俊头，带姑到外边玩去。"说完拉上俊头和小贤出了屋。

史玉田试图做一番解释："爸，其实我爸他……"

"不用说了。刚才，我已见过史先生了。"周荣昌想起半路上的那位老羊倌，"你替我谢谢史先生，谢谢他这些年来对你们母子的照顾。"

母亲背过脸去，倒了一杯水，将杯子放在父亲身旁的炕桌上，脸上即刻又浮起笑意，没事人儿似的说："陈谷子烂芝麻，还提它干啥呀?喝水吧，就是茶叶不太好。"

"谢谢。"看得出，父亲努力控制着情感。

兰香给丈夫使了个眼色："妈，您和我爸待着，我们俩去收拾饭。"

母亲闪过一丝慌乱："我跟你们一块儿做吧。"

"不，今儿您啥都甭管。"

史玉田夫妻俩来到堂屋，一个忙锅上，一个忙锅下，彼此配合默契，心领神会，四只耳朵留神听着屋里的动静。

"莲英，你坐过来吧。"

听到父亲说话，夫妻俩不约而同对视一眼。

"站着吧，一天到晚老是坐着。"

母亲的话让史玉田夫妇看到对方脸上的惊愕。

"莲英，这些年，你为我受苦了。"

"来，喝水，哟，凉了吧？我给你换一杯。"

茶水泼到地上的声音。

"我对不住你莲英，我在那边等了二十年，以为你们母子不在了，所以就……"

"嗑瓜子吧，挺实心的，还是他老舅拿来的呢。"

瓜子倒在炕席上，"哗"——

"我这次回来，一是看看你们，二是向你赔情。"

"再吃个苹果吧，酸甜酸甜的。"

史玉田无法容忍母亲对父亲的这种不近人情的态度。不管咋着，父亲毕竟是登门来请求原谅。四十年所发生的这一切，能完全怪父亲吗？

突然，院子里传来阿娇的尖叫。

史玉田和兰香放下手中活计奔出屋。只见阿娇提着裤子从厕所里蹿将出来，一脸的恐慌。史玉田立刻明白这是怎么一回事了。原来，粪坑通着猪圈，一旦嗅到那种浓烈的味道，圈里的壳郎猪便将长长的嘴巴伸进通道，哼哼唧唧地等候。

兰香唤着女儿："小贤，去，帮你姑姑看着猪，不听就拿棍子打它。"

在侄女的保卫下，阿娇终于完成了一次空前的壮举。

一场虚惊过后回到堂屋，兰香把切菜的噪音降至最低程度。门帘里又传来了说话声。

"莲英，这是当年你给我的那八块银圆，我都带来了，你留下吧。"

"这玩意儿如今可是稀罕物。"

"四十年了，我一直珍藏在身边。"

"还是你收着吧，搁我这儿，不定哪天换了钱花。"

"当啷"一声，许是一块银圆掉地上了。

"莲英，我知道，我说什么你也不会原谅我。可这银圆是你出嫁时……"

"兰香，饭得了没有？玉田，想着把酒温上！"

史玉田夫妇无奈地再次对视一眼，明白各自心里都在流着泪。

饭菜不能说有多高贵，但却是丰盛的，七碟八碗摆满了整个炕桌。

史玉田为父亲斟上酒，说："妈，您也坐炕上吃吧，外屋有兰香忙活就够了。"

"不，你们吃你们的，待会儿我跟俊头和小贤一块儿吃。"母亲说着退出屋。

阿娇说："哥，俊头和小贤呢？叫他们吃饭呀。"

史玉田说："他们是孩子，来了客，孩子不跟大人一块儿上桌。"

阿娇哪里知道，乡村的规矩是家里来了客人，只有成年男子才有资格陪客入席，女人和孩子是不能上桌的。

史玉田端起酒盅："爸，我知道您不沾白酒，我也不咋会喝，可今天……"

"我喝，今天这酒我一定喝！"

父子俩的酒盅脆生生地碰在一起。

母亲端着一盘炒鸡蛋进来。

史玉田说："妈，您给我爸满盅酒吧。"

母亲抽了抽嘴角："行，让我满，我就给满一盅。"

父亲慌忙端起酒盅去接。

一股醇浆涓涓地注入酒盅。

父亲感激地看了母亲一眼，将酒一饮而尽，呛得一阵咳嗽，流出两行老泪……

村里乡亲们纷纷来家看新鲜。

父亲显得很慷慨，哪个孩子叫一声"爷爷"，他就塞给三元两元；哪个大人称一声"叔"或一声"哥"，他不是给点支烟就是给包块糖。不知不觉，太阳只有一竿子高了，仍不见"史先生"回来。

出租汽车司机去了金山岭长城游玩，约好下午四点钟在村口会合。时间所剩不多，一家人送父亲和阿娇上路。走到坝坎，居高临下看到出租车已在等候了。

"玉田，我就不下去了，你们替我送送。"

"行，有我们呢，您就在这儿吧。"史玉田知道母亲小脚，上坡下坎不方便。

母亲拉着阿娇的手："闺女，啥时再来呀？"

阿娇眼里噙着泪水："大妈，我会来的，我还会陪爸爸一起来看望您。"

"莲英，"此时，父亲显得很冷静，"儿子孝顺，媳妇贤惠，孙子孙女又乖，为这，你也要好好保重自己。"

母亲沉了沉，把歉意和微笑贴在脸上："家里也没啥好东西招待你，你别见笑就行了。"

父亲眼睛里突然燃起一团火："莲英，你、你就不能对我说说真心话吗？我只想听你一句！”

微笑凝固了，母亲背过身去，低声说：“你走吧。”

传来催人的汽车喇叭声。

史玉田搀扶父亲走下陡坡，来到出租车前。

“爷爷——”小贤呼喊着从高高的坝坎上跑下来，交给爷爷一个布包，“这是奶奶让我给您的。”

布包打开，是一双棉鞋，一双四十年前做的棉鞋。黑平绒鞋面有几处已脱掉绒毛，露出网状的布纹，鞋眼锈得斑驳陆离，厚厚的鞋底霉变得黄一块黑一块。

父亲抬头向坝坎上望去。

母亲退了几步，从坝坎上消失了。

父亲拥抱着鞋子钻进车，抽泣声立时响起来。

“我不让姑姑走！我不让姑姑走！”俊头哭喊着拉住阿娇的衣服不松手。

“俊头，姑姑还来，姑姑还来的。”阿娇泪流满面。

兰香和史玉田掰开儿子的手，阿娇抹着眼泪上了车。

“嘀嘀”，车子开动了。

阿娇探出车窗，淌泪挥动着白手绢。

父亲没有回头，直到车子开出很远很远也没有回头。

母亲重新出现在坝坎上，身后背着一轮血红的夕阳。

“孩子他爹——”随着一声撕心裂肺的呼喊，母亲瘫坐在地，号啕大哭起来……

生死都在黎明

一、大山缝隙中发现露头矿，重新燃起人对黄金的欲火

脚下骨碌一滑，田有摔个马趴。幸亏是双手先着地，不然非得和山坡亲个嘴不可。"妈的。"他爬起来，拍拍身上的土，正正背后的筐，搓搓火辣辣的手，回头瞟了一眼使他摔倒的那块石头。这石头滚了几滚，被荆条棵子截住了。他过去捡起才要扔，又停住。这块核桃大的东西挺沉，压手。他"呸呸"吐了两口唾沫，抹掉上面蒙的泥土。石头露出本来面目：白马牙，黑铁渣，黄蜂窝，还挂有一块块米粒大的绿。

啊啊，这不正是他要寻找的金矿石吗！

然而田有并不兴奋，反倒轻蔑地一笑："哼，王八羔子，我早就猜你猫在这条沟里。"

一个月前，当村老李头的老婆到南大沟找羊，撒尿时冲出一块嵌着许多小黄米似的石头，太阳一照，闪闪发亮。老李头找到田有："你懂眼，给瞧瞧这是不是金子。"田有看了看，掂了掂："嘿，你老婆这泡尿值他妈的大钱了！"老李头请人从这块石头里捣鼓出六钱多金子，交到县银行，验定八成色，得了近千元。

177

"一泡尿冲出一块金子"，一时成为金牛坨村的人们最感兴趣的话题。

　　田有十七岁上跟着父亲闯关东，淘过几年山金。这是他一生中最酸苦也最快活的一段日子。说酸苦，"进掌子是鬼，出掌子是人"，超强度的劳动将他的身子压弯了，到如今仍佝偻个水蛇腰；说快活，离采金地不远的小镇中最高级的馆子他下过，最热闹的赌场他进过，最走红的窑姐儿他嫖过。正是这，耗去了他用命做赌注换来的钱财和他的青春。解放那年，他带着一身的病，一路讨饭回到家。而他父亲的尸骨却永远丢在了异乡的荒野里。

　　一块含金极高的矿石的偶然发现，再次点起田有对黄金的热情，勾起他对往事的回忆。但他按兵不动。他对找上门想和他一起上山寻金的人说："咱村地界里没有金子。要真有金子，老辈子人就不会此地无银三百两，在南大沟断崖上刻'金牛坨'了。"一个月过去了，等人们对黄金的欲火渐渐熄灭之后，全村唯一对采金在行的田有开始行动了。

　　南大沟按山势走向分为两条小沟。左边这条沟，满坡满岭是大大小小的石头，沟尽头的断崖上刻着不知何年何月留下的"金牛坨"，每字有房大，笔道有柁粗，无情的岁月将它们染成黑褐色，远远看去就像盘桓在断崖上的三条大蟒。右边这条沟，是一块未被开垦的处女地。当年，日本人曾在这座山另一面的山腰上开过金矿。有一天掌子"啸"了，半片山脊连同蜿蜒在山脊之上的长城一起沉陷了。至今，有一百多号中国劳工和几个日本监工仍长眠在大山的肚子里。田有很清楚，老李头老婆捡到的那块石头，很可能是从右边这条沟滚下来的。但由于连他自己都不敢去多想的原因，他寄希望于在左边那条沟里发现金矿。两天来，他瞒着村里乡亲，弯着水蛇腰，蜷着细长腿，像条觅食的野狗似的，嗅过了几乎每块他认为有百分之一希望的石头，但毫无所获。他终究禁不住那黄黄的物质的诱惑，不顾隐隐蒙在心头的阴影，摸到右边这条沟里来了，终于在山腰发现了摔他一跤的那块矿石。

田有放下背筐，搬来一块有平面的石头，把矿石放在上面，一手拢着，一手拿锤子将矿石砸成粉末。然后又将粉末刮进淘金碗里，舀进一些水，等水慢慢浸透粉末，手腕灵巧地一抖，水立刻变得浑黄了。接着将碗边贴着盆里的水面，让水流进去，再流出来，石末随之漂走，矿质留存下来。

已经几十年没干这营生了，有些手生。为了做得快些，他干脆用手指将碗边的砂子一拨拨地抹去。不一会儿，碗里只剩下黑色的"底留"。他知道，这"底留"里往往含金，便用一块圆石头对那"底留"研了又研。等水又几经在碗里流进流出后，他把碗往另一只手的手掌上用力一磕，又一斜，"底留"拉成一长条，无数个黄黄的微小颗粒显了出来。但这不是金子。别看也黄黄的，也闪闪发光，它们是一文不值的黄铁。只有留在碗底的那四五个如同针尖般大小的物质，才是多少人做梦都想得到的东西。

田有的嘴咧开了。这样的矿石，一吨起码能出三十克金子。而每吨矿石含三克就有开采价值，就不至于赔钱。

没用多大工夫，田有在山头下面不远处找到了一处半裸在地表的岩石。岩石下半部有一条窄缝，缝中是那种带有铁锈的石英。外行人看来，这与大山里千千万万条岩缝夹层没有什么两样。但田有断定：这，就是从大山的腹部伸延出来的露头矿！田有抄起十字镐，探着矿脉的走向。谁想，那层不厚的山皮一刨掉，露头矿放了槽，引出一个砂窝子。他一时惊呆了。那心情，那感觉，就同早年有一天他从草垛里扒出一个浑身上下一丝不挂的大姑娘一样。

"天意，真是天意！"一股热流涌上心窝，他想哭。"儿啊，今生今

179

世别再作金儿，顶数金子最毁人。"他耳边响起父亲临终的嘱托。"爸，别怪儿不孝。儿这辈子活得太苦、太窝囊了，就让儿再干这一次吧!"想着，不禁有泪流下来。

突然，他的心一紧，一种危险的预感从他头上方袭来。他凭着某种气息的传递，觉得山上有个活物在注视着他这个挖洞的老獾。莫不是这几天一直有人跟踪？一阵恐慌从心头掠过。他努力镇定下来，慢慢抬起头。

山头上的敌楼早已是光有楼座而没有楼了。在一水儿用过了錾子的石条筑起的敌楼楼座上站着一个小伙子，肩上背着火枪，长长的枪筒高出人头一大截。夕阳的余晖从他两条腿中间透过来，形成一条五彩的光带。

小伙子下了楼座，朝田有走来。

田有将镐把攥紧了。

"大爷，"小伙子走近了，挺客气地问，"到金盏沟怎么走哇?"

田有眼睛盯着小伙子握枪背带的手，说："不远了，过了这道长城豁子，下了梁，一出沟口就是。"

"谢谢您了。"小伙子返到楼座上，手搭凉棚望了望，翻下梁去了。

"妈的，我当是碰见歹人了。听口音还不算远。"田有仍然有些不放心，爬上山头的楼座，见那小伙子顺着曲曲弯弯的蚰蜒般的小路走出很远了。

"他打听金盏沟干啥?"田有想起金盏沟的凤兰。

"他眼睛里为啥埋着那么多怨恨?"田有心里仍有点儿犯疑惑。

时候不早了，田有埋好窝子，又折些树枝盖上，看看不会有什么破绽，这才把家什装进筐里，一撅屁股背起来，颠颠地下了山。到了沟口，他回头望去，只见一抹夕阳投在断崖上，将"金牛坨"三个大字映得金黄黄的。"啊，到明年这个时候，我田有跺一脚就会让全村颤三颤！"田有心里发着狠。

金牛坨村名为后人所起。早先这里无村无名，仅住牛二一户，以牧牛为生。一日，牛二来南大沟放牧，多出一头牛来。怀疑自己数错，又数几遍，仍多一头，不禁好生奇怪。日落而归，走出沟口，多出的那条身无一根杂毛的黄牛忽地没了去向。一连几日，日日如此。不几日，来一"南蛮子"。牛二将心疑之事全盘与那人说了。"当真？""无一句假话。"那人指着牛二家篱笆上的一个瓠子，说道："这瓠子我买下了，一百天后我自会来取。"当即预付几两银子。牛二满心欢喜，却有一点不明：这人出如此大价买这瓠子何用？既已收人银两，也就不好怠慢。牛二对那瓠子施肥浇水，掐枝打杈，精心侍弄，瓠子一日一个样。

二、傍晚的时候，姑娘领回家一只猴子和一头牤牛

田凤芹今天的兴致很高。吃完晌午饭，她便把家里的脏衣服收拾了一大抱，拿到水泉子去洗。田有叮嘱道："稍带瞧着点儿，有做工的给引到家里来。"

十天前，田有在乡供销社门口、县长途汽车站等地贴出雇工广告。今天是报到的正日子。可整个一头晌，除一个叫小顺子的半大小子外，不见一个正儿八经的劳力上门来。他有些沉不住气。但他打定主意，即使一个人不来，宁可再去贴第二次、第三次广告，再不就走村串户招兵买马，也不能在本村雇工。俗话说：雇活不雇本村活，三天两天瞧老

婆。其实，这是次要的。最主要的是，雇了本村的工，管松了，管严了，拿钱多了，拿钱少了，都会招来不是。雇外村的工就没这些事。干得好，加上俩钱儿你就乐得屁颠儿屁颠儿的；要是调皮捣蛋不正经玩活，一句话就辞了你，你也啥话说不出来。不过，田有相信招工广告上"管吃管住，工钱丰厚"这一条的吸引力。

水泉子是紧把村边的一口哗哗往上翻水的泉眼。冬季水量不减，水是温的，人离老远就能看见这里升腾的一团热气；夏季水量不增，水是凉的，好汉子喝不了三口，山蚊子不敢歇脚。凤芹将衣服浸泡水里，用石头压好，然后拎过一件衣服，里里外外打上肥皂，团放在棒槌石上。随着棒槌的一起一落，一股股黑水渗出来流走了。

山道上走来一个人，渐渐近了，来到水泉子旁边的核桃树下，放下行李，掏出一根烟卷叼上，用力一吸，本来就瘦的腮帮子瘪了下去，随后吐了一串烟圈儿，两只小眼在姑娘脸上身上乱瞟。

"哪儿来的这么一个色鬼！瞧他那德行样，七分像人三分像猴，还想跑这儿翘尾巴呢。"凤芹白了那猴子一眼，自管捶她的衣服。

"哎，这位大妹子，"猴子走到姑娘背后，问道，"这是金牛坨村吧？田有的家住在哪儿呀？"

怎么，他是来做工的？凤芹有心用棒槌赶走这个猴子，眼珠一转，想出个主意。"这是金牛坨村不错，可田有家住这沟口里头，拐过前面这山弯儿，再走一程就是了。"

"妈的，还得爬山。见到田有老小子非跟他要跑路钱。"猴子抓紧时间朝面前这位丰满俊俏的姑娘那白净的后脖颈瞟了几眼，竟有惊人的发现。姑娘耳后有一块鸡蛋大的斑，很像记，垂下来的小辫也没能遮住。猴子凭他在某一方面的丰富知识断定：这绝不是记，如果是记就不会有那么多暗红的小血点了。"哼，还装正经，从根儿上就不是好鸟儿。"对这一重大发现，猴子开心极了，诡秘地一笑，转身上了路。

　　凤芹见猴子果真走进南大沟，心里好笑："先遛遛这个猴儿腿再说，让他知道知道姑奶奶的厉害。"她的厉害劲儿在村里有名。她九岁才上学，但教室的四壁关不住她这个在山上野惯了的小马驹儿，凑凑合合念到小学毕业，就再也不登学校的门了。年龄的增长，没有去掉她身上的野劲儿；社会知识的增多，使她野得更加花哨。十二三岁，仍同光屁股的男孩子一道到河沟里打水仗。十三四岁，听大人们讲起男女之间的事来津津乐道、刨根问底。再大一点，遇见猪搭圈、鸡踩蛋、狗打连连、叫驴趴到草驴身上这类活动，她不仅不回避，还凑上去起哄架秧子，不是用石头将余兴未尽的公鸡打跑，就是抄起棍子把两条难解难分的狗打得嗷嗷叫。女大十八变，野劲儿有所收敛，但她还是她。多粗的"村话"说得出口，骂起人来荤的素的一起数。

　　当凤芹把带来的衣物快要洗完的时候，山道上又兴冲冲走来一个身背行李的人。只见他来到水泉子，一声不响蹲下来，像条牤牛似的将头贴近水面，"吱吱"地喝着水。

　　"这个憨大个！不说先放下行李，也不嫌压得慌。"凤芹捡起一个石子"嗖"地扔过去，不偏不斜，正打在那人柳条斗子似的大脑袋上。

　　"嘿，谁呀？"那人说话声音很粗，像是牤牛在叫。见眼前的姑娘"咯咯"地笑着，自己也咧了咧大嘴岔子。

　　"喂，我问你，"凤芹的野劲儿上来了，"鸡蛋沉呀，还是鸭（压）蛋沉呀？"

　　那人听不出这里的奥妙，愣神想了想："当然是……鸭蛋沉了。"

　　凤芹大笑起来，前仰后合，直抹眼泪："对，鸭蛋沉，鸭蛋就是比鸡蛋沉。"

　　憨大个被眼前这个漂亮姑娘的疯笑闹蒙了，一时不知所措。

笑过后，凤芹问："你是来做工采金儿的吧？"

"啊，对，到田有家。"那人说完话，习惯地半张着嘴。

"我就是田有家的，叫凤芹。你叫啥？"

"我叫周大力，孝女台村的。"

"好，我替我爸做主收下你了。去，把我晒在石头上的衣服收起来，咱们一起回家。"

"哎。"周大力顺从地跑过去。

"你就不能先把行李放下？"

"没事，不沉。"

"这个憨大个！"凤芹又笑了。

这时，猴子从南大沟返了回来："出门没长眼，挨了兔子涮。"

凤芹听了并不生气，反倒笑起来。

"人浪笑，猫浪叫，狗浪跑细腿，驴浪吧嗒嘴。"这句话，猴子终究没敢说出口。他看见姑娘手里拿着棒槌，惹火了她，真要抢过来，他那瘦猴似的身子是吃不消的。

"谁让你刚才不拿好眼瞧人呢。"凤芹说，"告诉你吧，我就是田有家的姑奶奶，你还想朝我爸要跑路钱吗？"

猴子一挤眼："那是说着玩的。"

凤芹用棒槌一指："你叫啥？"

猴子后退了一步："我叫侯子明。"

"哈哈，我就叫你猴子吧。"

"叫啥都是我。"

凤芹转身向收东西的周大力喊着："快点儿！咱们一块儿回家了！"

"来了！来了！"周大力跑过来。

趁这个机会，猴子又向姑娘耳后那块黑红的"标记"瞟了一眼。

太阳渐渐沉到山那边去了，天边燃起一团团火红的晚霞。凤芹走在回家的路上，身后跟着一只猴子和一头牤牛。

到第九十九日，那瓠子已长到二尺有余、碗口粗细。牛二将其摘下，只等南蛮子来取。次日，那人果真前来，见状好不埋怨："你为何提早一日摘下，真真误了我大事也！"傍晚，南蛮子来到南大沟那高高的断崖下，双目微闭，念念有词，又将瓠子摇上三摇，山崖竟裂开一条缝，一时大放金光。那人横起瓠子，支住山缝，几步蹿将进去。定睛看了，见一头金牛拉着金碾子在轧金豆子。说时迟那时快，他一手掰下一只牛犄角，一手抓上一把金豆子，刚跑出来，那瓠子便"嘎巴"一声断了。山又合上，天衣无缝。此后，牛二放牧时，再不见有牛多出。传说金牛逃到别的山里去了。

三、"吱呀"一声，一个黑影提着火枪溜出了房门

周大力、侯子明坐在炕桌旁，一支接一支地抽着雇主家的烟卷。仅早来半天的小顺子端茶倒水，里外忙活，如小主人一般。"二位大哥，喝呀，主人家的茶香着呢……来，给您再兑点儿……以后还得请二位大哥多照顾。"里屋忙活完又来到外屋，见凤芹妈正在做饭，凑过去说："大妈，我给您烧火吧。"

"不用了，走大老远的路，怪累的。"

"哟，缸里水不多了，我挑去吧大妈。"

"有你凤芹姐呢。想干，大妈以后有的是活。"

"大妈，我帮您……"

185

"得了，别讨我妈好了。赶明儿有了钱，我非买下你这张小屁股嘴儿。"凤芹推小顺子进屋，扒下他的鞋，扶他上了炕。"哎，等等，把你脚丫子伸过来。"小顺子缩着脚，脸上露出几分难堪。凤芹扯过小顺子的脚一看，这位平日骂人娘也不会脸红的姑娘差点掉下泪来。小顺子这双脚太让人心酸了，脚后跟的皴足有铜钱厚，脚掌硬得像是一块干牛皮，脚面两侧的冻疮虽已愈合，却留下一块块紫红的疤痕，脚指头也被过于小的鞋子挤弯了。

说来，小顺子的命够苦的。他刚一落地，母亲连儿子的啼哭都没听见，就因大出血而永远闭上了眼睛。人们说他是克星。三天后，他被一对结婚三四年只开花不结果的夫妇抱去当亲骨肉养着。但好景不长，两岁时，养母生了一个弟弟，之后又添了个妹妹。他由一颗掌上明珠变成一个"小多余的"。不足八岁，他便把家里烧火、洗碗、喂猪、拾柴、看孩子等活担起来。有一次，妹妹从碾盘上摔下来磕破了头，养母不许他吃饭，罚他在屋地上跪到半夜。十二岁那年，他跑了，跑到老家。爸爸早又续了人，塞他手里一点钱便打发他出来。他趴在长满荒草的妈妈坟上哭啊哭，哭干了眼泪，哭哑了嗓子……前几天，养父在乡供销社门口看到写有"管吃管住，工钱丰厚"的雇工广告，便让不满十七岁的他用命换取那嘎嘎响的票子来了。

一见面，田有本无心收他。后来，也许是听了小顺子那酸苦的身世，也许是想起自己十七岁时跟着父亲闯关东的艰辛，也许就因为小顺子也是十七岁，田有终于答应收下他，不过只给他半个工钱。

凤芹从她住的西屋拿来一双花袜子和一双网球鞋，扔给小顺子："试试合适不。"小顺子愣住了，人间的温暖他得到的太少了。"还愣着干啥？快穿上！""凤芹姐，你……真好。"小顺子觉得鼻子酸酸的。

"看不出这浪丫头还有点儿人味儿。"侯子明心说。

186

等田有从会计家借红印油回来，签订合同的仪式便开始了。

田有清了清嗓子，对围炕桌而坐的三个伙计说："我事先请人写好了合同书，让凤芹念念。你们听着哪点不合适就提出来，咱们双方好商量。凤芹念吧。"

凤芹学的那点文化，这些年差不多就着饭吃了。好在没有啥难认的字，且多是在收音机里常听到的词，所以念起来不显多吃力。

合 同 书

为了开采黄金给国家做贡献，发家致富，上庄乡金牛坨村田有利用雇工形式在本村南大沟开办小金矿，并已得到村干部和县黄金公司同意。雇主为甲方，雇工为乙方。甲方对乙方的要求和责任是：一、雇佣时间暂定一年；二、每天工作十个小时；三、食宿甲方提供，行李乙方自带……

"等等！"田有打断女儿解释说，"关于吃喝嘛，咱家里有啥吃啥。"他特意选用了"咱家里"。"这不，炕脚头蹲着几包麦子和谷子，就是给大伙儿准备的。一天保证一顿细粮，每三天见一次荤腥儿。往后呢，我田有要是红了、发了，摆酒设宴犒劳大伙儿那是没说的。凤芹，接着念。"

四、按卯子工记酬，一个月发一次工资，年终另有奖金；五、合同期间，如发生意外事故，由县保险公司负责提供人身保险费，甲方不负任何经济责任……

"我再插一句，"田有说，"干咱采金这活，凿石放炮钻掌子，难免磕着碰着，真要出点事，我吃不了兜着走。所以呢，我要求各位入保险。我打听好了，一年入八块保一千。当然这一年啥事没出，入的钱就算是为国家尽了义务。我寻思，咱们就入它八块。钱呢，我先垫交上，等以后再从工钱里扣。另外，我买几顶安全帽，一顶三块多，就算我落个人缘儿送大伙儿了。"

"刺啦——"外屋传来炝锅的声音，一股香味飘进屋来，把几个伙计的肚子引逗得咕咕叫。

念完合同书，田有最后说："采金人有句俗话，早晨没饭吃，晌午有马骑；采上采不上，全凭运气撞。赶明儿我发了，那全靠在座的帮助。如果赔了，大伙儿把心放肚里，就是我抽栓扒檩出溜瓦，也不能欠你们一个子儿。"

沉了一下，田有又说："大伙儿看咋着？是不是就这样定了？乐意干的，在这上面按个手印儿；不乐意干的，我也不能强按牛头喝水。等吃完饭，睡宿觉，明天再走，就算我田有交个朋友。"不愧闯关东见过世面，不愧当过一季生产队长，田有说话滴水不漏，有情有理。

正当三个伙计蘸好红印油准备往那薄纸上按手印时，只听凤芹妈在外屋喊："她爸，又来一个！"话音刚落，人已挑帘进了屋。

是他？！

田有见这个曾向他打听金盏沟怎么走的小伙子，除背着行李外，还带着那杆使他吓了一跳的长筒火枪，他心中不免又泛起疑云。

当晚，凤芹失眠了。作为一个年满二十岁的姑娘，设想过自己心上人应该是……她说不上来，那是一朵飘浮的云，一团朦胧的雾，一个捉摸不定的精灵。不过有一点她清楚，绝不能学表姐凤兰，刚刚十八岁就急急忙忙和金盏沟一个三十岁的混世魔王睡到一条大炕上去了。今天最后报到的那个叫魏山河的小伙子一出现，她的心上人再不是云，再不是雾，再不是精灵，而是一个活脱脱的具体形象。不仅如此，那方方的脸，那浓浓的眉，乃至眉毛上方那一块小小的疤，她似乎都是早就预想到的。他说他二十四岁了，西水峪村的，家里有一个妹妹和一个老妈……管他呢，睡觉睡觉！

山村里的初夏夜晚很寂静，没有盛夏的青蛙叫，没有秋天的蛐蛐鸣，也没有冬天的北风吼。此时只有院子里的草驴翻槽寻找谷草下面的高粱粒吃的声音。

"吱呀"一声，西厢房的门开了，随即响起"咚咚"的只有周大力才会有的笨重的脚步声。等脚步一停，紧接着传来"哗啦哗啦"的撒尿声。

"这个傻小子。"黑暗中，凤芹笑出了声。

不知过了多长时间，西厢房的门又"吱呀"响了一下，但比刚才那声要轻多了。"又谁出来撒尿？怎么听不到脚步声？"凤芹爬过去轻轻撩开窗帘，只见一个黑影已摸到院门，手里提着一杆火枪，一声不响地打开门闪身出去了。

凤芹的心悬起来："他提着枪出去干啥？"

门又响了一下，这是堂屋的门，带动得窗户微微发颤。田有从窗根抄起铁锹跟出去。

凤芹心里乱得很："这到底是怎么回事？"

牛二死了。牛二的儿子牛田照旧到南大沟放牧，唯一的变化是添了几头牛罢了。一日，忽来一户人家，在断崖旁安营扎寨，搭锅垒灶，居住下来。这家有一夫一妇一子。问及从何来何时去，有何贵干，家人均闭口不谈。家中亦清贫如洗，只有铁锤、钢钎若干，另有几盘麻花大绳。牛田也就不去管他。

四、蜘蛛吸吮了蝎子蜇进人体的毒液，自己却再也动弹不得

六月的阳光有些毒了，照在人身上燥燥的。好在阵阵山风吹走了地面的暑气，山坡上并不显有多热。田有在掌子口砸着矿石，随着六磅锤的上上下下，坚硬的石英矿石破碎开来。偶尔溅起一两个火星崩得他骂骂咧咧的。

开工一个月来，掌子已凿进二十多米，分有两个掌子面。砂层虽不厚，含金量较高。一天中，田有不知要在水盆里摆弄多少次那淘金儿的破碗，令人高兴的是，每次都不空，碗碗均见金。起初，采出的金矿砂都是他自己捣鼓：烧结、碾压、拉溜、冶炼、倒条，熏一脸黑，落一身土。操心费力不说，用的家什都是借山下万庄子采金队的，得舍下老脸求人家，免不了还要提上两瓶烧酒。后来在县黄金公司的帮助下，他改为"走块矿"，把矿石装火车运往沈阳冶炼厂。这样他就可以一门心思扑在掌窝上了。

照目前一天出八九百斤金矿砂，有四个月就凑够一车皮。一吨甭多算，出它二十克，二五一十，那就是一千克。每克四十多块钱，就是四万多。除去开支起码净剩……啊，面朝黄土背朝天干了大半辈子，也不够那个数的一半啊！

光顾想心事了，一锤子下去，田有叫了起来。还好，只碰掉一块皮。他把受伤的手指放嘴里嘬了嘬，又抓一把土按在伤口上。但血还是慢慢地渗出来。

"哟，碰破了？"魏山河端着一盆砂子从掌子里走出来。

"不碍的，锤子咬了我一口。"田有忍住疼，不让人看到他的痛苦，"咋着，砂子好吗？"

"不赖。见到一个牛喝水，砂子一下子厚起来。"

"走，瞧瞧去。"田有戴上安全帽，点着电石灯，与魏山河一前一后钻进那猫腰才勉强不碰头的黑洞里去。

那天夜里，田有跟踪魏山河进了南大沟，见魏山河没有动他的金窝子，连在那块地方站都没站就翻过长城豁口奔金盏沟去了。近些日子，田有看得出来，二丫头凤芹待这姓魏的与待另三个伙计明显不一样。有一天来了个报社记者，说采访全县兴起的采金热，要给家人和雇工照张合影。凤芹将平日舍不得用的蝴蝶卡子别在头上，紧挨魏山河站下了。这鬼丫头，把你爸我当成老糊涂了，以为看不出你这里面的花花肠子？昨天，那位记者真给寄来了照片，你看把她美的，放在镜框最中间。外人看了还以为是老老少少一家子呢！不过话说回来，真要配给那姓魏的，也是她的福分。这小子精明、有主见。但有一条必须弄清楚，他为啥深更半夜老往金盏沟跑。

两个人摸到掌头。侯子明像耗子盗洞似的凿着砂子。"来，我瞧瞧。"田有挤过去，借着蛇芯子般的电石灯火苗，看看矿脉走向，抄起家伙凿起来。立时，掌子里响起"咚咚"的回声，整个大山似乎也随之颤抖。他一般不下掌子干活，在地面或砸砸矿石，或点火钢钢钎子，只在关键时刻下来指点一番。"瞧见了吧，就贴着这底板往里追。要是太费劲就打眼放一炮，但要注意，千万别把金矿砂和废石头混在一起。"

田有吩咐完，提着电石灯往外挪。听见另一个掌子里在喊叫什么，便拐进周大力和小顺子搭伙干的掌子。

"大爷您瞧，我们逮着一只小耗子，粉红粉红的。"

"好，太好了！快放了它，这是咱采金人的小伙计。记住，往后谁也不准伤害它。"

小顺子不情愿地将"小伙计"放在地上。它不跑也不叫，跳到石

191

坎上，使劲抖了抖身子，用前爪洗洗脸，又用后爪挠挠肚皮，然后目不转睛地看着与它栖身在同一洞穴的三个人。耗子是采金人近似图腾的吉祥物，有它便安全，有它便会有好砂子。

"喂——吃饭了！"掌子外传来凤芹的喊叫声，不吃我可喂驴了！"

作为雇主，田有明白一个极简单的道理：人是铁饭是钢，吃得好就高兴，高兴了，多卖一把劲，多出点砂子，什么都找补回来了。所以在吃喝上，他从不亏待这四个伙计。

凤芹撩开蒙在篮子上的毛巾，把一张张油汪汪的肉饼递给每个人。当她递给魏山河时不免在他脸上多停留了几秒钟，眼神也温柔许多。

小顺子大口吃着饼。他比刚来时胖了，脸蛋也有了光。前些天，侯子明发现早早睡下的小顺子嘴边垂着一根面条，一拿，那面条会动，吓得他直叫。第二天，田有找了些蛔虫散让小顺子空腹吃下去，打下四十多条筷子般的虫子来。

小顺子一边吃一边与凤芹说着发现"小伙计"的事。忽然他发现了凤芹耳后那块黑红的东西。"哟，凤芹姐，你这儿长的是啥呀？"

"去，再嚷嚷我揍你。"凤芹把小辫甩到后面，将那地方挡起来。她瞟了魏山河一眼，他正举着塑料桶灌水喝哩，对小顺子那句冒失的话根本没听见。而侯子明则正斜眼看着。"坏猴子，忙，早晚治你尿了算。"

周大力四张大饼入肚，总算饱了。他一面打着饱嗝，一面捡起个柴火棍剔着牙。他身大力大，能吃能干。馒头吃七个，面条吃六碗，要是吃饺子就更没数了。吃完饭，凤芹妈说："大力，把这一碗饭打扫了吧，省得占个盆了。"他保准不推辞，转眼间便盆干碗净，似乎他的胃是橡皮的。采出的砂子，每天要运回去。凤芹中午送饭时赶驴上山来，砂子少时让驴驮，砂子多时驴驮人也背。有一次驴够载了，人也不能再加分

192

量，可还剩下两袋砂子。田有说，大力你看咋办？他就像凤芹妈让他打扫剩饭时那样痛快："都放我身上吧。"用背架驮起四个八十斤重的砂袋子，一路小跑下了山，脸不红气不喘。

山上干活是这样，回到家里更勤快，尤其愿意听凤芹的。

"大力，帮我起起猪圈粪行吗？"

"行。"他抄起铁锹跳进猪圈，起完粪还得在圈里垫上一层新土。

"大力，帮我打点儿羊草吧。"

"好。"他拿上镰刀绳子上了山，很快背回一大捆青草，还为凤芹折回一大把山丹花。

总之，凡是凤芹的"最高指示"，他执行起来绝对不含糊不走样。背地里，侯子明点着脑门儿骂他：你小子就不怕为媳妇伤了身？他嘿嘿一笑，心里挺舒坦。

凤芹为小顺子缝着扣子，用完一条线，又在纫着针。侯子明见了，眼睛一亮，计上心来，想起一段"荤谜素猜"，可是话未出口，突然一声惨叫，坐在地上。"我的腿！腿！"

伙计们赶忙撩起他的裤子，从裤腿里掉出一只黑色的山蝎子。顿时，腿肚子像气吹似的红肿起来，疼得他"哎哟，哎哟"一个劲儿地号叫。

"快去逮个蜘蛛来！快，越大越好。"田有一边吩咐人去找蜘蛛，一边从背架上解下一根皮绳，紧紧捆住侯子明的大腿根。

蜘蛛很快找到了，是个很大的黑花蜘蛛。田有把它放在侯子明的腿上。这东西真也怪了，不跑，不闹，将嘴贴住蝎子留下的小黑洞，贪婪地吸吮着注入人体中的毒液。等完成了特殊使命，它滚落到地上，缓慢地爬了一段，便再也动弹不得，抽搐成一个肉球球。

几个年轻人你看我，我看你，被这野趣征服了。

牛田赶牛出了家，未进南大沟，先闻叮当响。拐进山弯看了，方知声音来自断崖。等走近一看，便有汗下来。只见刀削般的断崖上垂下两根大绳，吊着前日来的一父一子。父握钢钎，子抡铁锤，凿击连连不断，碎石纷纷落下。牛田生奇，问灶前忙炊的妇人："这父子想做些什么？"妇人所答非所问："今生今世今日今时。"牛田暗自叫道："疯了疯了！一家人都是吃饱了撑的！"

五、一个半呆傻的孩子却道出一句精明的大人想不到的真言

一辆手扶拖拉机停在水泉子旁，机手和车上的人纷纷跳下来喝水，车斗里剩下一大一小两个人。有人招呼着："凤兰，带孩子下来洗洗脸、喝口水吧！"

"凤兰？莫不是表姐？"在水泉子洗菜的凤芹走过去，"哟，姐，真是你呀！"

凤兰不得不将埋着的头抬起来。

"路过家门口咋也不下车呀？"

"啊，我还得坐车回去……没想……"

"得了吧。走，下车跟我回家。走哇！"

凤兰抓住车槽帮："不，凤芹，不行，你不知道，家里的活忙。"

凤芹生气地说："老说忙忙的，不知忙个啥。就是再忙，我不信连个回家看看的空儿都没有。让你自个儿说，几年没回家了？哼，也不知道我这个当妹妹的啥时得罪你了，路过家门也不进就走。"

凤兰解释说："妹子你别……我不是……"

"不是啥？不跟我回家，说啥也白搭。"

喝水的人们回来了，知道了洗菜的姑娘是凤兰的姑表妹子，便你一言我一语地劝凤兰到家住几天，还说会给狗子他爸带话的。无奈，凤兰带着孩子下了车。小拖拉机突突地冒着黑烟远去了。

凤芹一手提着菜篮，一手领着狗子，同表姐一起往家走。她早就发现这个小孩子不太正常。两只眼睛的距离宽宽的，脑袋上的头发稀稀的，而且呆头呆脑，鼻涕似乎永远擦不净。只是不好意思说罢了。

"姐，你搭车干啥去了？"

"啊，我到县医院给这孩子瞧瞧病。"

"大夫说啥？"

"大夫说……大夫没说啥。狗子，这是……二姨，叫一声二姨。"

"阿敌。"狗子说话舌头不打弯。

"哎，好乖。"凤芹心里好难受，但还是脆脆地应了一声，"跟二姨回家，让姥姥做好吃的。"

一听"好吃的"，狗子笑了，嘴张了半天才又合上。

进了娘家门，凤兰在妹妹后头走，像新媳妇初到婆家似的局促，全然不像来到生活十三年才离开的家。

"妈，您看谁来了？"凤芹高声禀报。

凤芹妈正在外屋做饭，探头一看愣住了。

几年不见，今日相逢，姑侄俩却没有亲昵的问候，也没有想念的泪水，连一般的寒暄话也没说几句。而且表情是淡淡的，言辞也极简单。"来了？""来了。"就像乡村小店里的店主见了常来常往的宿客。

"妈，我姐几年没来了，做啥好吃的？"

"这不蒸着馒头，坛子里腌着肉，炒俩菜，再摊个鸡蛋……酱油没了，你打一瓶去吧。"

"好。姐，你先待着。"凤芹提瓶子出去了。

凤芹妈陪侄女坐了一会儿，小心翼翼地和凤兰说着一些无关紧要的话，还不时出去看看火，往灶膛里添几根干树枝。

狗子长到五岁头一次到这个陌生的家，见什么都觉得新鲜。他指着老太太问妈妈："我胆（管）这人叫啥呀？"

姑侄俩全怔住了。是啊，叫啥呢？叫姑姥姥？怎么能叫姑姥姥，怎么会是姑姥姥呢？！

六年前，凤芹妈发现凤兰的肚子大起来，以为害了气臌病，便带她到公社卫生院看中医。大夫号过凤兰的脉，对凤芹妈说："没病，领回去好好问问跟谁淘气来着。"凤芹妈没有理解大夫难以启齿的那层意思，回到家跟田有好一通叨叨大夫怎么不负责任。直到村里有了风言风语，她这才醒过梦儿来。

"骚丫头，刚多大就到外面野浪去呀！说，那人是谁？不说我打死你！"甭管姑妈怎么打骂，凤兰一句话也不说，只是捂着脸呜呜哭。

"老头子，你也不管管这骚丫头。"

"你们女人的事我不管。"田有叼着烟袋走出家。

"好，你不管我管。"凤芹妈把凤兰关屋里往死里打，"让你给我丢人现眼！说，那野小子是谁？"

"我说，姑妈你别打了，我说。"

"快说，我找那野小子算账去！"

"是、是我……姑夫。"

"啊？"凤芹妈的嘴巴张得老大。她一切都明白了，然而明白得太晚了。"畜生！这个挨千刀的畜生！上辈子谁造了孽，让我跟了他。"凤芹妈心里狠狠地骂着。

一九六〇年初夏，凤芹妈的娘家终于揭不开锅了。妈妈让她到山沟里找条活路，为她，也为因吃山蘑菇中毒而死了双亲的侄女凤兰。山沟里的人家，虽说也是糠菜半年粮，但比平原上的大庄村要好多了。最起码山上的野菜挖不尽，沟里的橡子捡不完，人也不至于饿死。那年月，生活贫苦，女人也贱，谁肯给碗粥吃，就肯给谁当老婆。为了那碗活命的粥，她只身一人离开家。她走了一整天，实在饿了，摘了几个青杏吃。却被看山的人抓住，非要罚钱，不然就要和他干那种事。她拿不出钱，她答应了后一个条件。就在那男人扒光她的衣服，要对她发泄兽欲的时候，她自己也不知哪里来的那么大的勇气和力量，一脚踢倒男人，跑了。她跑到金牛坨村，天已黑下来。她再也跑不动了，且光着身子，找了一个草垛钻进去。第二天早晨，田有做饭抱柴火，把她从草垛里扒出来……她找到了那碗粥，当晚和田有睡在暖暖的土炕上。日后便又把五岁的凤兰接了来，当作女儿养着。

"凤兰，听我跟你说。"凤芹妈变得非常和蔼，甚至有些低三下四。她清楚地知道，这事若张扬出去，她的脸里里外外算是丢尽了。再说万一把丈夫弄进去蹲个一年半载的，这一家子吃啥？反正事情已经这样了，凤兰的肚子瞒不住人。"外人要是问起来，你就说让人劫了。到啥时也不能说是……啊，记住了？"姑娘可怜巴巴地点点头。不知是表示对凤兰的歉意，还是为了堵住凤兰的嘴，凤芹妈做了一碗面条，卧了两个鸡蛋，看着凤兰吃下去。晚上又当着凤兰的面，抽了"那个野小子"两个耳光。

打胎为时已晚，肚子不容人。一个月后，凤芹妈托人在金盏沟为凤兰找了一个男人，把包袱匆匆甩出家门。

凤芹打酱油回来，见姐姐正出神地看着镜框里的合影照。"对了，姐姐你还不知道吧？咱家雇工采金了。"凤芹指着照片上的人一一介绍说，"这个牤牛似的叫周大力，这个瘦猴儿似的叫侯子明，这个半大小子叫小顺子，挨我旁边站的这个叫魏山河，不过他不在，回家取换季的衣服去了，今天就能赶回来……"凤芹的语气不禁变得甜蜜起来。

"你再说一遍，他叫什么？"

"叫魏山河，西水峪的……姐你咋了？哪儿不舒服吗？"凤芹见姐姐的脸变得刷白。

"没啥，有点儿心慌，过一会儿就好。"

院子里乱起来，上山作金的人们回来了。

吃过饭，凤兰便不顾妹妹的再三挽留，硬是领着狗子离家上路了。好在路不远，天还亮，翻过梁便是金盏沟。母子俩走到梁头，坐下来歇着。山梁上的风很冲，汗水很快就吹干了，脸上皱皱巴巴的。

"给你。"狗子掏出一个东西递给妈。

凤兰接过看了：黄黄的，沉沉的，如衣扣大小，闪着光亮。这是金子啊！"快告诉妈，这是哪儿来的？"

"那个老头给的，豁（说）回家给妈妈。"

凤兰感到从来没有像现在这样委屈，这样可怜。这一小块发光的东西，就能洗掉她终生的耻辱，就能照亮她命运的前程吗？要不是身边有个半懂事半不懂事的孩子，她真想痛痛快快大哭一场。

"狗子，你知道这东西是啥吗？"

狗子眨眨眼，道出一句精明的大人也说不出的真言："黄屎嘎巴。"

"对，黄屎嘎巴，是黄屎嘎巴。"凤兰遥望着山下的人家，喃喃地说。

牛田日日放牧南大沟，日日见那父子挂于断崖上，日日闻那锤声萦回耳际。渐渐地，崖壁上显出一个"人"，"人"的下面多了一个"王"，"王"的两边又各添一点，原是一个

198

"金"字。牛田内心好笑："这家人莫非真着了魔不成？金牛早已不复存在，断崖上刻金，岂非画饼充饥。"

六、黑暗中，瞎老头突然问：掌柜的，有没有"黄货"

已经五天不见金矿砂了，一种不可名状的忧虑悄悄爬上田有的心头。

金子这东西最能捉弄人。年轻时，田有见过多少淘金汉的精力被白白耗掉，而且一耗就是三年五年，甚至更长，最后折腾得倾家荡产，头破血流。但田有现在并不灰心，掌子里的金矿脉虽说细得牛皮纸似的，但只要不断线，只要一直追下去，早晚能见到砂子。不然，怎么说是"倭瓜上结倭瓜"呢。不过，是早见是晚见，是见多还是见少，那全在命。

这天，真来了一个算命的。

田有和伙计们收工回来，走到水泉子，见核桃树下坐着一个瞎老头。

"行行好，打听一下，田有住哪儿？"

田有一愣，打量起这瞎老头。只见他挂根细竹竿，背个布兜子，拧个大鼓三弦儿，拎个围着黑布的鸟笼。他怎知道我名字？田有说："你找他有啥事？"

瞎老头说："没啥事，就是想借个宿。"

侯子明嘴快："嘿，你可真是有眼不识泰山。站你面前的，就是我们掌柜的田有。"

瞎老头一听，赶忙双手抱拳拜道："打搅大哥了。"

对一个残疾老人的请求是不好推辞的，田有说："跟我走吧，回家吃饭去。"

吃完晚饭，天已黑了。魏山河提着火枪又出去了。

算命先生到来的消息像长了翅膀，很快传遍了小小的山村。村里男男女女、老老少少来了一大帮，把田有家东屋的大连炕坐得满满的。他们有真心实意请看不见人世的先生算人世间的事的，想听听啥时候发财，啥时候娶媳妇，啥时候得孙子，啥时候寿终正寝。大多数人是为了看新鲜，凑热闹。因为不能白算，算一次要收五毛钱。若抽着红签，说明命好福大，还要交一块钱哩！

这个瞎老头与先前来过的所有算命先生不同，他有一手绝招儿，令人不得不信服。凤芹是头一个算的。先生问过她的生辰八字之后，把装有十二属相的二十四个小纸袋（每个属相两个袋）像洗牌似的洗好，摊平。然后打开笼门，放出一只小黄鸟。"叼好喽，吃得饱；叼歹喽，挨数落。"瞎老头磨叨了几句，说，"去，叼个属蛇的。"小黄鸟听到主人的指令，不慌不忙地蹦到桌子上那一溜纸袋前，左瞧瞧，右看看，两只小眼睛滴溜溜乱转，在众目睽睽之下，用嘴衔出其中的一个纸袋，放到主人的手中。

"各位乡亲父老、叔叔大爷、兄弟嫂嫂、侄男侄女，大家看好喽。"瞎老头把纸袋交给凤芹，"姑娘，掏出来看看，是不是你的属相？"

凤芹从纸袋里摸出一片薄纸，不禁叫起来："真是蛇！画得真像！"

画有彩色小蛇的纸片，在人们手里迅速传看着。一阵惊嘘过后，有人提出疑问：一定是做了记号，不然那小鸟怎会透过纸袋看见里面的属相？瞎老头说："大家不信，我再来一回。姑娘，这回你自己洗。"凤芹洗了洗二十四个纸袋，又学着瞎老头的样子平摊好。小黄鸟再一次准确无误地叼出有蛇相的纸袋。人们确信无疑，连连赞叹："神鸟！神鸟！"小黄鸟引起大家的兴趣，也给主人招来更多的买卖。

给凤芹算的命是：桑榆木命。可惜是巳时生人，要是午时生人就可福寿禄同享受，一辈子不发愁。凤芹听了好不遗憾："妈，您要是再憋一会儿生我就好了。"

给凤芹妈算的命是：沙里金命。四十以前，六畜不旺，养猪猪死，养鸡鸡亡；过了四十岁，一年胜一年，耗子拉木锨，大头在后边。凤芹妈佐证道："可不是嘛！过去猪呀鸡呀老也养不活，现在一年能卖三口大肥猪。"

给侯子明算的命是：杨柳木命。好说好动，好交朋友，好酒好色，好事多磨。侯子明没有表示什么，交给瞎老头一张两毛的和两张一毛的票子："点点，五毛。"谁想这先生眼瞎心不瞎，摸了摸钱，甩出一句话："欺负我一个瞎老头子有啥能耐，有本事在自己祖宗坟头上拉泡屎，那才算是英雄。"侯子明闹个大红脸，只好补交了一毛钱。

小顺子抽的是红签，给他算的命最好：太阳火命。三十以前，受苦受难，三十而立之年，洪福喜从天降，不是当良臣，就是任宰相，荣华富贵，寿比南山。小顺子激动得满脸通红："我的命真是那么好？"

开盘以来不见田有张罗算，瞎老头说："掌柜哥，我给您算一卦吧，不收您的钱。"

田有脸上挂着笑："我说话就奔六十了，算不算这辈子也是这样了。"

"不想算算您作金的事？"瞎子再次劝着。大伙儿也在一旁帮腔："对，算算吧，看啥时候发财，到时我们也好借点花花。"

"不，不算，说不算就不算。"田有连连摆手，脸也微微红了。他不敢让人算。他知道，凡是算命先生都专拣好话说，把"丑闺女说美，傻小子说鬼"。他不是不想听到说他进大财之类的话，但起码今天他不想听到。似乎越听这样的话，隐在心头的那种忧虑越加重。他的心，他

201

的魂，他的整个身躯，正渐渐被山上的掌子掠去。然而这仅仅是五天不出砂子。倘若五十天不出砂子怎么办？五个月不出砂子又该怎么办？不！他的耐性，他的意志，他的经济力量，只能坚持到五十天，多一天也会把他急成疯子！

又给村里人算了几卦，瞎老头收起小黄鸟和签筒，拿过三弦儿，紧紧弦，调调音，对众人说："我给大家唱几段乐亭大鼓，不知在座的各位爱听哪一段？"

"唱吧，唱啥都行！"人们七嘴八舌地说。

瞎老头喝了一口水，说道："我先唱一段《酒色财气歌》，唱得不好，献丑了。"说完清了清嗓子，自弹自唱起来：

> 好酒的百般不如杯在手，
> 一醉能解万事愁；
> 好色的死在花下心无怨，
> 富贵功名一笔勾；
> 好财的能积金银有多少？
> 谁不知富贵从来不自由……

一声长长的尾音未完，众人呱唧呱唧拍起巴掌。田有出于面子也动了动手，心里却骂道："瞎扯淡！富贵不自由，穷得叮当响就他妈的自由？"

"再来一段！"不管众人怎么叫好，瞎老头脸上一丝得意的表情也不露。"各位捧场了，下面我给大家再唱一段《红月娥做梦》。"

"好！"有人开始往地下扔钢镚儿。

瞎老头只管专心致志地弹唱，对蹦到他脚下的小钱不屑一顾。唱到得意之处，声高气足，不乏风趣，连那两个凹进去的窟窿也跟着一起抽动：

> 我与哥哥过几载，
> 孩子养活一筐箩。
> 五个男来两个女，
> 五男二女不算多。
> 不是小奴夸海口，
> 无这点能耐俺也不说……

"嘻嘻嘻""哈哈哈""咯咯咯"，众人情绪高上来。"照这么说生个孩子跟放个屁似的容易。""老辈子那会儿准不讲计划生育。""要搁现在还不得罚几千块。"

夜深了，村人散去。凤芹妈搬到西屋同女儿去睡，把自己的位置让给借宿的算命先生。

田有躺在炕上，两只眼睛仍很精神。瞎老头在他旁边，一动不动，呼吸均匀，睡得很香。

田有为五十天挖不出金矿砂做着各种盘算。他有些后悔。当初由他当把式头，联合村里人集资采金就好了。即使挖不着金砂，顶多赔些人工和炮药钱，有了急也是大家一起着。可现在，四个伙计每天要喝要吃要拿工钱，挖着挖不着砂子，他们才不管呢……干啥老想挖不着砂子？只要金矿脉不断，就有希望！不过手头的现钱不多了。给了凤兰那孩子一块金子，柜里还有那么大的两块，估计能卖两三千块，还够一个月的花销。往后怎么办？田有翻了一个身。

"掌柜哥。"黑暗中，瞎老头说话了。

原来他没睡！"啥事？"田有加了小心。

瞎老头压低声音说："你手头儿有'黄货'吗？"

怎么？他是倒私金的？这是犯法的，抓着要去坐大牢。

"谁要？你？"

"不，我的一个朋友，我不过是给牵牵线儿。"

"出啥价儿？"田有试探着。

"价儿好说，比公家收的价格多三成。"田有动心了。此后，两个人的话音越来越低，越来越低……

这日，牛田赶牛过了山弯，便闻阵阵痛哭传来。紧走一程，进房看了，见老石匠直挺挺躺在土炕上，老妇人哭成个泪人，小石匠却不挂一滴泪水，只是把嘴唇咬得紧紧的。牛田帮母子二人将老石匠用门板抬着埋了。事后想来，也真怪事：那堂堂七尺身躯，却怎如蝉蜕般轻飘？此后，便由小石匠一人吊在断崖上，一手扶钎，一手打锤，烈日暴雨，全不在话下。

七、地上两座山走不到一起，世上两个人总能相会

"凤兰！"

"山河！"

这一对情人终于在山梁的敌楼上相会了。

魏山河将凤兰紧紧抱在怀里，生怕再失去。"凤兰，你让我找得好苦哇！你一走，为啥连个信儿也不给我？"

"山河哥，都是我不好……"凤兰说着有泪流下来。

魏山河是为寻找心上人才到金牛坨做工的，但他并不知道她的真实

姓名。他在金盏沟多次暗地打听"马兰住哪儿"，人们说金盏沟男男女女没有一个姓马的。那天傍晚，他从家取换季的衣服回来，远远地见由田家门里走出一母一子，那母亲很像他要寻找的人。但他不敢相信，马兰怎会到田有家来呢？后经向凤芹打听，才知那人是凤芹的表姐，叫凤兰而不叫马兰。昨天，趁瞎老头算命的时候，他又到了金盏沟，打听到凤兰的家。透过窗户，他看见她在炕上铺被子，一个男人不知在向她嚷嚷什么。过了一会儿，她出门来倒水，他忍不住轻轻叫了一声……

"我没想到你今晚上能来。"魏山河照实说，"我等了老半天，总不见你的影儿。我想你不是脱不开身，就是你把我……忘了。"

"不！山河哥，呜呜……"凤兰哭出了声，"我永远也忘不了你，我天天做梦都梦见你。那天，我在姑妈家看到你们合影的照片，不知为啥，我、我由想你一下子变得……怕你，特别是怕在那个家见到你。"

魏山河擦去凤兰的眼泪："你为啥现在不怕见我了？为啥我一约你，你就来了？"

"因为，见到你照片的那天夜里，我一宿也没睡着。只要一合眼，你就站在我面前。我明白了，我是自己骗自己，怕你是假，想你才是真的！"

"凤兰，我也想你呢。那天我上县里买东西回来，妹妹哭着告诉我，说你被金盏沟的男人抢走了，说你已经结过婚，还有一个孩子。我听后简直傻了。"

"山河哥，我真后悔呀，后悔为啥不把我的实情早点告诉你，最起码省得落一个欺骗你的坏名声……呜呜……我真恨自己！"本来，那天凤兰准备把自己的一切都要告诉魏山河的。她想好了，他要是嫌弃，她就走；要是不嫌弃，她就留下来，给他当媳妇，给他生儿育女。那天她觉得天特别长，在家等急了，便来到村口的井台。可谁想撞见了正四处寻找她的男人，她被四脚朝天捆起来扔上手扶拖拉机拉走了。

铜锣似的月亮升起来，将巍巍的山峦，将古老的长城，将废弃的敌楼，将这一对情人的身上，洒下一层昏黄的光。

魏山河像是自言自语，又像是安慰凤兰："大年初一，我们到县城去玩。那天雪好大呀！我骑车带着你，都怪路太滑，我们俩摔在地上，满身满脸都是雪。我想你会生气，你却跟孩子似的笑了。那是你到我们家后第一次笑，脸上的愁云不见了，露出晴朗朗的天。你是那样好看！要不是有辆汽车开过来，我真想抱住亲你……当时我想，不管你怎么样，我也不嫌弃，一定娶你做我的媳妇。"

凤兰勾住魏山河的脖子："你现在……还想吗？"

"想，当然想！"

"山河哥，等你知道了真正的凤兰，你要是不嫌弃，你要是还想要她做你的媳妇……"

"我早说了，不管你怎样我也不嫌！"魏山河一把将凤兰拉在怀里。

过了片刻，凤兰说："我现在就把我的一切都告诉你，好吗山河哥？"

"那……好吧。"

"你听，是啥声音？……会不会有人？"

两个人屏住呼吸。山坡上有几块石头滚下山去，便再没了动静。

"可能是獾，那边有个獾洞。凤兰别怕，我这儿有枪。"

一场虚惊过后，凤兰的心渐渐平静下来，开始了她的诉说："我的命太苦了。十八岁那年，我就被我姑父……糟蹋了，还怀了孕……"

魏山河只觉脑袋一下子涨大。这怎么可能？这还叫人吗？畜生，田有这个老不要脸的畜生！他把牙咬得咯咯响。

"……要是遇到一个好男人，我这辈子也就忍了。可我那男人好混

206

啊！整天就知道喝酒赌钱。赌赢了，拿钱买酒喝，喝醉了，耍起酒疯来见啥摔啥。要是赌输了，回家来就冲我撒气，张口就骂，抬手就打。打完了，不管孩子睡没睡，不管我身子方便不方便，硬逼我……跟他干那事。我哭湿了枕头……我真想掐死他！可我下不去手。我咒他、恨他，咒他为啥不得暴病嘎巴死喽，恨他为啥从来也不问我肚子里带的孩子是谁的。"

魏山河冷静地听着，冷静得他自己都感到吃惊。

"……去年腊八那天，他又输了钱，回到家，打完我，没等我擦干眼泪，就又强迫我跟他干那事。我说啥也不从，他就揪着我的头往炕沿儿上撞。我一回手，打了他那个地方。他疼得松开手，我趁机跑了出来……我实在活够了。我来到井边……一个人拦住我，说一个女人到哪儿找不出一口饭吃呀。我跟他下了山，坐了两个钟头汽车，到了你们家。我骗了你，我说我叫马兰。那人从你们家走时，我听见他要你八百块钱……我几次想跑，可一想起那八百块钱，我的腿就软了……慢慢地，我觉得你们一家三口待我挺好，就不想跑了。后来的事，你全都知道了。"凤兰舒了一口气，终于卸下压在她心头多日的石头。

魏山河愣愣地坐着，一声不吭。

"山河哥，你说话呀！"

"我、我在想……"

"是不是嫌弃我了？你说呀！今天来，我本就为了把憋在心里的话全都告诉你，再没更多的指望。可你为啥一句话也不说？"

"我在想，怎么才能把你救出来，让你后半辈子过得快快乐乐、幸幸福福！"

"真的？山河哥你真好！"凤兰倒进魏山河那温暖的怀里。

"抬起头来，听我说。"魏山河仿佛在对天发誓，"你那狗男人不就

207

是想要钱吗？你回去问他，只要答应给你自由，不管多少钱，我给他！"

"你家也不富裕，哪儿去弄那么多钱？"

"我不是做工采金吗，从今住后，我要发狠地挣钱，挣大钱，过不了明年这个时候，我一定把你赎出来！"

"山河哥！呜呜呜……"

"怎又哭了？来，让我好好看看你。"魏山河用他那粗大的手掌抹去凤兰脸上淌着的小河。

"我不是难过……我再不说我的命不好了。我的命好，比谁的命都好！我遇到了山河哥你这样一个好男人……"凤兰摸着魏山河眉毛上方那块疤，仿佛要将它抚平似的，"往后，咱俩都好好活着，活到一百岁，谁也不把谁撇下先走。"

然而，这一对在长城敌楼上幽会的情人怎么也想不到，他们的一切都被悄悄跟上山来、躲在敌楼下面的一个梳着两只小辫子的"獾"听去了。

选定良辰吉日，小石匠娶妻成亲，邀请牛田前去做客。牛田也就来了。小石匠脱去以往被石头面子染成青灰色的夹衣，换上一身布料虽不讲究却剪裁得体的新装，看去比往日平添了几分英俊。那新娘更是身若细柳，面似桃花，步如蜻蜓点水，声赛涓涓溪流，一语"日后还请大哥多多关照"，胜过夜莺啼唱。牛田喝着喜酒，心中暗自思量："娘的！哪里讨来这般美貌女子，莫非仙女下凡不成？"

八、一夜之间，她由一匹难驯的野马驹
变成一只乖乖的小绵羊

一连下了几天雨，掌子里出现滴水，活计越发不得干了，凿掌子的速度明显慢下来。

已经整整三十天不见砂子。田有已沉不住气，他骂天骂地骂这连阴雨。伙计们知道掌柜的心绪不好，少了以往的说笑，只是闷头干活。出不出砂子虽说与他们无关，但整天干些无效劳动，情绪也渐渐低落下来。况且饭食也不如从前了。

收工了，田有和伙计们下山来。山间的小路如同抹了油，不时地有人滑倒，不时地响起一两声粗俗的咒骂。

田有走在最后。自从挖不到砂子，他就每天跟着雇工一起进掌子干活。毕竟是快奔六十岁的人了，他感到很累。我这是图啥？他开始这样想。图钱？自己还能活多少年呀，到时候还不是攥两把空指甲一走了事。图名？一辈子都这么人不人鬼不鬼地过来了，图那虚名有啥用。那么究竟图啥呢？寻思来寻思去，只有一句深深的感叹："咳，人这东西啊！"

那算命瞎老头坑他不浅。本来约定好三天后，瞎老头领他朋友再来，一手交钱一手交货。三天过去了，瞎老头没露面，县公安局黄金管理派出所的两位警察却来了，说瞎老头一伙走私黄金集团被抓获，供出了一切。没收了那两块扣子大的金子，还警告说："念你是初犯，不再对你追究刑事责任。以后采了金，必须按法规交售给国家银行，不许卖给任何个人或单位。"送走警察，田有像泄了气的皮球似的倒在被垛旁，一动不动。不管凤芹妈说啥宽慰话，他理也不理。就这样不知躺了多长

209

时间，他突然一个鲤鱼打挺儿跳起来，大骂一声："我去他祖奶奶！"

挖不到砂子，金块又被没收了，柜里的票子等发完这个月的工钱也就所剩无几。以后怎么办？他骑虎难下，急得嘴唇起了一溜燎泡。他不能让村里人看他的笑话，他要用那黄黄的物质把种种闲言碎语顶回去。"田有大哥，缺钱言语一声。"对人们的好心相助，他却认为有意恶心他。"不缺！"他鼓着肚子说气壮话。缺钱也不能伸着巴掌朝当村人手里借，那样又会给人留下嘲笑讥讽、骂他倒霉的话把儿。他向县黄金公司申请了贷款。这就是说，他把赌注压得更大了。

回到家，凤芹妈已把晚饭做好：贴棒子面饼子，素炒扁豆角。

"谁让你做这个吃的？"田有冒出一股邪火，"重做！炒菜备酒捞干饭！"

"哪顿饭不是你说啥做啥。"凤芹妈嘟哝着，满脸的不高兴。但还是让凤芹端着花瓷盆去淘米，自己从碗架下的坛子里拿出一条腌得抽抽巴巴的猪肉，放在案板上切起来。

酒菜上来了。四个雇工围着炕桌坐下，你看我，我看你，不知雇主今天为啥开了恩。

田有为每个人的杯里斟上酒，然后举起杯子说："来，把酒盅端起来……说好喽，这头一个，都得喝了。"说完率先干了，朝大家亮亮杯子底。

伙计们不好再说别的，也都将酒灌进肚。只有魏山河没有干。他平端酒盅，看着田有，举盅的手微微颤抖，滴滴白酒掉在冒着热气的菜上。

"来，山河，大伙儿等着你呢。"田有避开魏山河直射过来的目光，以一种近似亲昵的语气劝着，以缓和此时的气氛。近来，他觉得这小子有点不对劲。干活虽说还算卖力，可有时爱撂撂打打，嘴里也添了一些作料，动不动就瞎骂人。这些田有装作不闻不见，只是心里多加几分小心。"山河，干了吧，菜都凉了。"魏山河一仰脖干下去，将酒盅重重放在桌上。

田有稍稍松了一口气，又给大家斟过一轮，这才打开天窗说亮话："这些日子，各位泥里水里跟我受了不少罪，虽说没挖着砂子，可那由不得我，也由不得大家……来，都动筷子……我早说过，采金是'早晨没饭吃，晌午有马骑'。眼下，别看只有矿线不见砂子，但大家相信我的，缝夹得越紧，槽放得越大，隔纸如隔山。只要有矿线引道，说不准过几天就放槽，让我们抱个大金娃娃……端起来别愣着，喝大点口……小顺子，大爷不攀你，想喝就喝，不想喝让你凤芹姐盛饭吃……咱们爷几个在一块儿混了好几个月了，要说大伙儿待我真是一百一，让干啥干啥，有多大劲使多大劲。这我心里都明镜儿似的。我有啥做得不周全的地方，还望大伙儿多担待……喝酒，吃菜……挖不着砂子，村里人咋说，你们恐怕也多少有所耳闻。我不在乎。人活着，图啥？不就是为争一口气吗！我非要干出个样儿来让他们瞧瞧！另外，大伙儿放心，还是当初那句老话，甭管我是赔了还是赚了，工钱一分不少、一天不拖，就是抽柁扒檩出溜瓦，绝不欠大伙儿一个子儿……来，干！"

这番话，与其说是田有在给伙计们鼓劲，倒不如说是为他自己打气。

酒过三巡，菜过五味，在座的每个人都晕晕乎乎的了。

"来，掌柜的，我给您满一个。"侯子明抓过二锅头瓶子为田有斟上酒，"掌柜的真要看得起我侯子明，咱、咱爷俩连干三个！"

"好小子！大爷今儿陪你到底。"

两个人真真就连干三个。

"再、再来三个……咋样？"侯子明说着又去倒酒。

"别喝了！"魏山河夺过酒瓶子。

"你……你算干啥的？你凭、凭啥不让我、我喝！"侯子明的舌头硬了，"你想给谁……省着？以为我看、看不出来？我他妈的不是瞎子！你和凤芹……"

"放你妈的猴儿屁！"凤芹正给小顺子上汤来，听见这话，火了，"灌点猫尿就不知姓啥了。大力，把他给我拖到厢房去！"

周大力看看田有，又看看魏山河，一时不知如何是好。

"快去呀！"凤芹喊道。

"哎。"姑娘的每一句话对周大力来说都是至高无上的命令。他下了炕，像老鹰抓小鸡似的把侯子明抱起来。任凭侯子明怎么叫喊、怎么挣扎也无济于事。

侯子明确实醉了。这些年来，不论在哪儿，他一喝酒就不由得想起初恋的那个姑娘；想起这个姑娘，喝不了几盅就醉；醉了就耍疯，耍起疯来就骂人，而且骂的多是女人。周大力将他扔到厢房的炕上，他就东一榔头西一棒槌地骂开了。

"秀梅，你还算是人吗？你跟我发的誓，还不如放屁有味儿……你爸不同意，你就服软了，剩下我一个人……呜呜呜……姓马的，你有啥了不起的？不就是个破街道主任吗！……说我是农民，农民怎么了？农民也是人！可我怎就连你架双拐的丫头都配不上？呜呜呜……"

听着这没头没脑的谩骂，周大力心里很不是滋味儿。他坐在炕沿儿上，卷起一支"大炮"抽着。

"大力，"侯子明挪到周大力的身边，"我告诉你，世界上的女、女人，没、没一个好东西……凤芹能看、看上你？做梦去吧！……再说了，那丫头也不是一个好货！"

周大力听不下去了，吼道："你再胡呲，我揍扁了你！"

"你、你揍吧，揍扁了我，也别想堵住我的嘴……你瞧见凤芹耳朵后边那块黑红的记了吧？哈哈，你知道那、那是啥？那不是记，是她老子逛窑子，染了花柳病传给她的……哎哟！你撒手……我说的是真的！不信你问问田有，他年轻时玩过多少脏女人。"

门外"啪"的一声。周大力出屋看了，台阶上有一个花瓷碗摔碎了，黏糊糊的鸡蛋汤洒了一地。"坏了，一准儿是让凤芹听去了。"周大力听见从黑着灯的西屋里传来凤芹的哭声。

"刚才还好好的，咋说哭就哭开了？"西屋的灯拉亮了，凤芹妈的身影投在窗户上。

"用不着你管！呜呜呜……"这是凤芹。

灯拉灭了。

灯又拉亮了。

"你这死丫头，到底为啥呀？"

"去！你们没有一个好东西！"

"你这死丫头，我看是疯了。"

"出去，给我出去！"

屋门重重地响了一下，灯再次拉灭了。

周大力返回屋，扯过在炕上骂骂咧咧的侯子明，劈头盖脸地打了几巴掌。侯子明愣怔了愣怔，醒过酒来，吸溜吸溜哭了。

魏山河和小顺子进了屋，问发生了什么事。"别问了！"平时一贯为人忠厚，甚至任人取笑也不在乎的周大力，今天显出了非凡的男子汉气魄，"记着，以后谁要再提今儿晚上的事，我绝不客气！"说完，攥紧拳头在空中晃了晃，手指节"嘎巴嘎巴"地响。

凤芹在黑屋里断断续续哭了一宿。

周大力在厢房支棱耳朵听了一夜。

第二天晚上，雇工们简单地擦擦洗洗便上炕睡了。周大力躺了一会儿，只觉浑身燥热，难以入睡，索性爬起来，来到大门外，坐在青石条上凉快。蚊子嗅到人的气味，从四面八方"嗡嗡"地飞来，向他发起进攻。他不时地轰着、拍着、骂着。这一切，在宁静的夏夜里显得特别响。

夜渐渐深了，暑气散去，凉气上升，四周越显幽静。门"吱呀"一声开了。

周大力扭头一看，见是凤芹走出来。辫子剪掉了，齐肩的黑发挡住后脖颈子，头上的蝴蝶卡子闪着微弱的光。

"她这是……不会去……"周大力悄悄跟上去。

凤芹出了村，走过水泉子，下了河沟的坝阶，来到一弯水潭边，开始脱衣服。

"她敢情是来洗澡。"周大力躲在一块磨盘大的石头后面。他心里有些发慌，尽量克制自己不去看，但他克制不住。任何一个女人对他都是一个解不开的谜，何况是一个漂亮姑娘。他从石头后面慢慢探出头。

凤芹下半身泡在水里，上半身露出水面，用手撩着河水，一次又一次地洗她耳后的地方。

"傻丫头，那东西洗得下去吗。"周大力心里升起一股怜悯。

传来"噼噼啪啪"的声音，凤芹发了疯地在耳后乱打乱拍。

周大力不忍再看下去。

过了片刻，响起阵阵的抽泣。

周大力再次探出头。

凤芹蹲在水里一动不动，只有脑袋浮露在水面上，脸上挂着闪亮的珠子，不知是泪水还是河水。过了一会儿，"哗哗"的水声压住了"嘤嘤"的哭泣声，她站起来走上岸。

周大力睁大了眼睛……这分明是一块玉，是一尊像，是一个冬天倒挂在屋檐下的冰凌！他完全看呆了，眼睛眨也不眨，似乎一眨眼，眼前的一切就会消失。

凤芹慢慢地穿好衣服，走过来。

周大力一慌，踩翻了一块石头。

"谁？"凤芹惊恐地问。

"我。"周大力拍拍屁股，从石头后面站起来。

"你……你怎么躲在这儿？"

"我、我怕你……想不开。"周大力吭哧瘪肚地说，"我啥也没看见，真的，啥也没看见，谁蒙你谁不是人……昨天，我狠狠打了坏猴子一顿，替你出了气……放心吧，谁要再敢提那事，我、我拳头不饶他！"

"大力哥！"凤芹竟一下子扑到周大力那宽厚结实的怀里，哭了。

周大力一时蒙了。他伸着两只胳膊，对怀里的姑娘碰都不敢碰，好像趴在怀里的不是人而是一只刺猬。直到凤芹勾住他的脖子，他才将双臂慢慢拢紧了。

"凤芹妹子，别哭了，甭管别人说啥，我喜欢你。"蝴蝶卡子在他眼前闪着迷人的光。

"呜呜……"凤芹哭得更伤心了。

原来，女人身上任何一个部位都是柔软的。周大力呼吸急促起来，心"咚咚"乱跳。他试探地抚摸着凤芹湿漉漉的头发、亮亮的卡子，还有那满是泪水的脸蛋。姑娘没有一点反应，像只小绵羊似的偎依在他的怀里。

周大力闻到了那醉人的馨香，全身的热血往上涌，脑子里闪过一连串浑浊的念头。他觉得嗓子渴得直冒烟，简直马上要着火了！便又一次将双臂拢起来，紧紧地。

月光洒下来，给山野蒙上一层薄纱。

村里传来几声狗叫，为夜晚增添了几分神秘。

　　断崖上，小石匠所凿之字一日日有了眉目，仅剩"金牛坨"的"坨"字最后一笔。其娘子之腹亦一日日隆起，姿色失去芙蓉之美，面上爬了几只蝴蝶。这日，牛田除去放牛别无旁事，索性坐下，昂首仰面，观断崖上之人如何最后完成其杰作。只见石匠腰系大绳吊于半空，身躯竟未有那"坨"字一个点大。每锤下去，便有一股青烟腾起，不见片刻停歇。牛田百思不得其解："何苦来？做些什么不好，偏偏整日凿这既不充饥亦不止渴的字迹，徒劳徒劳！"正想着，那绳子忽而断了，随之一声惨叫，石匠如石头般坠下……

九、失去心理平衡的老人，
像受了莫大委屈的孩子似的号哭起来

太阳溜坡了，一天又这样白白过去。

"大爷，家走哇！"周大力殷勤地招呼着田有。

"你们先下去吧，我坐这儿抽袋烟再走。"

田有看着四个伙计沿着小路下了山，一屁股坐着掌子门口。他哭了，却没有声，只有老泪在老脸上流。今天已是整整五十天不见砂子。是继续干下去，还是封掌散伙，他要好好想想。贷的款已经花光了，不能再借了。若再借，说不定到头来真是抽椽扒檩出溜瓦抵债不可。难道就这样算了？向那没有良心的掌子认输了？不，还不能！那样会枉费了几个月的心血啊！而这几个月，虽说操心费力，受尽折磨，可细想起来，这几个月比几十年都过得有滋有味有盼头，是正儿八经用心去过的，是按自己的想法去奔的。干下去！追着金矿脉不放松！即便希望真的落空了，赶明儿有一天躺进棺材，心也安了。

"再干它十天，凑上两个月。甭管挖着挖不着金子，一辈子不后悔！"田有抄起一块石头扔下山去。

断崖上的"金牛坨"被夕阳映得如同镀了一层金。关于它的传说，田有太熟悉了。平常谈起它来，至多添几分遗憾或几分伤感。而今天，在他前景黯淡却又不甘罢休的今天，他似乎才从中悟出一些人生的道道儿来。

田有下了山，步子蛮轻快，近乎一路小跑到了家。进门来，听厢房里传出打闹声，走进看了。侯子明龇牙咧嘴地掰着周大力的拳头，魏山河在一旁冷眼看着，小顺子拍手跺脚加油："猴儿哥使劲！"可是侯子明用尽吃奶力气也掰不开那握成一团的五个粗大手指。"掰吧，掰开就给你看。"周大力摆出一副力大无穷、不可征服的样子。然而，侯子明自有猴主意，一口咬下去，手指松开了，一个亮亮的东西掉在地上。小顺子抢在手："蝴蝶卡子，快瞧，真好看啊！"周大力上前拧住小顺子的耳朵，夺过卡子，揣进兜里。然后揪过侯子明，照着瘦高的鼻子按下去，立时响起鬼似的号叫。

第二天早晨上山来，田有就钻进几十米深的掌头，借着电石灯吐出的红火，发疯地凿呀、撬呀，恨不得一钎子穿透大山。打好炮眼，塞进黄药，点着炮捻子，出去换换气，炮声响过，不等硝烟散尽，就又钻进掌子里。伙计们看得出，掌柜的在拼老命了，一个个谁也不敢怠慢。

晌午，凤芹送饭来了。她没了说笑，少了打闹，一天到晚闷闷不乐，头上总是蒙一块纱巾垂下来。当她知道耳后那东西根本不是记，而是一种伴随终生的耻辱后，一个年轻好胜姑娘的心，怎能承受得住哟！

此外，还知道了爸爸是那么坏的一种人，而她所追求的男子又恰恰是姐姐的相好。面对这样残酷的人生，她的心碎了。

周大力从掌子里出来倒废矿石，见到凤芹，脸上堆起微笑。凤芹理也不理，冷冷地伸出手："还给我！"

"还给你啥？"周大力装着糊涂。

"你攥着拳头让人猜什么来着？"

"那……那不是我让他们猜的，是他们非要看。"

"反正都一样，快给我！"

周大力不情愿地掏出蝴蝶卡子："这送给我吧，行吗？反正咱俩……"

"咱俩从此一刀两断，就当你不认识我，我也不认识你。"凤芹夺过卡子，头也不回地爬上山顶的敌楼上观野景去了。

伙计们大口地吃着馒头。田有却无心进食，一袋接一袋抽着烟，好像那黄黄的烟叶能当饭似的。忽然，他"吭吭"地空咳起来。小顺子忙过来捶了捶他那弯成虾米似的后背。他吐出一口痰，痰里分明带着红红的血丝。

同过去一样，这一天又是白干。那引道的金矿脉仍跟牛皮纸似的薄。

还有三天了。

还有两天了。

还有最后一天了。

田有的心反倒踏实下来。他认定自己彻底失败了，也就不再拼老命、着瞎急。他盘算好了，等今天收了工，在掌子门口重重地放它两炮，封起掌子，晚上给伙计们改善改善，结清工钱，明天就让他们各回各的家。他雇不起他们了。

早晨上山来，田有再没进掌子一步。他恨死这个挫败了他全部锐气的黑窟窿，恨死这个吞掉了他全部钱财的无底洞。他坐在敌楼的楼座上，又想起父亲临终前告诫他的那句话："儿啊，今生今世别再干采金，金子这东西最毁人。"爸，都怪我没听您的话，没经住金子的诱惑，我错了，我又败了。

伙计们并不知道明天就要散伙了，仍然按部就班地打钎、放炮、清理废矿石。忽然，侯子明跑出掌子向敌楼上的掌柜的喊起来："大爷，快下来看看呀，见砂子了！"

田有嗖地站起来，眼前一阵发黑。他闭着眼睛定定神，这才慢慢缓过劲来。

"真是见砂子了！"几个雇工同时喊道。

本来放松的那根神经又一下子绷紧了。田有下了敌楼，从周大力手里要过电石灯，连安全帽也顾不上戴，一头钻进刚刚还发誓再也不进的掌子里。

没错，是砂子！田有举着电石灯看得清清楚楚，由地板到天棚，都是金矿砂！

侯子明说："刚才我用钢钎一撬，哗啦下来一层片石，这砂窝子就露出来了。"

"这是鸡窝槽！我们碰见鸡窝槽了！我早说过，金矿脉夹得越紧，槽放得就越大。要不咋说是隔纸如隔山，倭瓜秧上结倭瓜呢。"田有一扫六十天的沮丧。他凿下几块砂子，装进盆里。"走，出去'叫叫'看。"

出了掌子，把砂子砸成细末儿，放碗里一"叫"，碗底真真剩下许多黄黄的微小颗粒。

小顺子高兴地叫道："金子真不少！"

魏山河拉了小顺子一把："不懂眼别瞎说，那是黄铁，不是金子。"

田有的脸阴下来。他对"底留"研了又研，"叫"了一碗又一碗，连一粒黄黄的物质也没发现。他明白了，这窝金矿砂是不含金的"空槽"，是采金人最懊丧最倒霉的"空槽"！

"老天爷，你咋这么捉弄我啊！"田有将手里的叫金碗用力向头上砸去，随后像条布口袋似的倒在地上……

五天后，没等伤好利索，田有拄着一根棍子又上山来了。他剃光了头发，头上缠着绷带，脸黄黄的，布满褶子，眼皮也耷拉下来，腰弯得更加厉害，走路一步三喘。这五天他仿佛一下子衰老了十年。

依他的主意，再也不凿那没良心的洞了，并向伙计们宣布散了伙。但除侯子明一人背着铺盖卷离开外，另三个人要继续留下来接着干。"您不是说手头儿紧吗？这好办，啥时挖着砂子，啥时您再给我们开工钱。饭食也好说，不管粗粮细粮，能吃饱就行。"伙计一番话，说得田有好感动。

昨天晚上，伙计们告诉他一个新情况：挖过"空槽"之后，引道的金矿脉由一条分成三条，伸向不同三个方向，追哪条金矿脉走，事关重大，让他上山看看。

今天一早，田有走走歇歇，歇歇走走，到了掌子口已是大汗淋漓。汗一浸，头上的伤口有些杀得慌。带有血迹的几个碎碗片还在原地静静地躺着，三五个觅食的蚂蚁在上面爬来爬去。想起五天前那鲁莽的举动，他苦笑了一声，过去飞起一脚把碗片踢下山。

魏山河出了掌子，对田有说："三条金矿脉都探过了，差不多一样宽窄。"田有也不说话，猫腰进了掌子。魏山河随在后面，把自己的安全帽摘下来，扣在田有缠着绷带的头上。

魏山河留下来的目的很明确：挣钱！他和凤兰约好，在没有挣够足以把凤兰赎出来的钱之前，他们不再相会。他恨透了田有的过去，他也同情田有的现在。尤其是看到一个绝望的老人，用叫金碗砸向自己脑袋的一瞬间，他的心受到了震动。他还有一个对任何人也没透露的小九九。上次回家取换季衣服时，听借住在家里的一位探矿的地质工程师说，他们村北山有一条金矿脉，储量不大，品位较富，很适合个体开采。从这以后，他明里暗里偷学田有采金的手艺。

田有到了掌头，小顺子和周大力给他让开位置，把三条金矿脉一一指给他看。"您看追哪条好呢？"田有也有些为难，他从来没有遇见过这种矿线，他反问伙计们追哪条好。小顺子说追里手这条。"我瞧见红耗……不，'小伙计'老爱在里手这边待着。您不是说，有'小伙计'就有好砂子吗？"田有想不到这孩子对他的话记得这样牢，心中很是高兴。"好，借小顺子吉言，咱们就沿着里手这条金矿脉追。"他似乎忘记了自己头上的伤，抄起钢钎手锤，在那坚硬的岩石壁上叮叮当当凿起炮眼。

轰——这一炮太狠了。坐在掌子外的人们觉得像地震似的颤动了一下。隐在草丛里的一只野兔被惊起来。等魏山河抄起火枪，那生灵已经离弦箭似的逃下山去。

硝烟从掌子口缓缓冒出来，与吹来的山风僵持在那里，久久不肯散去。小顺子提着电石灯，用手捂着鼻子，钻进掌子去了——他是看他的"小伙计"吧？

天上一丝云也没有，净得仿佛是一面刚刚擦过的玻璃。一阵飞机声由远而近传来。人们仰头寻看着，但见不到飞机，只有飞机在蓝蓝的天上画出的三条银白的弧线。

"蛇！"小顺子连滚带爬地蹿出掌子。

田有赶紧问："在哪儿？"

"在刚才放炮的掌头上……吊着。"

"走。"田有捡起一块石头进了掌子，魏山河和周大力紧跟后面。

蛇可不像耗子那样受到采金人的青睐。有一种说法：采金遇到蛇，散伙回家骂老婆。把蛇作为不吉利的象征。

田有小心地摸到掌头，只见天棚上确实吊着个一尺多长、如大拇指般粗细的东西，在空中微微颤动。他举近电石灯看了，不由一怔，以为错了神儿。他揉揉眼睛，仗着胆子摸了摸，只觉硬硬的、挺挺的，没有蛇那么凉、那么软，火苗一照，闪着黄光。他的心骤然间提到嗓子眼，头发晕，眼发花，气发短，两腿软得像喝醉了酒，身子不由往下沉，手一松，电石灯掉在地上，他也随之瘫了下来。

"大爷，您这是怎么了？"

田有一手抓住周大力，一手抓住魏山河，哆哆嗦嗦地说："挖着了……挖着了！咱们挖着纯金条了！……"不等说完，竟双手捂脸哇哇大哭起来，就像是一个受了莫大委屈的孩子。

石匠大难不死，却瘫了双腿，终生成为残疾。凌空凿字已变梦想，心仍挂于断崖上。每每由老妇人和媳妇将他挪至断崖下，也不言语，也不落泪，只是呆呆地观山望崖。天长日久，毒日将他双目刺瞎了。但他依然每每来到断崖下，面向仅差一笔未凿完的"金牛坨"方向。牛田总想上前劝说，却不知如何开口。"罢罢罢，由他去吧。"

十、门突然开了，有个血人像是一捆秫秸似的倒了进来

田有再也不敢卖私金了。他把那自然形成的纯金条交到县银行。但

究竟得了多少钱，除了高高的柜台里那黑眼圈的出纳员姑娘知道具体数字外，他对谁也没说。村里乡亲若是问起，他含含糊糊地应付："不多……有空儿到家喝酒去。"卖金子回来，在丰盛的晚宴上，他拍给三个伙计每人一沓嘎嘎响的票子，说侯子明没福气，要不然也有他一份。并拍着小顺子的肩头说："从明天起，大爷给你开整工钱！"

几天来，田有的兴奋点始终降不下来。饭吃不下，觉睡不着，半夜里躺着好好的，忽地坐起来。凤芹妈骂他是钱烧的。

真真应了田有的经验：隔纸如隔山。一经捅破那层"纸"，不仅挖出了采金人千载难逢的纯金条，金矿砂也放槽了。凤芹每天赶着毛驴往家驮砂子，渐渐地，院子里堆起一座小山。再有二三十天，就能凑五十吨，够走一火车皮了。那时又将是一笔可观的收入。

有时候，砂子运不过来，堆放在掌子口，怕人夜里偷，要派人去看守。魏山河揽过这差事。当然，不能白看，看一宿算半个工。吃完晚饭，他用枪筒挑着棉袄，提着新换了电石的灯上山了。

初秋的夜有些凉，魏山河在掌子口燃起一堆火，在火堆旁坐下来。火光映得他的脸红红的。他不时用棍子挑挑柴火，引逗得火星子"噼噼啪啪"四处飞溅。待了一会儿，他起身上了山头的敌楼。金盏沟方向，有十几个亮点嵌在天边的夜幕中，像是密集的星星。"凤兰，等着吧，再有半年，我就攒够钱了，把你赎出来。"渐渐地，村里一个亮点消失了……又一个亮点消失了……所有的亮点都消失了。

火已成一堆死灰。天上下起了只有仰面才能觉察的毛毛雨。魏山河坐在掌子口里，铺在屁股底下的塑料布老化了，稍微一动就"哗啦哗啦"响。他抱着肩，闭着眼，迷迷糊糊，似睡非睡。忽然他隐约听见一阵"嚓嚓"的脚步声，莫非真是有人来偷砂子？

"嚓嚓嚓"，脚步声越来越近了。

魏山河将火枪筒伸出掌子口。

已听到"呼哧呼哧"的喘气声了。

魏山河食指贴紧冰凉的扳机。

他想好了，谁要胆敢来偷砂子，他就毫不客气地给他一枪。不过不能往身上打，只要吓跑就行了。尽管有枪，尽管隐在暗处，他仍有些紧张，只觉得一条腿在微微颤抖。

一个瘦高的黑影摸了上来，走到金矿砂堆旁边，蹲下身往布袋子里装着砂子。魏山河刚想扣动扳机，猛地觉得这个影子很熟，仔细一看，原来不是别人，正是掌柜的田有。

"真是永远也不知足。刚刚赚了那么多钱，又深更半夜地跑上山背砂子，简直不要老命了。咳，人啊人！"魏山河心说着，一直看着田有装完砂子，扛着砂袋子下了山。

天亮了，死亡和新生，黑暗和光明，完成了它们的又一次交替。

魏山河下山来吃饭，一进院子见田有在找烟袋。"给，在我这儿。"他把一杆黄铜锅、红铜杆、白玉嘴的烟袋递过去，"我刚才在掌子口捡到的。"

田有好生奇怪："这咋会呢？我昨晚上还用它抽烟来着。"

"夜里您不是上山背砂子了吗？"

"瞎说！我老老实实躺炕上睡觉了。"

"这就奇怪了，夜里我明明看见您在掌子口装了一袋砂子背下山，要不我早开枪了。"

"上山？背砂子？那、那是我做的一个梦。"

"那您肯定是犯夜游症了。"

"噢？哈哈哈！"田有大笑着，掩饰住了他的难堪。

吃完早饭，田有和三个伙计去上工。出了院门，见门口大青石上坐着一个人。"这不是猴儿哥吗?"小顺子一眼认出是侯子明。

"你小子咋来了?"田有直截了当说,"是不是看我发了,想来挣便宜钱?"

"您真瞧扁我了,我侯子明是那号人吗?"他仍是肉烂嘴不烂。他已在门口等了好一个时辰,始终没有勇气走进门去,毕竟是在田有最困难的时候离去的。"大爷,您君子不跟小人斗气,收下我吧,求您了!"

"大爷,收下他吧。"

"眼下缺人手,多一个人多一份力。"

"他猴子再敢捣蛋,有我呢。"

三个雇工为侯子明说情。

"好吧,看在大伙儿……"不等田有说完,侯子明拎起行李跑进院门,很快一手拿一个馒头跑出来,快步追上已踏上南大沟山间小路的人们。

这年夏季雨水多,入秋以来又连续下了几场雨,干渴了几年的大山终于喝饱了,从毛孔里"空"出多余的水,汇集成一条清亮亮的小溪。溪穿路,路穿溪。人们不时绕着蹦着,渐渐拉开了距离。

魏山河对田有说:"我有个事不知该说不。"

田有没停步:"有啥话你就说,咱爷俩谁跟谁呀。"

魏山河沉了一下:"我们几个人商量了,想加班加点干。"

田有站住了:"好哇!正常班上十个钟头,你们加班八个钟头,就算一个工,怎么样? ……饭嘛,晚上回来再给你们开一顿夜餐。"在几秒钟里,田有就算好了一笔账:每人每天加班创造的价值,除去各项开支,他这个雇主还起码能赚多一半。魏山河很满意,他就是为多多挣钱,早早赎回凤兰。"就这样说定了。我跟他们几个说说,从今儿晚上就开始,每天加班四个钟头。"田有笑了笑:"不过话说头里,我这把老骨头可不能跟你们一起干了。"魏山河爽快地说："这您就放心好了，有我带着呢。"

越往山上走，溪流越细，小路越窄。

田有突然问魏山河："山河，有相好的吗？"魏山河的脸唰地阴下来，他猛然想到，如此为田有效力是不是人格太低了？可这一切都是为了挣钱、挣大钱啊！见小伙子没言语，田有更加热心了："大爷我给你做个媒咋样？"他差一点儿没把凤芹的名字点出来。若真招这样一个养老女婿，他当然心满意足。魏山河冷冷地说："谢谢，我早搞好了。""哦？哪个村的？""金盏沟的！"魏山河简直是在发着狠。

田有似乎明白了。找到金矿的那天他就打听金盏沟怎么走，后来晚上又经常出去，敢情是去找女人。咳，年轻人嘛，都这样。他多少有些失望。怨不得凤芹这些日子蔫头耷脑不痛快，敢情是追了半天扑个空。他把女儿的变化一股脑儿归到这上边去了。

这半年多来，凤芹妈够累的。要给雇工一天做三顿饭，要推碾子磨磨筛米面，要喂猪喂鸡喂毛驴，还要逗挖不到砂子而急红了眼的老头子开心，还要陪挖到纯金而兴奋得睡不着觉的老头子整宿地待着。这几天，她更累了。雇工们加班要到夜里十一点多才回来。她几十年一贯早睡早起，现在突然变了，感到很不适应。做好夜班饭，见雇工们还没下工，便和衣在炕头挨老头子躺下。凤芹早已在西屋睡下了。她知道女儿有心事瞒着她，不然为啥突然变了一个人似的。也许是因为有了凤兰的教训，她有些怕，也就不敢再去深究。老头子把卖金子的钱分成几个存折存入银行。她把其中一个存折交给凤芹，也没见女儿有多高兴。想着想着，她竟迷迷糊糊睡着了。

"哐当"，院门像是有人推了一下。

凤芹妈忽地醒了，知道这是伙计们加夜班回来了，赶忙下了炕，一边往外走一边喊："来了，我这就给你们开门。"

门闩挪到一边，不等去拉，门突然开了，一个血人像一捆秫秸似的倒了进来。凤芹妈"啊"地大叫一声，吓着差点昏过去。

　　石匠添一贵子，取名继业。石匠将心思全放于儿子身上，再不去面向"金牛坨"出神。双腿虽瘫，双目虽盲，双手却依然灵巧。孩子长到两岁，所玩石猴石狗石娃全出自他之手。孩子刚过五岁，他便手把手教儿子握钎打锤、学练凿刻。然而孩子自有孩子心。笨拙的石头玩具，乏味的钢钎铁锤，满足不了童心的好奇，他时常爬到山坡吃草的牛背上，听牛田讲故事。待到二八年龄，继业生得浓眉大眼，虎背熊腰，好不英俊。忽而一日，不见踪影，急煞了一家人。细一打探，方知随牛田进京都做买卖去了。石匠听罢，一气之下，撞死断崖，血染山岗。次年春上，血洒之处凭空生出一片鲜红的山丹丹花来。后来，据说继业发了大财，妻妾几房，金银无数。至今，"坨"字仍差一笔没有凿，留下两代人的终生遗憾……

十一、他将枪口对准黑窟窿，终于扣动了扳机

早在田有找矿时就隐在心头的那种连他自己都不敢多想的事情终于发生了。

当时，魏山河出来倒砂子，听见掌子里"哗啦"一声，觉得事不好。不等钻进看，侯子明连滚带爬地蹿出掌子，岔了音地喊："啸了！妈呀，啸顶了！"魏山河从地上揪起他："大力和小顺子呢？""都捂、捂里头了！"说完，挣脱魏山河的手，泥鳅似的溜下山，钻入茫茫的黑

夜里。

魏山河摸到掌头，只见一堆石头却不见人。他发了疯地扒呀、扒呀……周大力斗大的头扁了。小顺子只剩下一口气："红签……我抽的是红签……寿比南山……"说完便永远闭上了眼睛。

魏山河昏睡了三天三夜，就连为那两个冤鬼入殓他也没有动。他惊醒了。他也从人生的梦中醒悟了。第四天早晨，他爬起来。他要走了，要永远离开这里。他用一根绳子慢慢地捆着行李。侯子明的行李仍放在炕头上，自从那天夜里他逃走后再没有回来。

"吱呀"一声，凤芹推门走进来，眼睛红红的，有一点点肿。前天，在钉周大力棺材之前，她当着众人面，毅然将自己头上的蝴蝶卡子摘下来，放在即将进入另一个世界的那人枕着的莲花枕头旁。

两个人默默地注视着。屋里的空气仿佛凝固了。

"山河哥，"最终还是凤芹先开了口，"给你，用这个去把我凤兰表姐赎回来吧。"她将一个崭新的存折递过去，"记住，我是人，不是獾！"

獾？……魏山河明白了。他打开存折，上面写着"田凤芹"三个字，存款金额达到五位数。"凤芹，你这是……"

凤芹显得很平静："不要再说了。这是我妈为我存的嫁妆钱，也是我用力气换来的血汗钱。收下吧，山河哥，保证干净！"

"这让我……"

"放心，绝不会让你还我。"说完便捂着脸跑出屋。魏山河揣好存折，背上行李，扛起火枪，走出田家的大门，头也不回地上了路。

初秋的阳光仍然很强。田有坐在掌子外，戴顶小草帽，挥着六磅锤，专心地砸着他新雇来的伙计凿运出来的砂子。对小顺子和周大力的死，他很伤心，真真动情地痛哭了一场。按合同规定，他可以不负责任何经济赔偿。但他对置买棺材和将他们运往各自家中的费用毫不吝惜，似乎只有大把大把地花钱，他的心才能得到一些安慰。悲痛之余，他也有几分庆幸。当初多亏付了保险金，县保险公司通过调查，已答应给这两个殉难者家里分别寄去人身保险赔款。

田有一抬头，见魏山河端着火枪向他走来。他慌忙站起身，哆嗦着往后退。"这小子想要干啥？我哪地方对不住他了？"身子贴住了岩壁，再也没地方退了，他绝望地闭上眼睛。

枪，响了。

田有只听"嗡"的一声，耳膜震得发疼，身子却没觉受到任何伤害。他睁开眼睛。原来，魏山河将枪口对准掌子——那黑黑的窟窿扣动了扳机。火药装得太多了，长长的枪筒被炸掉一截儿，枪口徐徐地冒着青烟。

枪声惊动了"金牛坨"断崖上的一群野鸽子，它们呼啦啦飞起来，在空中盘旋了几圈，然后一掉头，径直飞向遥远遥远的天际……

红了樱桃

一

"姑娘，请抬一下脚。"

清洁工打破了你的沉思。你本想高高地抬起双脚，但觉得不太礼貌，也欠雅观，便起身离开排椅，站到一边。等那位胖胖的大嫂把眼前的地扫干净，你这才又坐回原处，随手将连衣裙的下摆往下抻了抻，盖住你那圆圆的膝盖。

此时，虽说刚过六月，早晚还有些凉意，但城里的姑娘们便把各式各样的裙子翻找出来，比着赛地穿在身上，似乎生怕错过能够充分显示她们匀称身材的季节。而在这个远郊县城长途汽车站的候车室里，人们还都捂着长裤长褂儿；只有你，你这个从城里回来的姑娘穿着裙子，而且样式很新颖，布料蛮鲜艳，腰间还扎着一条金边儿皮带。

你看了一眼手表，十点过五分，离开车时间还有半个多钟头。哎，真难熬，有啥办法，耐心等吧。忽然，你发现有个小伙子直勾勾地看自己。你赶忙低下头，有些慌乱地拉开挎包拉锁，拿出一块花手绢，擦了擦鼻尖上的汗珠，然后又当扇子扇起来，并再次抻了抻连衣裙的下摆，把那双白皙浑圆的腿藏起来。那举动，那姿态，全然像一个来郊外旅游或走亲戚的城里姑娘。

然而，你不是。

大碗的面条汤，大块的熬萝卜，大条的老咸菜，大个的贴饼子。

妈妈见你那香甜香甜的吃饭样儿，不仅没高兴，反倒为你担起心。在人家准是没少受委屈。不然，刚去两个月，红扑扑的脸蛋为啥变黄了？圆圆的下巴为啥变尖了？

"哎，我说孩子她爸，赶明儿高岭镇是大集，你去割上几斤肉，给咱金花……"

"不用了，妈。"你没等妈说完，接过话来说，"我不馋肉吃。爸，您别听我妈的。"

"嗯，好。"爸爸慢慢吞吞地应着，掰下一块玉米面馎馎，送进他那只有稀稀拉拉几个牙的嘴里，慢慢地咀嚼着。

你知道，爸爸是个火上房都不着急的慢性子人。穿衣慢，吃饭慢，干活慢，就连千载难逢发一次脾气，也是慢腾腾的。在慢的节奏中，度过了他生来的六十年。

"花儿，"也许是你吃饭的狼吞虎咽劲儿，触动了做母亲的那根最灵敏的神经，妈妈停住筷子，盯了你好一会儿，然后问，"在人家……吃得饱吗？"

你停住嘴的嚼动，看妈一眼，点了点头。

"过得惯吧？"妈妈又问你。

"嗯，还好。"你夹起一条挂着香油花的咸菜，送进嘴里，"咯吱、咯吱"，好香，好脆。

妈妈不再问了。她心里明白，你这是在哄骗她。

本来嘛，你在密云水库北边的偏僻小山村生活了十九年，吃惯了家里的饭，喝惯了山里的水，闻惯了乡村的气味儿……猛然间到了繁华喧闹的北京城，住进了望一眼都眼晕的大高楼，你怎能适应得了呢？无论是吃喝、穿戴、睡觉，还是气味、声音、色彩，一切一切，你都感到那样陌生，那样不惯。尽管临出家门时，妈妈给你包上一捧土，并且说："用它冲水喝，就不会水土不服了。"然而，要想改变在一个古老的多少年几乎一成不变的环境里所养成的生活习惯，靠一捧土能解决问题吗？

　　小锅，小碗，小碟，小盘。一碗饭，顶多有家里大白碗的一碗底。已回了一次碗，谁还好意思再去盛第三碗呀？尽管你知道还有饭，尽管那家人再三劝你吃饱，但你最多吃两碗。一旦给你自己限定下饭量，以后便不好增加了，因为你怕人家说你不实在。夜里，你饿得心里发慌，睡不着觉，真想进厨房去吃剩饭，但你最终还是强忍住了，因为你怕落个偷嘴吃的坏名声。

　　还有那个该死的单人床，真给你丢尽了脸。两居室的一个单元，人家夫妇俩住一间，你带着一个不满三岁的孩子住一间。来的头一天夜里，睡梦中，你以为还是躺在家里的大连炕上，一翻身，竟从床上掉下来。"扑通"一声，摔得死死的。响动惊起了孩子的父母。他们光着脚丫子跑过来，问出了什么事。你捂着被摔得生疼的胳膊肘，哭不得，笑不得，也说不得。

　　然而，你最不习惯、最不能忍受的，得说是城里那气味儿和噪声了。清早，你起床去排队取牛奶，大街上满世界都是雾腾腾的，从马路边一个又一个的污水口里冒出的缕缕白烟，说不上是酸是咸还是臭。你闻了，心口堵得慌，一个劲儿想吐。还有噪声，那时公安局还没规定城区不许鸣喇叭。即使你关上临街的窗户，连续不断的喇叭声和排气声也会钻进屋来，"嘀嘀嘀""突突突"，你听了，心烦意又乱，总觉脑浆子疼。

都说女儿在妈妈面前无话不说，可你怎好把这些如实告诉给妈妈呢？即便想告诉，又怎能说得清呢？

哦，今天你终于回到家，回到一切都感到亲切的家了，终于又用大碗喝汤，又吃上大个贴饼子，又闻到吸上一口都觉得畅快的清新空气了。今晚又能睡在热乎乎的大连炕上了。

"姐姐，姐姐！"

你知道，这是妹妹银花放学回来了。你透过小小的玻璃窗看去，妹妹蹦着跳着进了家，惊得院子里的鸡乱飞乱叫。没等你下炕穿鞋，妹妹便奔进屋，上来一把拉住你的手，使劲抖着，嘻嘻哈哈笑了好一阵。

"当街上好几个人告诉我，说姐姐你回来了。"

"疯丫头，还不快上炕吃饭。"

"嘻嘻……"妹妹冲妈妈耸耸鼻子，鞋也没脱就上了炕，腿一盘，手一抹，抄起贴饼子，咬了一大口，呜呜囔囔地向你打听，"姐，北京城里的大楼最高有多少层呀？你住在里面害怕不？北京的姑娘穿得花哨漂亮吗？你在人家看的电视有多少寸？等我中学毕了业……"

"贫嘴呱嗒舌，饽饽也堵不住你的嘴。"妈妈用筷子敲了一下妹妹的头，"等你姐吃完饭再问不成吗？"

吃完饭，爸爸背上粪箕子出去了，妹妹到同学家复习功课，家里只有你和妈妈。

"妈，给您。"你掏出两个月的工资，郑重地递给妈妈。

妈妈眨了眨眼，有些激动，用微微颤抖的手接过你的钱，笨拙地数起来。

哦，此时此刻，妈妈有说不出的高兴和自豪，二十年来养育你的所有艰辛，在这瞬间，似乎得到了全部补偿。

"这样吧，妈留下这一半，剩下下这一半，你留着……"

"不，妈，我……"

"拿着吧，算妈给你的还不成？比不了在家时，穿好穿坏没啥，在城里，穿太寒碜了，让人笑话，笑话当妈的不知道心疼闺女。再说，妈现在手头儿宽松点儿了，一时还用不着你的钱。"妈妈说着把钱塞在你的手里，"快收起来吧，瞧，你这裙子，掉色掉得啥样儿了，回北京后，瞧着啥衣服好，买一身穿。"

"妈，不，我用不着，还是您留着花吧。"你把钱又塞给妈。

"嗯，那也好。"妈妈眯眯一笑，脸上的皱纹聚到一起，像是一朵盛开的菊花，"妈给你存着。"说完，过去打开靠在北墙的红漆板柜，将钱放进柜中的一个白碴小木盒子中，然后把柜重新锁好。

"妈，我……我有点儿不想去了。"你对着妈妈的背影，轻轻嘟哝着。

可能是对你的话感到突然吧，妈妈转过身来，愣住了："为啥呀？为啥不想去了？"

"不为啥。"你把头转向一边，躲过妈妈投射过来的疑惑目光。

起初，你并不是为当保姆才进京城的。两个月前，妈妈让你代表全家去看望多年没有来往的二姨。在二姨家没住几天，你就待不住了，闹着要回来。二姨说："回去也是待着，家里收完秋还能有什么活，不如我给你找个事干。"就这样，二姨介绍你给她一个同事家里当了保姆。按说，你只需带好孩子，看看家，取取奶，就算完成了任务。但你闲不住，干脆把洗衣服、打扫房间、购买副食和蔬菜之类的活也包揽下来。似乎这样一来，多少能减少一些你对城里生活方式的不适应感。

妈妈沉吟了一会儿，不紧不慢地说：

"花儿，我知道外出做事不容易。可你不去，回来又有啥可干的呢？咱家分的那几亩地，所有的活，归里包堆不够你爸爸一人干的。再说，你妹妹这说话也要毕业了。一家四口横不能光死啃那点儿地呀！我说呢，你还是去好，干上三年两载的，赶明儿托你姨给你找个好人家，妈也算没白……"

"妈，您说哪儿去了！"你脸红了，身子一扭，给妈妈一个后背。

猪"嗷嗷"地叫唤起来，拱得猪圈门子"哐唧唧"乱响。听见猪叫，妈妈出了里屋。你跟上去，拿过妈妈手里的泔水瓢，说："让我喂猪吧，妈。"

你从大锅里将用做饭的炭灰温热的泔水淘进猪食桶，提着来到院子里，打开圈门，放出猪，一瓢一瓢地将泔水舀进石槽里。这头大壳郎猪把长嘴深深埋进泔水里，抄底捞稠的吃，并贪婪地把前爪搭在石槽上。你一边添着食，一边用长把儿葫芦瓢敲打着搭在槽上的猪腿，嘴里还磨磨叨叨地警告着什么。这时，院子里的几只老母鸡，颠颠儿地跑过来凑份子，想吃上一两口遗落在槽外边的米粒或菜叶。大壳郎猪存心要吃独食，不时地甩动它的头，并发出一两声低沉的恐吓。还有那只小猫，你进城前才从坡前栓柱家抱来，现在已有一尺多长了，胖乎乎、肉墩墩的，撒娇地倒在你的脚下打着滚儿，蹭了你一裤腿的绒毛毛，蹭得你心里甜甜的、痒痒的……啊，家里的一切一切，你都感到那样亲。

忽然，你听见传来一阵口琴吹奏声，由远而近，终于在门口停下来。不用说你也知道，这是坡前的栓柱，除了他，全村百十口人，谁还能吹出这一口好琴呢？

泉水叮咚响，

流下了山岗，

> 走过了草地，
>
> 来到我身旁……

你随着口琴吹奏的曲子暗自唱起来，脚步也不由得向门口移去。

"吃饭了？"你没有走上前，而是倚在门框上，用含情的眼睛看着他。

"哟，金花回来了？"栓柱甩了甩口琴，又在袖口上擦了擦。

"你的口琴吹得真好听。"你本想说"一听口琴声就知道是你"，但话到嘴边，不知为什么又变了。

"是吗？"他被你的赞誉闹得有点儿不好意思，"吹不好，瞎吹。"

"不，挺好听的，真是挺好听的。"话一出口，你觉得自己对他是不是过于亲近了，直感到耳朵根儿热乎乎的。进城两个月来，你总觉得心里缺少了什么。缺少了什么？是对乡土的依恋？是对家人的想念？还是……你自己也说不清。就在听到口琴吹奏声的一刹那，更准确地说，当你看到他那双明亮的眼睛时，你的心一下子变得充实了，不是吗？

"北京城里好吗，金花？"他走近你。

你点了一下头，又马上摇摇头。你不愿提起城里的事。

"金花，你……"看得出来，他有些不自然，"你还打算回村来吗？"

这是什么意思？你的心突突跳起来。

"金花，哪儿去了，金花？"妈妈喊叫着，"猪把桶拱翻了。"

你忙转身进了院，连招呼也没顾上和栓柱打一声。

"刚才在门口，你和谁说话呢？"收拾完残局，妈妈问你。

"没和谁……圈！圈！"你打过妈妈的岔，赶猪进了圈，拴好圈门子。

239

等妈妈进了屋，你又来到大门口，向着栓柱的身影望着。口琴声又响起来，远了，渐渐远去了，融进大山的阴影里。

二

"买到樱桃沟方向去的乘客，请到四号进站口准备上车。"

小喇叭响过之后，候车室出现一阵小小的骚动。排队，检票，上车，就座。司机端着特大号茶缸子来到驾驶座位上，只等铃声一响便发车了。

"喂，喂！"你坐在紧把车前门临窗的座位上，听见有人急切地敲着进站口的门，"师傅，劳驾了，请开开门，我要上车。"这话音，你觉得有些耳熟。

售票员正准备上车，听见喊声，过去打开门。你看见从门外挤进一个小伙子，背着一台崭新的机动喷雾器，气喘吁吁，满头大汗……哦，是他，竟是他！生活本身往往比人们编排的还要巧。你从车窗方向收回目光，转向一边。

"你背的这玩意儿要打行李票。"

"可以，只要能上车就行。"

你听得出，这是栓柱，嗓音有点儿沙哑。

"到哪儿？"

"樱桃沟。"

看来，非要与他同路了。你想。

栓柱买了票，售票员票夹子上的弹簧"啪"的一声合上了。

"上车吧，注意别碰着人。"

"哎，谢谢您了。"

接着，你听到车后门方向"哐哐当当"响了一阵，这是他把喷雾器搬上车。

发车的指示铃响了。

汽车开动起来，出了站，上了公路，向着远方那层峦叠嶂的群山驶去……

如果没有那巍峨的大坝，如果没有那宽阔的水域，樱桃沟不算多偏僻。而如今，密云水库白河主坝和望不到边的库水，就像一道天然屏障，将你的家乡与当今的世界远远地隔开了。

你前几次回家，都是从北京坐市郊火车到县城，再从县城乘长途汽车在环库公路上颠簸两个来钟头，绕上一个大大的胳膊肘弯，来到水库北岸，下车再走上三四里土路，才能看见隐在大山皱褶里的小村。

这一次，连这个条件也不能保证了。入冬以来的头一场大雪，染白了群山，封锁了公路，截住了多少准备回家过年的人，其中也有你。雪，已停了两天；路，还没有全通。满载乘客的汽车只开到半路，似乎就被前面威严的大山和冰雪覆盖的盘山公路吓破了胆，毫不客气地将你和乘客们扔在山脚下一个站牌旁，自管掉头回去了。

想起来，你多亏提前给家去了一封信，说好这天回来。不然，还有大约一半的路，拎个大提包，真不知什么时候才能回到家。

不过，现在不用担心了，有栓柱来接你。你觉得你是所有同车乘客中最幸运的。同时，你也不明白，家里为什么让他来接呢？

"你爸爸上山砍柴扭了腰，你妹妹正准备期中考试，所以，你妈妈让我来接你。"面对你惊奇、疑惑的眼睛，栓柱近似笨拙地做着解释，平日里吹口琴的那股灵气儿不知跑哪儿去了。

"那可真劳累你了，栓柱哥。"你对他很客气，客气得你自己都感到吃惊，就像对一个陌生人。过去，你啥时候用这样客气的语调对他说过话？好在他没有意识到。你脚上那半高跟的棕红色牛皮鞋吸引了他的注意力。

栓柱把你的提包绑在他随身带来的背架上，征求你的意见："咱们从水库穿过去好吗？"

"嗯，好。"你同意了。因为这样一来，就不用再绕那个大大的胳膊肘弯儿，起码少走一半的路。

"小心，下坡了。"是因你穿了半高跟皮鞋吗？栓柱好心地提醒着，并伸过手来搀扶你。

"没事，我能行。"你一挥胳膊回绝了。

下了这道坡，你和他开始踏上了水库的冰面。夏日的密云水库，虽说不上"无风三尺浪"，但墨绿墨绿的水面很少有一时的安宁。现在，库水被严冬彻底征服了。水面已完全封冻，而且铺上了厚厚的一层雪，看不出一点它原来的面目。

"放开步子走。你瞧，这个样……"见你缩手缩脚的胆怯样子，栓柱向你做着示范。

你试探地照着他说的办了。脚踏在雪上，一步一个窝，如同踩在河滩的细沙上。由于鞋底与冰面不直接接触，所以脚下竟觉不出有多光滑。没走多远，你的畏惧消除了，你的神经放松了，你的脚步也变得自然起来，"咯吱、咯吱"……

"这要在城里，不定有多少人来滑冰呢！"你默默地想着。就在上个星期天，你带着看护的那个孩子，到北海公园去玩。冰场上的人实在是太多太多了。你真担心，那层不厚的冰面，能否承受得住成百上千人的压力，似乎随时都有"咔嚓"一声掉进水里的危险。眼前，这么大的一个天然冰场，却不见一个滑冰人。

哦，这里太远，太偏僻，太缺少吸引力了。

走了一段，你觉得过于冷淡栓柱了，不管怎样，人家毕竟是踏着雪、冒着冷，跑大老远地来接你。

你没话找话地问："栓柱哥，你还吹口琴吗？"说完，你不免又后悔起来，似乎不应该问他这个。

"怎么不吹？吹呀！反正现在时间都是自己的，再用不着到地里把着铁锨把儿号脉了。可惜没带口琴，不然一边走一边给你吹一段……"

"啊，不，我……不是这个意思。"

你的话，真让人扫兴。栓柱歪头看了你一眼，不言语了。

半天半天，你们俩谁也不再理谁，只有脚踏在积雪上发出"咯吱咯吱"的声响……渐渐地，你落在他的后面。

你踩着他踏出的雪窝走，像是丈量着他与你的距离。忽然，你得到一个发现：他没有穿袜子，脚上是一双胶皮轱辘做鞋底的"爬山虎"，露着带皱的后脚脖子。你见了，不禁皱了一下眉，心里泛起一股说不上来的滋味儿，同时还有些得意。因为你给他买的东西，正是他所缺少和需要的。

几个月前，你收到妹妹代妈妈写的一封信。信中除了让你好好干，别惦记家以外，还提到今年收成非常好，打的粮食吃不完，果树也是个大年，母猪一窝下了十一个猪崽。最后又说，栓柱经常帮家里干起圈呀、送粪呀、卖猪呀等活，让你看着什么合适，给他买些东西带回来，也算是对人家的感谢。这事，你不久就忘了。有一天，你见小摊上卖处理的加厚尼龙袜子，比原价几乎便宜一半，你这才想起妈妈托你办的事。你一下子买了两双。现在，这两双袜子就放在栓柱背架上的提包里。要不要拿出来，当面送给他？哦，不，还是回家让妈妈交给他吧。

你不光给栓柱买了袜子，也给妈妈、爸爸、妹妹买了东西。给妈妈的是一块的确良布头，紧着裁可以做件衬衣。妈妈这辈子也没穿过正儿八经的衬衣。一件毛蓝褂子，冬天套棉袄，夏衣敞身穿，都是大襟，又土又老。这回，一定让妈妈也做件对襟的，像二姨穿的那样。你送给爸爸的，是个电子打火机。爸爸抽烟点火总爱用爷爷留下的火镰，整天挂腰带上，当成宝贝疙瘩，真是没法说。送给妹妹的东西呢，除了一块三角围巾，还有一套刷牙用具。城里的姑娘，哪有一个整年整月不刷牙的？

这工夫，栓柱停下来，双手扶着背架的底部往上颠了颠，又移动移动勒在肩头的背带，然后回过头看你一眼，似乎说："快走哇，我等着你哪。"

你跟了上去，与他并肩而行。

"金花，你说……城里好，还是咱村好？"栓柱冷不丁向你提出这样一个敏感问题。

"城里好，咱村也好。"你说。

栓柱站住了，对你的回答感到有些意外："城里怎么好？"

"城里有电影电视看，出门就是柏油路，去哪儿都可以坐车，买东西也方便……嗯，有的是青菜吃，还有……"

"那你为啥不把户口迁到城里去？"

没想到，你短短一番话，竟惹得栓柱老大不高兴。

"那……我也没说咱村里不好哇。"

"还用说吗？你的魂儿让城里勾走了。"

面对他冒火的眼睛，你心里怪委屈的。哼，不该你的，不欠你的，为什么对我瞪眼珠子？喊！

就在不久前，二姨曾对你说："甭着急，有合适的人，我在城里头给你找个人家，省得再回那老山老峪里去了。"当时，尽管你脸一红，没好意思吭声，但你确实动心了，记住了，给人家干活更勤了，往二姨家跑的次数也更多了。本来嘛，哪个年轻人不想出来见见世面、开开眼界？一生一世窝憋在穷山沟里，就算是思想进步吗？

"我算知道你了。"栓柱丢给你一句硬邦邦的话，气冲冲地向前走去，留下的，只有那冰雪上的两行深深的脚印。

你一肚子委屈，你想追上去解释清楚，但只听"咔"的一声响，吓得你一激灵。你看见，在你和他之间的冰面上，裂开了一道大口子……

三

汽车艰难地爬着坡，发动机竭力地号叫着，像是消耗尽了精力的老人在痛苦地呻吟。尽管如此，车速仍缓慢得很，不比步行快多少。可是，等爬上坡，换过挡，汽车立刻又变成一个疯小伙子，风驰电掣般地向梁下冲去。

在这一会儿慢，慢得烦躁不安，一会儿快，快得心惊肉跳的节奏中，你离家乡越来越近了，都能隐约望见村后那座巍峨耸立的断崖山了。

你没忘，栓柱与你同在一辆车上。到了站，下了车，见了面，该对他说什么？说你看的孩子上了学前班，你不再当保姆，由城里回村来了？不，那肯定要遭到他的讥讽。可这是不可否认的现实啊！

路，渐渐平缓起来，只是弯儿更多了，不远就有一个警告路标，上面标着如蛇一样的曲里拐弯的符号。山区，太阳出得迟，却落得早。大山将阴影清晰地投在山路上，仿佛向过路的人们展示它那雄伟、清秀的身姿似的。夕阳倒挂在宽阔的库面上，犹如一面硕大的火红旗帜，又如一条狭长的大红地毯——就像你从人家彩色电视机里，看到迎接来华访问的外国首相时铺的一样。

再爬上这面坡，再冲下这道梁，再拐过几个弯，就该到站了，你的心不免激动起来。

"哇、哇……"从车后门方向传来一个小孩的哭声，不管母亲怎样哄劝，孩子仍一个劲儿地号，吵得人心烦意乱。连你身边的老太太都听不下去了，不断回头看，连连咂着嘴。

"哦，别哭了，叔叔给你口琴玩。"

你听得出，这是栓柱。

"来，这样吹……do re mi fa sol la xi do，do xi la sol fa mi re do……好听吗？给你。"

孩子抽泣了两声，不再哭了。一定是接过了他的口琴，你想。

"吹呀，使劲吹。"

"do re mi fa sol……"响起一阵轻快的琴声。

"哈哈，小家伙真机灵！"

你想象得出他那咧嘴笑的样子。

"哎，别往口琴里头啐吐沫呀！来，叔叔给你吹，你来听，好不好？……哎，真乖！"

口琴吹奏起来，还是那段"泉水叮咚"。不过，听起来，比几年前你喂猪时听到的那次，要熟练多了，自然多了。和声，颤音，运用自如；舒缓，跳跃，节奏分明。仿佛那清凉凉的泉水真的在你眼前淌过。

> 泉水呀泉水，
>
> 你到哪里，你到哪里去，
>
> 唱着歌儿，弹着琴弦，

流向远方，流向远方……

你默默地哼着歌词，悠扬甜美的乐曲一时赶跑了你心中的烦恼，思绪也随之飘到远方……

真不该回来！躺在炕上，你想。

秋天的夜晚是不平静的。窗根下的蛐蛐叫个没完，空中南飞的大雁哀鸣不断，圈里的母猪哼哼了几声，偶尔传来的狗叫是那样遥远……外界的种种声响，声声入你耳来。

爸爸妈妈妹妹依次睡在炕头，你独自一人睡在炕脚。两间一明的大连炕中间，空出一大块地方。临睡前，妈妈本是把你的被窝铺在炕头的，说你赶了一天的路，应该好好解解乏。然而，你却再也无法接受这种享受了。烫手的热炕炮得你翻来覆去折饼子。没法子，你从炕头搬到炕脚。谁想，炕脚也这么热，闹得你这么晚了还没睡着。越睡不着，想起白天的事你就越生气。

这次回家，一见妈妈穿着你给买的那块的确良布做的衬衣，你的气就不打一处来。

"我不是说让您做件对襟的吗？您怎么又做成大襟的了？真怯死了！"

妈妈说："我啥岁数了，能跟你们姑娘比？做件对襟的，穿得出去吗？村里人还不说我是老来俏呀。"

你反驳说："我二姨比您小不了几岁，人家能穿，您为啥就不能穿？"

"我能跟你二姨比吗？人家是京城人。"

"谁让您起初不嫁个城里人呢！"你心里这样想，嘴唇动了动，但

247

终究没敢说出来。

正跟妈妈饿饿着，爸爸收工回来了。他将从自家地里背回的满满一背架火红的高粱头慢慢吞吞地卸下，进屋跟你招呼声"金花回来了"，便累得一屁股坐在老春凳上，摸摸索索装足一袋烟，然后又摸摸索索地从腰间取出火镰石。

"我给您买的电子打火机呢?"你气恼地问。要不是见绳的一头系在爸爸的腰带上，你真想一把夺过那古老的玩意儿，扔得远远的。

"嗯，那不，"爸爸用烟袋指着板柜上的小闹钟，"放钟罩子里搁着呢。"

"为啥不使呀您?"你不由得提高了嗓门儿。

爸爸不慌不忙、不动声色地打着火镰，点上烟，慢条斯理地说："等来个人再使多好。要不，这玩意儿扔了也怪可惜了儿的。"说完，又将他那宝贝掖起来。

"您呀您!"你不知用什么话说爸爸，只觉得由心里往上冒火。

不仅这，对妹妹你也白费了心思。

"我给你买了牙膏牙刷，你为什么不刷牙呀? 对着镜子瞧瞧你那牙，又黑又黄，哪儿像个姑娘样!"妹妹干活回来，你没好气地训斥她一阵。因为你发现，放在红漆板柜上的牙具已落了一层尘土。

"我才不刷呢!"妹妹银花也没给你好听的，"一刷牙就流血，谁爱受那份儿洋罪。"末了，又嘟囔一句，"哼，甭谁都瞧不上，有啥了不起的，不就是个在城里给人家哄孩子的吗!"

"我瞧不上谁了?"妹妹戳到了你的痛处。

妹妹眼一闭，嘴一撇，一字一板地说："哼，谁做的好事谁知道。"

"你说，你今儿非得把话说清楚，我做啥对不起人的事了?"话是这么说，可你心里真有点胆怯。

"好，这可是你逼我说的。"妹妹毫不示弱，"我问你，过去，你是不是跟栓柱哥好？……说话呀，甭不承认，村里人谁都知道。可这两次回家来，你对人家总是带搭不理的。栓柱哥哪点儿配不上你？文化不比你低，能耐不比你小，人缘儿不比你次，模样儿也不比你差……"

"你、你要是看他好，你跟他好去呀！"

"我跟他好又怎么样？你当我不敢呀？"

"你们这俩死东西！"妈妈从外屋赶进来，用沾满玉米面的手打了你们姐俩一人一下，"想找死呀！……银花，走，给我烧火去！"

晚上铺炕时，你问妈："我上次回家时买来的那块塑料布呢？"

"塑料布？"妈妈好像忘了有这么回事，想了好一会儿才说，"噢，对了，让我苫粮食用了。"

妈妈从放杂物的西屋里找出那块印花的塑料布。你接过一看：大窟小眼，皱皱巴巴，且已老化，硬得像一块薄铁皮，一抖搂，"哗哗"响。这本是你用来做帘子的，一头吊在明柁上，一头垂在炕面上，等于临时筑起一道墙，把大连炕一分两半。爸爸妈妈睡一边，你和妹妹睡一边。不然，二十岁的大姑娘，还和爸爸妈妈睡在一条炕上，要做些姑娘们都有的事情，该有多不方便。可是这次回来，塑料布却被妈妈……你气得直想哭。

你躺在炕上，反反复复想着，终于想明白一个道理：多少年养成的风俗习惯，靠你一个人，靠你回来几天，能改变过来吗？即使你在家休假的几天里有所改变，但只要你一走，一切就又会重归原样。对不起，那只有自己管自己，自己按照自己向往和羡慕的去追求、去奋争了。

一早起来，你的鼻子出血了。你冲妈妈急赤白脸地喊着："都怨您，都怨您！"无疑这是睡热炕的缘故，尽管你睡在炕脚。

见你鼻子出血，妈妈慌了，赶忙端来半盆凉水让你洗。

血，很快把盆中的水染红了。

妈妈在一旁嘟哝："过去，顶数你爱睡热炕。"

"过去是过去，现在是现在！"

正在这时，家里那只不识时务的猫，不知怎么跑到你的脚下。"喵"地一声惨叫，让你踩住了尾巴。你顺势一踢，猫滚了几个滚儿，蹿树上房跑走了。

"金花！"在院子里铲土垫圈的爸爸，扔掉铁锹走过来，"你这是冲着谁呀？嗯？你别觉着进了几天的城，这个家就容不下你了。这也不顺眼，那也不顺眼，啥顺眼？嗯？明跟你说，愿意在家待就待，不愿意待，给我滚！有能耐，你永远别回来！"蔫人出豹子，你从没见过爸爸发这么大的火，眼珠子几乎都要瞪出来了。

"老东西，你胡说些啥呀！我还让你滚呢！"妈妈唯恐你受不住，狠狠擂了爸爸一拳。

"哼，吓唬谁，走就走！"

妈妈的举动反倒给你壮了胆。你进屋好歹收拾收拾，拎上提包走出屋，随手摔了一下大门，似乎告诉爸爸，告诉这偏僻的山村，永远不再回来。

"金花，回来，你给我回来！"妈妈追出院门，"金花你等等，吃完饭再走！"

四

"前面是樱桃沟站，有在樱桃沟下车的乘客，请提前做好准备。"

听见售票员的预告，你将挎包的背带放肩上，又从座位底下抻出提包，起身向车门移动。

"小朋友，叔叔要下车了。"你听见栓柱在和那个孩子告别，"赶明儿让妈妈带你到我家去玩儿，叔叔教你吹口琴。"

"跟叔叔再见，说谢谢叔叔。"

孩子按照妈妈教的学说了一遍，不过有点咬舌，把"叔叔"说成了"督督"。

"吱"的一声刹车，汽车停在了写有"樱桃沟"三个字的站牌旁。

你从前门下了车。

他从后门下了车。

你早就想好了，和他见了面不管说什么，也不如不见面好。所以，一下车，你就将脸扭往车头方向，直到瞥见他背着机动喷雾器下了公路，走上通往家乡的小路，你这才转过身来，远远地尾随在他的后面。

昨天晚上，你跟二姨待得很晚。你真想再次听到"有合适的人，我给你介绍一个，省得再回那老山老峪里去了"这句话，但二姨没说，连有关这方面的一个字也没提。那么，二姨当初是为了让你应下保姆的差事呢，还是聊起来了随便说说？不管怎么，你不埋怨二姨，真的。因为你清楚，许多比你漂亮、比你各方面的条件不知好上多少倍的城里姑娘，还为找不到男朋友而发愁呢，何况你。尽管从外表上已看不出你有多少山村姑娘的迹象，但你居住的户口，你生命的根基，却永远与大山连在一起。你回来了，你将又回到那个过去习惯而现在不习惯的环境里，再经历一次由不习惯到习惯的过程。然而，这仅仅是简简单单的循环吗？

自从前年秋天赌气从家出来，你再没有回过家，顶多逢年过节给妈妈寄点东西，附上一封问候的信，汇去一小笔钱。也就是说，你有一年半时间不曾走家乡这条小路了。

今天，这条小路，你对它既熟悉又陌生。

小路从古河床的滚滚石林中弯弯曲曲地穿越而过。这里的石头，大的如房屋，中的如磨盘，小的也有粮食斗大。无论大的中的小的，形状几乎都像馒头，圆圆的，不见一处棱角，而且一年四季变换着自身的颜色。春天，长在石头表面的青苔复活了，石头是浅绿的；夏天，雨水一多，青苔繁殖开来，石头是墨绿的；秋天，青苔开始枯萎，石头是棕褐色的；到了冬天呢，青苔死了，石头便是青黑色的了。

你熟悉这小路旁边的每块石头，每块石头都有你童年的美好记忆。小时候，你常和栓柱结伴，来这里给兔子挖苦苦菜。在这块石头与那块石头之间的空地上，开着一朵朵、一簇簇嫩黄的苦苦菜花。你总爱把花摘下来，插得满头都是。你们——当然还有其他小伙伴，等篮子里挖满了苦苦菜，便玩藏猫儿，再不就玩"官打巡贼"。有一次，你当"贼"，被"巡"抓住，"官"发布命令"重打手心五下"，当"打"的栓柱，手举得挺高，落下却很轻。还有一次，你当"巡"，怎么也找不到当"贼"的栓柱，你急哭了。看见你哭，栓柱从高高的石头顶上，出溜一下滑下来，正好立在你跟前，用他那被苦苦菜汁液染黑了的小手，给你擦去脸颊上的眼泪。你破涕而笑，笑得像一朵苦苦菜花……哦，还想它干什么，过去的年月再也不会追回来。

怎么？一个个好端端的石头，为啥都被打碎了？你发现，在小路边每块石头的残址旁，都码起一垛方方正正、见棱见角的花岗岩石条，并都已过了錾子。哦，想起来了，刚才在路上看到一列火车，其中有好几节车厢装的都是这种石条。是去修补天安门广场吗？是去做盖大楼的基石吗？还是去……从北京来的时候，你看见公路上每隔一公里就埋有一个里程碑，用的当然也是这里的石条了。啊，传说是被二郎神赶山赶到这儿，在这儿沉睡了成千上万年的石头，竟是宝贝！如今，终于被认识，被开发，被利用了。原来，这石头既不是浅绿色、墨绿色，也不是

252

棕褐色、青黑色，而基本上是灰白色的，灰白色里面又透着一些粉红。以往展现在你眼前的，不过是被时光涂抹的外表……

"我们的家乡，在希望的田野上，炊烟在新建的住房上飘荡，小河在美丽的村庄旁流淌……"

他真的是累了吗？你看见栓柱把喷雾器横在前面小路中央，身子靠着一个还未打破的石头，津津乐道地吹起口琴。

这不会是对你的报复吧？上一次回家，你动不动就"熊"人家栓柱。栓柱说："干啥？"你说："什么啥啥啥的，难听死了，你就不会说干吗？"栓柱把梨往衣襟上擦了擦，递给你，你说："脏死了！连皮儿也不知道削。"栓柱穿了一件中式白褂子，你说："难看死了！好料子也不得好做。"

眼下，你为难了。过不过去？踌躇片刻，你想了个最好的主意，坐下来。哼，你吹吧，有能耐一直吹到明天早晨去！

可是，栓柱不吹了，他背起喷雾器接着赶路。你见了，站起身，掸一掸连衣裙上的土，继续远远地跟着他。

绕过一块石头，拐过一道弯路，口琴声又响起来，是从那棵樱桃树后面。不过，这回光听琴响，却看不见人影，只有喷雾器摆放在小路中间。

"我们的未来，在希望的田野上，人们在明媚的阳光下生活，生活在人们的劳动中变样………"吹着吹着，栓柱竟放开粗嗓门儿唱起来，"我们世世代代在这田野上奋斗，为她幸福，为她增光——"

任他唱去吧，你和上次一样，找块石头坐下来不动窝了。

"栓柱哥，你一个人在这儿唱给谁听呢？"

"嘻嘻嘻……哈哈哈……"

你闻声抬头看去，原来是几个姑娘从村里走来，正是她们救了你的

253

驾。栓柱从樱桃树后面闪出来，忙不迭地背起喷雾器，跟几个姑娘打了两句哈哈，三步两步进村去了。

那几个姑娘发现了你，盯着你望了好一会儿，最后终于认出是谁了。她们像一群山喜鹊似的喊着叫着向你跑过来。

"金花姐！金花姐！"

"金花姐你回来啦？"

"听说这次回，你就不再去了是吗？"

"哟，快看呀！金花姐的连衣裙真好看！"

"啥料子的，金花姐？多少钱一米？"

不知为什么，你鼻子一阵阵发酸，只差一点儿眼泪就掉下来了。

你见这几个姑娘每人手里都拿着同一样子的毛活，花色的线，粗粗的纤，松松的针，宽宽的领口。

"你们织的这是什么？"

"毛衣呀。"一个翘鼻子姑娘告诉你，"这是出口的，给欧洲人穿的，是县外贸公司给联系的。"

出口欧洲？你简直不敢相信。

"瞧，我两天就能织一件，一件手工钱顶上几天班了，说着玩着就干了。回来吧金花姐，我不信北京城里样样儿都那么好。"

你紧抿着嘴唇，点点头。

……

你推开街门，走进院子。院子里打扫得很干净。东边新盖了两间小厢房。窗台上摆着几盆鲜花，有一盆茉莉正值盛开，满院都飘着一股淡淡的清香。

"妈！妈！"

屋里没人应。你来到堂屋，往日柴火锅上秫秸秆扎的盖帘不见了，代替它的是锃亮锃亮的铝制锅盖；锅台抹了水泥，上面放着一个打火机——一个已经使旧了的电子打火机。

"妈，妈！"

东屋一个人也没有。他们都哪儿去了？

你放下提包，过去又撩开西屋的素花门帘儿——哦，你简直怀疑自己是否走错了家门。这间过去堆放杂物的西屋，收拾得如同洞房一般：白灰抹的墙，瓷砖铺的地，蜡花纸糊的顶棚。你走进去，啊，床！土炕拆了，临窗支起一个双人床！你坐下来，抚摸着涂有绿漆的铁管床头，眼泪竟不由自主地流下来……

"姐姐，姐姐！"

你透过玻璃窗望去，妹妹银花跑进院，身后紧紧跟着两位老人，一个是妈妈，一个是爸爸。

吃完晚饭，从当街又传来口琴的吹奏声。还没容你多想，妹妹已闻声跑了出去。"你看他好，你跟他好去吧！"想起这儿，你心里一阵难受，似乎还有点儿嫉妒。

不一会儿，妹妹又跑回来，背着爸爸妈妈，塞你手里一把口琴，将嘴贴近你耳边，悄悄地说：

"讲好了，栓柱哥在村西樱桃树下等你。"

哦，毛毛雨

爱，应是感情的江河，浇灌着昨天，也浇灌着未来。

——摘自作者手记

她轻轻撩开褪了色的素花布窗帘，居高临下朝贯穿楼区的柏油路上张望。

哦，几时下起了毛毛细雨？隔着玻璃窗，听不到雨声，但经昏黄的路灯一照，可以看见这毛毛细雨，就像劣质电视机屏幕上出现的斜竖道道儿似的，零乱地飘落下来。路上没有一个行人，只有偶尔传来的公共汽车喇叭声，打破这蒙蒙雨夜的寂静。

唉，她叹了一口气，放下窗帘，坐在自制的简易沙发上。

不错，他有时比今天回来得还要晚。可是，今天，今天绝不同于往日啊！

本来，结婚后，小两口商量好，暂时先不要孩子。可谁想，过了一年，等想要孩子时，她却总不怀孕。

"好了，你不用再着急了。"今天下午，她下了早班，又定时到医院去看，老中医给她诊完脉，眯缝着笑眼说，"你脉象弦滑，往来流利，如盘走珠，浮中有力。道喜，应该向你道喜哟！"

"真的?"她简直不相信自己的耳朵。

"凭我之经验,现已两月有余。"老中医习惯地将了将下巴那银白的寿须,满有把握地说。

"啊!"她每一根神经都兴奋起来。

"嘻……"几个候诊的妇女见她天真的举动和喜形于色的神态,都抿嘴笑了。

她这才想起,旁边还有其他人;她这才想起,人的感情除了喜悦,还有羞涩。她的脸唰地红了,慌忙退出诊室,以至连老中医"回去注意保养,不要劳累过度"的叮嘱都没有听见。

这消息,她恨不得马上告诉给丈夫,可他却迟迟不归。这不仅使她情绪大跌,而且感到非常空虚和惆怅。就像正唱着一支欢乐的歌,游完花荫柳帐的园林,却突然闯进长满杂草和艾蒿的陈旧寺院,心绪立时荒凉、凄楚起来。

她等得无聊,端起茶几上的一杯水,刚喝两口,引起腹内一阵翻滚,随后泛起从来没有过的无法控制的恶心,不等走到痰盂前便哇哇吐起来。啊,好酸,好苦,好难闻啊!

有孕在身,娇疼十分。现在,她多么盼望丈夫就在身边,给她倒水漱口,递她毛巾擦嘴,扶她躺在床上,为她盖好棉被,拉着她柔软纤细的手,说上几句安慰话呀!然而,这一切,只好她自己去干了。

婚后,尤其是近半年来,他们夫妻之间出现的摩擦,以及丈夫有时对她的蛮横和粗暴、冷淡和轻蔑,她都归咎于自己不能像别的女人那样,婚后一两年就生个宝贝娃娃而引起的。是呀,婚前喜气,婚后闹气,有了孩子又变和气,才算正式进入生活的轨道。孩子是夫妻二人的结晶体,孩子是调解夫妻之间矛盾的小天使,有多少对夫妇是这样走过来的。

她躺了一会儿，腹中慢慢恢复了正常，但嘴里仍残留着淡淡的苦酸味儿。这时，只听单元的大门"吱呀"一响，随即传来人踏在楼梯上发出的"咚咚"声，最后在自己家的门前停下来。

"是他，一定是他回来了！"她撩开被子，套上拖鞋，下地去开门。忽然她又改变主意，重新躺下，面朝床里，拉开被子，蒙头装睡。

敲门声。

"哼，谁给你开，你又不是没带钥匙。"她头蒙得严严的，一动也不动，耐心地等待着。等待着开门后朝里屋走来的脚步声，等待着"哟，你怎么了？"的问候，等待着被子被掀开后那刹那间的刺眼灯光和那埋下头来深深的一吻……

"你还回来呀？我还当被人贩子卖了呢！"

"嘿嘿，我让人拉去看了场京戏……"

"嘿嘿，甭傻笑。以后再这么晚回来，看我让你进家门才怪！"

不用问，这准是住在对门的周姐他们夫妇俩。接着，"砰"的一声关门响，又恢复了原来的平静。

她没有把被子掀开，仍然一动也不动。她心里产生一种被人欺骗和愚弄的感觉，又酸，又悔，又恼，又恨。

哦，这感觉，似曾相识。

那是热恋时一个仲夏的傍晚，她按约定来到北海公园门口。可是，早已过了约定时间，仍不见他前来。等待，难熬的等待！且不说往那儿一站，百人瞧，千人看，别提有多尴尬难堪，就连公园门口那几个待业知青"雪糕、汽水、冰激凌"的频频叫喊，也让人心里酸不溜的。

她假设出许多他不能正点到来的理由。假设一个，推翻一个；推翻一个，又假设一个。但这种诚意的担忧，好心的猜疑，终于经不住时间的考验。于是，慢慢地，心里产生一种被人欺骗和愚弄的感觉——就像今天一样。她一狠心，离开公园门口，但并没有走，而是来到马路对面那紧靠中南海的高高红墙下。这里有103路电车站牌，可充作一名候车人，又能看清公园门口的车来人往。

呵，来了，他终于从公共汽车上跳下来，刚跑几步，又被售票员吆喝了回去，直到他从衣兜里翻找出那张小小的车票后，售票员才放他走了。

"你为什么现在才来？"她想过去给他个脸色看看，但她又忽然产生一个恶作剧的念头，作为对他没能按时赴约的惩罚，也是对她一时以为被欺骗和愚弄的慰藉。

只见他在公园门口转了三圈，懊悔得直搧自己的大腿。

"傻小子！"她远远看着，暗暗笑骂了一句。骂过之后，心里又不免产生一种怜悯之情。但她坚持没有过去，更没有招呼他。"看你往后失约不失约！看你往后守信不守信！"直到见他完全失去信心，垂头丧气准备离开公园门口的时候，她这才突然出现在他的面前……

那天，他在赴约的路上，车上有人丢了钱包，司机把车开到公安分局，因而耽误了。今天，他回来后，如何对他进行惩罚？如何慰藉自己这被欺骗和愚弄的感情？她想不出来，也没有这种心绪。她忽地撩开被子坐起来，忧心忡忡和忐忑不安代替了刚才的焦躁和怨恨。

莫非他有紧急任务出差去了？

他是一年前当上他们仪表厂产品推销员的。上个月，原和丈夫同在一个班组的周姐，在车站等车时见到她，半开玩笑地说，"哟，你这方头巾早过时了，还不让你那口子给你买条大拉毛的？他这个月，推销提成拿了这么一个整数呢！"周姐一伸大拇指，谁知指的是一百元还是一千元？反正到现在，他没有向她提过这件事。咳，管这么严干吗？难道把丈夫管得服服帖帖，在老婆面前大气儿都不敢出，花一块钱也得伸着

262

巴掌要，让同事们耻笑为"气管炎"，做妻子的脸上就那么光彩吗？再说，自从他干上推销员这差事，吃的、喝的、用的，哪项不费？也许……嗯，他早说要买台电视机，莫不是他在暗暗储蓄，说不定哪一天，突然抱回家一台大彩电。不过，他如果真的出差去了，即使打不通电话，也会让对门儿周姐带句话的。可是，傍晚在楼道里碰见了周姐，她并没有提这事呀。

也许、也许他又到哪个同事家喝酒去了？

前不久的一天，他很晚才醉醺醺回来，一头倒在床上。她守在床边，看着他苍白的脸色，听着他如雷的鼾声，闻着他扑鼻的酒气，她真想哭，却又哭不出来。

"你、你把我逼急了，咱俩谁也别得好……"他说了一句没头没脑、含糊不清的梦话，翻了一个身，又睡了。

"咱俩指的是谁？是谁要逼他？"她心里不免产生猜疑，但马上觉得自己这种胡思乱想简直荒唐可笑。梦话，这是他的梦话啊。夫妻之间，不信任和乱猜疑是最大的敌人。

不一会儿，他吐了。开始吐吃下去的饭菜，后来就吐起绿水。床单衣物上，沾满了污秽的斑点，整个房间里充满了酸臭的气味儿。她没有责怪他。她给他倒水漱口，给他嘴里塞茶叶，给他打扫地上的污物。他呢，这时就像傻子一样，呆呆地看着她，脸上没有任何表情。突然，他一把拉过她，搂抱在怀里，生怕被人抢走似的。哦，好紧，搂抱得好紧，使她呼吸都觉得困难——她好久没有领略到这般的恩爱了。慢慢地，她觉得他全身颤抖起来，而且越来越剧烈。哦，他这是在抽泣。为什么要抽泣？是对过量饮酒的悔恨，是良心上有什么发现，还是夫妻之间特有的感情达到高峰时的另一种表达方式？她眼眶也发酸了……

突然，一阵警车发出的警笛声由远而近传来，尖厉刺耳，裂人肝胆，撕破了雨夜的宁静。

喔，他会不会出什么事呢？

这一想法刚一露头，她不禁被自己的假设吓得倒吸了一口凉气。车祸——被劫——遇刺！她不敢往下想了，甚至连再撩开窗帘，窥视一下外面的勇气都没有了。

女人单独在家是有恐惧之心的，何况是深更半夜。她打开收音机，为自己壮胆。

　　　　天上飘下毛毛细雨，

　　　　淋湿了我的头发，

　　　　滋润着大地的胸怀。

　　　　毛毛雨啊毛毛雨，

　　　　你是多么温柔；

　　　　毛毛雨啊毛毛雨，

　　　　你是多么可爱。

　　　　噢！幸福不是毛毛雨，

　　　　不会自己从天上掉下来……

苏小明那抑扬顿挫、深沉醇厚的女中音，立时在屋里飘荡起来。这是她最喜爱的歌曲之一，但现在她根本听不进耳朵里去。

当、当……挂钟敲了十一下。

咳，真是的，干吗在家傻等？何不到车站去接他！想到这儿，她关掉收音机，换上雨鞋，穿好外套，拿起雨伞，锁上房门下楼来。

呸，还真有点儿凉。她不禁打个冷战。

就在前天晚上，夫妻俩还为此闹了一场气。事情是这样的，近几天

264

连下了几场秋雨，一场秋雨一场寒，气温明显下降了。她给他拆洗的毛衣还没有织完，还差两只袖子。"我早看出来了，你心里根本没我。"说着说着，他发起火来，把水杯往茶几上一蹾，水溅在铺好被子的床上。她一声没吭，拿起没有织完的毛衣来到厨房，坐在马扎上，借着六瓦的日光灯，伴着串串的泪水，一直织到第二天清晨。她没有惊动仍在酣睡的丈夫，把织好的毛衣叠得平平展展，放在茶几上，留下一张纸条，写了几个小字：我上早班走了，早点在厨房里。

"凉了，天确实是凉了，难怪他发那么大的火。这全怪自己，那几天虽说身体不太舒服，但怎么也该紧把手把毛衣给他赶织完才对呀！"她走着、想着，当初因丈夫对她粗暴和扎心的无情话语而产生的委屈，这时已变为没能关照好丈夫的深深的内疚了。

一阵风儿吹来，细密的雨点扑打在她的脸上，又凉又痒。她忽然想起幼年，妈妈下班回来，抱起她，一次又一次地亲吻她那红苹果似的脸蛋，就像今晚这雨点似的，也是又酥又凉，也是又麻又痒。

"哦，再过七八个月，自己也要做妈妈了！"想到这，她心里有些发慌，下意识地寻看了一下四周。

四周阴沉沉，雨蒙蒙，风吹树叶沙沙响；柏油路上的水洼里，闪着五颜六色的光，让人勾起光怪陆离的遐想。一片杨树叶子摇摇晃晃地飘落下来，正好躺在她的眼前。她大步迈了过去，不忍践踏这被大自然无情抛撒的弃物。

她来到车站，躲在车站旁边的百货商场那探出头来的屋檐下，既可避雨，又能挡风。

车来了，这是等来的第三辆车。一个男人从车后门走下来。

"哦，这不正是等待已久的丈夫吗！"一时间，她那空虚、惆怅、忐忑不安的心，立刻变得充实、欣喜，有了根底，就像在大海里颠簸了数日的小船上的人们，终于望见了彼岸。

她迎上去，没走几步，又停下来。只见那男人下车后，"砰"的一声打开手中的自动折叠花伞（自己家哪有这种洋伞），撑在了随他下车的一个年轻女人的头上（这又怎会是自己的丈夫）。

唉，又空欢喜一场，这是急切等待所产生的幻觉吗？她为那伞下的女人能得到爱人如此的体贴感到幸福；同时，一种微妙的永远也不会向任何人披露的妒忌泛起在心头。

"过来，把伞往我这边儿打着点儿！就知道顾你自己。一路上说你几次了？赶明儿我得好好管管你。"那女人呵斥着为她打伞的男人，竭声厉色而又带有几分娇嗔。

噢，你还要怎样管他哟！难道把他驯服成一只小绵羊，变为手中随意捏弄的玩物不成？你这个不通情理的女人呀！她重新回到屋檐下，对那女人愤愤谴责，为那男人抱打不平。

"你别送了，前面不远就是我家了。"那打伞的男人说着，停住脚步。

是谁，这是谁？这明明是自己丈夫的声音啊！从侧面看，那凸起来的前额，那凹进去的眼窝，那平塌塌的鼻梁，那微微翘起的下巴，那……是他，就是他！她一下子呆住了。

那个女人是谁？他们之间是什么关系？怎样处理眼前这个局面？以后如何打算？此时，她的大脑似乎僵住了，神经似乎麻木了，这一切她根本没有去想，也不容去想。做梦也想不到，一片苦心等来的竟是这！她两腿一软，倚坐在商场玻璃窗那低矮的窗台上。可是只一瞬间，她心中腾地燃起熊熊烈火，并变为一种巨大的、摧毁一切的能量！她又从窗台上站起来，她要冲过去与他们厮打，她要不惜生命拼之一死，以此来洗涤心灵上的耻辱，冲刷终生的悔恨，维护做人的尊严！

"怎么不走了？是怕让你那娇妻碰见吧？"那女人说着，拽住男人的胳膊，扭动着腰肢。

这一来，不知为什么，她那迈出去的脚又收了回来，心也骤然缩紧了，甚至隐约产生一种无地自容的窘迫感。啊，人的感情竟是这般变化万千，竟是这般曲折复杂。

躲，已经来不及了。可为什么要躲呢？难道自己在做见不得人的事吗？难道自己在挽着一个有妇之夫的胳膊吗？然而，她还是本能地、下意识地将伞斜撑过来，遮挡住大半截身子。

"咯噔、咯噔"，高跟鞋触在水泥方砖上发出的声音越来越迫近，并带有一股向前冲的力量，每一步都重重地、重重地踏在她的心上，简直使她窒息。脚步终于停下来了。原来，两人走进离她只有三四米远的、深深凹进去的商场大门洞里。虽然看不见身影，却能清楚地听见俩人的对话。

"今儿晚上，你必须跟她挑明！"

"这……"

"这什么？是怕她骂你？"

她不由得哆嗦了一下。明白了，一切都明白了。在这里站着，还有什么意义？她想马上离开，腿脚却不听使唤；她想变为聋子，门洞里的窃窃私语却不断传来，声声入耳，听觉好像从来没有这样敏感。

"看来，你今儿还不想跟她挑明喽？那好，走，我拉你一起去找她。"

"不，你撒手，让我想想，让我再想想！你撒手，你撒手啊……"

从这哀求的话语中，她似乎看见了他那奴颜媚骨的神情，看见了他那卑躬屈膝的姿态，看见了他那瑟瑟颤抖的心灵。噢，往日你对妻子的那般蛮横跑到哪里去了？往日你对妻子的那种粗暴又跑到哪里去了？恨呀，她嘴唇咬出了血，心头升起百倍千倍的恨——恨他，恨她，恨自己！

沉寂，这难以容忍的沉寂！她再也受不了，连一秒钟也受不了啦！心中的怒火又重新燃烧起来。她要让这个丧尽天良的他看看，把贤惠当软弱，把善良当好欺，把忍耐当无能，终究将是怎样一个结果！

她刚一迈步，只觉下身一阵绞痛。哦，这是腹内的胚胎，那个刚刚成型的小小生命在抽动——不，这分明是向天理呐喊，向丑恶抗争，向人们呼吁正义和同情。也正是因为这，她又一次把迈出去的脚收了回来。

"哎呀，末班车来了。"那女人说着，把他拉出门洞，跑到开过来的公共汽车前，从他手里拿过伞，收起来，轻盈地跳上车。

"吱"的一声，车门关上了。

"明天我等着听你的回话！"那女人从车窗探出头来，甜蜜的语调里含着不可违抗的命令。借助车内的灯光，可以看清，这是一张年轻的白皙的脸，而且不能说不是美丽诱人的。

车载着一声"拜拜"开走了。

尾灯，车身后那一对鲜红的尾灯，远去了，模糊了，辨认不清了，最后终于消失在蒙蒙的雨夜中。

他长叹了一口气，像卸下沉重包袱似的，但并没有离去，依然默默地站在原地，一动也不动，显得那么惆怅，那么恓惶。

你转过身来，你转过身来啊！为什么只给我一个背影？为什么不让我看见你此时的面容？

忽然，他抡起胳膊，朝挂有站牌子的水泥电线杆上狠命擂了一拳。然后头靠电线杆，仰面望着那吊在半空中白炽的高压水银荧光灯，接受着那毛毛细雨的温柔爱抚，接受着那毛毛细雨的轻轻洗涤。哦，看清了，那是一张陌生而又熟悉的脸。喔，脸上那闪亮的东西是什么？是雨水，还是泪水？

也就在这时，他发现了站在商场屋檐下避雨的妻子。他猛地怔了一下，木然了。还用说什么？她都看见了，她也一定都听见了。他呆呆地看着妻子，第一次感到妻子是那么威严，不容伤害，那么神圣，不可侵犯！他的心，颤抖了，更不用说有勇气走上前去。

可是，她却斜擎着雨伞走过来，一步、两步……步步敲着他的心，使他喘不过气来。要不是靠着电线杆，他非被逼迫得连连后退不可。

她在距离他两米远的地方停住脚步。哦，眼睛，那一双喷火的眼睛！他不敢正视，一次又一次避开。但又不得不一次又一次地去看，似乎有一个强大的声音在命令着："你看着我的眼睛！看着我的眼睛！"在这巨大力量的威慑下，他终于扭过脸去，错开目光，再也没有胆量与妻子的眼睛相对了。

当他转过脸来的时候，眼前只倒放着一把伞，而她，已经离去了——在那蒙蒙的雨夜里，在那昏黄的路灯下，在那通向家的贯穿楼区的柏油路上走着、走着……

她走着，步履踌躇而艰难。毛毛雨淋湿了她的头发，又淋湿了她的衣衫。此时，她心里从来没有这样空虚，就像掉进了万丈深渊。不管怎样，毕竟是结发三年的伴侣，毕竟是同床共枕的夫妻。这一走，以后不知道会是什么样子。但她不能不这样做。每一个人都应有独立的人格，都应有珍贵的尊严，这是不许任何人践踏和侮辱的！

然而，她又多么想听到从后面传来追赶她的脚步声呀！但是，没有，走出几十米远了，还是没有。她不由得将脚步放慢了，甚至想回过头去看。但她的自爱自尊和自信又提醒她："不，不能回头看！"

突然，从身后传来急促的跑步声，"吧唧吧唧"，踏在水洼里，越来越近。

她没有站住，反而加快了脚步。但是，急促的跑步声变成了急碎的走步声。不一会儿，她听到了他的喘气声。没错，是他的喘气声。紧跟着，在她的头顶上，响起了雨点打在塑料伞面上的"吧嗒吧嗒"声……

人生片段四季歌

春——泉边

大山里面静，声音传得远。

"吱扭，吱扭"，扁担钩摩擦水桶提梁的响声，从山梁那边传过来，悠悠的，颤颤的，听了好撩人哟。

不用看也知道，是那个"红秋衣"，他又来这滴水泉挑水了。小双把纳的鞋底放在腿上，循声看去。初春的山很荒凉。羊胡子草没冒芽，酸枣棵子没长叶，除了阳坡处滋生出一些灰白的青蒿外，整个大山几乎都看不到有什么绿色。一条蚰蜒似的小路趴附在山背上，从滴水泉伸向梁顶，又从梁顶伸到山的那边。这是他来了后才踏出来的。终于，一个红点在梁顶上出现了。随着吱扭声的迫近，红点变大了，渐渐显出一个人来。小双有些发慌，挪动了一下身子，抓起鞋底纳起来，头也不抬。

已经一个月了，自从他只身一人搬到山梁上的小窝棚住下后，不论是挖埯、筑堰，还是栽树、挑水，他总爱穿这件红秋衣。有时候还把袖口挽起来，露出两条胳膊，左胳膊上有一块核桃大的疤，泛着光，闪着亮。每当看到这疤，小双心里都扑通一动，暗自埋怨："这个红秋衣，怎么就不知道掩盖一下呢?"红秋衣,红秋衣,"万树丛中一点红"。可惜,这"一点红"不是闪耀在万树的绿丛中,而是显露在黄褐色的秃山坡上。尽管这样,红秋衣毕竟给小双带来了希望。每次来滴水泉挑水,她都要利用接水的空闲时间向山坡上眺望,只要见那火红的颜色一闪,或只要听那吱扭的声音一响,小双的心哟,就像朝霞似的燃烧起来。

"等着接水呢。"红秋衣走近了,与小双打着招呼。

"嗯,你来了。"小双露出一丝淡淡的微笑。

他们虽不知彼此的姓名,但都常来这里挑水,所以也算是熟了。

红秋衣从小双身边走过,到了滴水泉边,将两只白铁桶依次排放在小双的桶后面,距小双不远坐下来。泉水是从崖缝里溢出来的,似流非流,似断非断。接满一挑水,需用一顿饭工夫。村里人对这滴水泉的说法多着呢,有人说这是王母娘娘的奶水,也有人说这是玉帝的御用酒,还有人说这是大山悲愤的眼泪。不管怎样说,谁也没见过它断过流。而且奇怪的是,夏天水流不显大,冬天水流不觉小,一年四季总是淅淅沥沥地滴淌着。住在一个个"梯子节"上的梯子峪村的十几户人家,全凭它维持着生命,繁衍着子孙。

几天前,小双到山梁上他住的小窝棚里去过。当然喽,是路过顺便去的。这之前,她只知道他是山那边羊角沟村的,承包了与他们梯子峪村地界相连的那几千亩山场,据说是什么五十年不变。小窝棚用木头、苇席、棉花套和塑料布搭成,防风防雨防春寒,底是方的,顶是尖的,远远看去,仿佛是谁随便摆放在那里的一块三角形的积木。

等走近了,小双故意用脚弄出一些响动来,再不就干咳几声。但她想错了。

窝棚里连个人影儿也没有,只有一副卷起的铺盖、一盏小号的马灯和几本印着彩色封面的书刊。不过这也好，最起码除去了她的拘束，稳定了她乱跳的心。

"哎——有人吧？"她冲四面喊了几声，不见人答话。她本想走开，却又一眼发现了贴在窝棚里的一张水彩画，不，是一张着了色的草图。她犹豫了一下，猫腰钻进去。只见那图上画着几座山，山上画着一片片树林，其中有一棵树上还画了一对黄黄的小鸟。要不是图上标着"滴水泉"等字样，小双简直不能相信，这就是未来五十年她所生活的世界。

其实，这里也曾经绿过，美过。小双听故去的爷爷讲，当年这里是茂密的树林，方圆不下十几里。后来日本人来了，砍走了无数棵松树去修炮楼、架电线，清野时又一把火将山上的树全都烧了，大火一直烧了七天七夜。可谁想，过了几年，在那焦土上又奇迹般地长出了许许多多小松树，逐渐成了林，比原来更茂盛。招来了鸟，引来了凤，蓄住了水。可惜，在七十年代初，一句"以粮为纲"，兴起了乱砍滥伐，把好端端的山场彻底毁了。过后，人们还梦想那奇迹再次出现，但大山似乎发了誓，从此再也不长一棵树。

小双手里的针锥从厚厚的底子上扎进去，又拔出来，"嗡——"发出一阵好听的回声，就像琴弦的余音。她向红秋衣这边看着，见他脱掉鞋子，在地上磕了几下，倒出一些土来。他这双鞋，刚来时还是新的，可眼下鞋帮已磨得发白了，还破了一个洞，露出了大脚指头。其实，那天她在他的小窝棚里就发现了这双鞋子，而且记下了尺寸。

他可能是等得有些不耐烦了，不然为什么隔一会儿就看一眼腕子上那块明晃晃的表呢？

小双走过去，说："先把我桶里的水倒给你吧，我再等着。"

红秋衣说："不，那怎么成。"

小双说："成，你忙，你的时间宝贵。"

"那好吧，谢谢你了。"

小双将接满的一桶水倒进红秋衣的桶里，然后取过他的另一只桶放在滴水泉下。桶里立即响起了悦耳的敲击声："当、当、当……"像是在敲打着一面铜锣。

伴着这动听的声音，他们谈了起来。她知道了他叫肖山，他知道了她叫小双。她知道了他刚满二十二岁，他知道了她今年整十八。

她问他："你一个人承包了这几座山？"

"是啊，一共三千八百六十四亩。要在山上栽二十万棵红松、青杨、山里红，要在苗圃里育五万株玫瑰、樱桃、榆叶梅。"

"这得要用多少工啊，你一人咋干得过来呢？"

"今年干不完，还有明年；明年干不完，还有后年。我还准备雇人，要雇好多人来一起干。"

"要女的吗？"

"要，男的女的都要。"

小双眨眨眼，不吭声了。她本还想问他胳膊上的疤是怎么留下的，但她怎么也张不开口。

该他问她了："你这鞋底子是给父亲纳的？"

"不是，我父亲穿不了这样大。"

"是给哥哥？"

"不，我哥哥他……去年……上山割柴，从崖子上掉下来……瘫了，躺在家里，这辈子他再也不用穿鞋走路了……"

两个人默默地坐着，谁也不敢去看谁。多亏有泉水滴进桶里的声音，才给他们一些安慰。

鞋底滑到地上，他为她捡起来。他一看，竟惊讶得睁大了眼睛。这哪里是用来踩在脚下的鞋底，分明是一件精致的工艺品啊！鞋底一般都是用上下针纳的；可眼前这个，在米粒大小的地方，上上下下，左左右右，纳了十几针，形成一个个凸起的豆，一朵朵立体的花。

"小双，你纳的多像是一朵朵杏花啊！"

"对，是杏花，这叫杏花针。"

"杏花针？嗯，好听，真像。"

"除了有杏花针，还有枣花针、石榴花针、山菊花针，还有……并蒂莲花针。"

"哦，想不到，真是想不到，纳鞋底子还有这么多讲究。小双，你的手真巧！"

小双的脸红了。

"不过，我有些不明白。"红秋衣说，"费这样大的劲，纳得这样美，最后踩在脚底下，谁也看不见，最后不还是被山路磨平了，被泥水沤烂了吗？"

小双说："你不知道，我是想让山里人穿着它走美好的路！"

红秋衣挑上满满一担水走了。

小双望着他渐渐变成小红点，直到闪进山梁那边去了。不过，那扁担钩摩擦水桶提梁的声音还在响着，"吱扭吱扭"洒满山路……

夏——圣地

作为一个男人，恐怕没有比在产院等着自己女人生孩子更心焦的事了。当我协同护士将出现连续阵痛的妻子从病房转到产房，玻璃门上"男子莫人"这道禁令，便把我无情地隔在楼道里。我不甘心，扒开一道缝向里看。什么也看不见，却有阵阵叫喊传出，偶尔夹杂着一两声咒骂。

门外，另外三个男人这时围过来，同我争着聆听新的生命降临之前的悲壮序曲。那情景不用描绘也可想而知，四个脑袋紧贴门缝，从上至下排成一溜，就像杂技团的小丑，只是没有小丑那样开心。我努力分辨着妻子的声音。真也怪了，每一声哭泣，每一声叫喊，每一声呻吟，都觉得像是自己老婆发出的。

"嘿！干吗呢你们？"

四条汉子像是听到"向后转"的口令，一起扭过身子。眼前站着一位白衣天使，大口罩几乎遮住了整个脸，只露出一对明亮的眼睛。我们向她讨好地看着，脸上堆着生硬的笑容。

她摘下口罩，露出一口美丽的白牙："你们别扒门了，安心等着，着急也不顶用，总不能让你们进去替你们夫人生孩子吧？"说完，她笑了。我们随之咧了咧嘴。

"您不知道，我们那位从晌午就进去了，到这会儿了还没个信儿，您说我能不着急吗？"胖子脸上的肉一动一动的，"我们那位开几指了？快了吧？""我知道你们那位是谁呀？"等胖子报出他夫人的名字，女护士说："她呀，等着吧，早着呢，刚开两指。"胖子飞快地从黑皮包里掏出几块巧克力："求您把这个带进去，她半天没吃东西了，我怕她没劲。"护士忍不住又笑了："还给吃巧克力呢？要是平时少吃点儿好的，这会儿也不会受那么大的罪。好吧，既然是丈夫的一片心，我带给她。不过我告诉你，你们那位骂你骂得狠着呢。""骂我？骂我什么？"

女护士笑着闪进那神秘的门里去了，楼道里只剩下我们四个男子在浓烈的来苏水气味中苦熬。

我们很快熟了，如老相识似的。这也许是男人优于女人的一个明显特点。我知道了胖子是个出租汽车司机，瘦高瘦高的是个研究生，捂着大蓝褂子的是个郊区农民，不过胖子总叫他"老乡"，这绝非同乡的意

278

思，而是自由市场开放后城里人对乡下人的时髦代称——"你的母鸡哪儿买的？""老乡那儿。"自然，他们也知道了我是报社记者。不过，此时此地，职业的不同，城乡的差别，知识的贫富，统统不存在了，因为"父亲"这个词，对世界上任何一个男人都是平等的。

我们无拘无束地谈着各自女人产前的状况，说着为即将出生的孩子起的名字，说着想要个公子还是千金，就连"见红""开指""破水"这些归属私房的话，也成了我们公开谈论的话题。

"咳，真比自己生孩子还着急！"胖子从皮包里掏出一副扑克和一张报纸，"来，待着也是待着，咱甭替她们着那份瞎急，玩几把升级散散心。"老乡摆着手："俺玩不好。""玩不好瞎玩。"胖子把报纸铺在水泥地上。

我们四个人一起蹲下来，就着微弱的灯光玩起牌。可我们的心思并没有在牌上，不是研究生多扣一张底牌，就是我调主老乡却扔出副，再不就是胖子白白丢了"大猫"。

"吱扭"一声门响，我们不约而同扭过头去。产房的门开了，走出刚才那位护士。不等我们向她询问，她已从我们身旁穿过，直奔我和胖子的妻子住的病房去了。不多会儿又出来了，身后带着一个姑娘，我瞥了胖子一眼，他同我一样变得严肃起来。听妻子讲，这姑娘是天津一所大学的学生，跑到北京做引产，据说那"魔鬼"已附体四个月了。从昨天她来到病房住下后，除了护士给她打了两针催产素外，没有一个人来看她，也不见她说一句话。这姑娘紧跟着天使从我们身边匆匆走过，头低低的，腰微微哈着，双手插进肥大的病号服的口袋里，不让人看出她在捂着肚子。

两个人进入了产房，门摆动了几下，又恢复了平静。不过，这平静只保持了几分钟便又被打破了。"张秀莲的家属在吗？"一位年长的护士半掩着门问。"在，俺是！"老乡扔下牌站起来。"放心吧，你爱人生了，孩子大人都平安。""生个啥？""女孩，六斤半。"我看见老乡的脸忽地红了。

我们向老乡道喜。老乡闷了闷，说："俺、俺回家报个信儿。"胖子说："报信儿着什么急？你爱人出来见不到你，她得多伤心。说实话，我今儿算是受教育了，做个女人真不易。"我猜想老乡报信是假，嫌老婆生个女孩恐怕倒是真的。于是劝他陪陪妻子，等天亮了再回去报信也不迟。研究生也说："反正就许生一个，男孩女孩一样。"老乡终于同意留下，等妻子从产房一出来，他便陪着回病房了。

门外还有胖子、研究生和我。打牌已凑不够人，其实也没那心思。胖子收起牌，塞进皮包里，却又掏出一条手纸："你们帮我听着点儿，我去去就来。"事情竟有这样巧，胖子刚去方便，那位有双明亮眼睛的护士便出现了："李华的家属在吗？"没等我明白喊的是谁，研究生已启动瘦长的双腿飞似的跑进厕所，把胖子拉出来。

别说是胖子，就连我看到那张单子，心都直打鼓。薄薄的纸上分明写着剖腹产的规矩：一、手术过程中发生意外事故，院方不负任何责任；二、胎儿畸形或窒息死亡，与院方无关；三、手术后出现肠粘连……共有五六条，条条都能吓得你昏过去。

俏皮和幽默跑到九霄云外去了，惊慌和恐惧充满了胖子的脸。"这、这让我……"胖子的语音都岔了。研究生却显得很镇定："签吧，别怕，到这会儿就别多想了，给你笔。"胖子接过笔，颤抖着写下自己的名字，笔尖将纸划破了好几处。

胖子跟着妻子躺的小车去长长楼道那一端的手术室了。我和研究生拍了拍他肩膀，他什么也没说。

我的心情变得沉重起来。妻的身体从小就弱，在内蒙古兵团锻炼了七年也没练出钢筋铁骨，反倒落下腰肌劳损。听大夫说，女人就怕这种病。怀孕后，妻的妊娠反应很厉害，直到临近产期还动不动就吐。孕妇害起口来最没出息。晚上我陪妻去散步，她站在街边哈密瓜摊前，连吃六块才罢休。可没容走到家，馋劲儿又上来了。得，返回去再吃。第二天下班，我买回个八斤的哈密瓜，可人家却说什么"闻见瓜味儿就恶心"，非要吃橘子不可。前些日子做检查，大夫说胎位有些不正，给开了许多根艾香。我可有事干了，每天晚上都要用艾香熏妻的小脚指头。贴近了，烤肉皮，离远了，不管用，那是很要功夫哩！……我越发为妻担起心。

好在菩萨保佑，我妻顺顺当当生了，只是孩子小了点儿，仅有五斤六两。啊，从现在起我就正式做父亲啦。可细细品来，心里又有些不是滋味，那位年长的护士捧给我看的那红红的一团肉蛋，怎么竟同老叟似的布满皱纹呢？过后才知道这是正常现象。

妻躺在车上被推出产房，头发湿漉漉的，像是刚刚洗过，黄白的脸上疲惫不堪，唇上留着牙印，但眼睛却放着一丝光彩，那是经过一场拼搏之后的胜利的喜悦。我攥了攥妻伸过来的手，哦，真软，软得像是一团棉花。

我同护士推着车子送妻回病房，没走两步，研究生追上来："有烟吗？"我将"友谊"和火柴全都交给他。

回到病房安顿下来不久，胖子的妻子也回来了。手术很顺利。胖子乐得合不上嘴，话又多起来，只是埋怨护士没让他看上一眼儿子，就将儿子送护婴室去了。

窗户上的玻璃变白了，渐渐地又有了鸟叫，这一夜终于过去。门开了，护士搀着那个姑娘走进病房。妻悄悄跟我商量："给她沏一杯红糖水吧。"我照办了，端着杯子走到姑娘的床前："喝吧。"姑娘掀掉蒙在脸上的被子，露出苍白的脸，犹豫片刻，接过杯子，一口气喝下去。胖子又送过来几块蛋糕，姑娘也就吃了。胖子说："记住，以后别再犯傻了。"

秋——珍重

下班的铃声响了，电动缝纫机停止了转动。车间里一下子静下来，但很快又漾起女工们叽叽喳喳的说笑声。而她的心并没有感到轻松，反倒觉得更加沉重了。

"淑贤快走吧，还等什么呀？""徐姐，再不走车更该挤了。"她被女工们簇拥着出了缝纫车间。

她没有回家，半路就下了车，来到一个胡同口的电线杆旁，向胡同里百米外那个高台阶望着。过去，这个高台阶，她可以想进就进，想出就出，但现在她已不是那门里的主人了，甚至连进去的权利也没有了。

算起来，她有两个月没见到儿子明明了。最后一次和儿子见面是在刚刚入伏的时候。那天中午，她到了幼儿园，把给明明缝做的一条制服短裤交给当班老师，悄悄走到窗前。

明明躺在临窗的小床上睡着了。看上去睡得很香，半张着小嘴，鼻翅一鼓一鼓的，搭在身上的毛巾被随着呼吸上下起伏。

每个星期她都来看一次儿子，但她每次都不想让儿子看到她。因为老师跟她讲过，明明说他的妈妈已经死了。

上个星期三，她又去幼儿园，却没能见到儿子。

老师告诉她："明明上星期六就退园了。"

"退园了？那……谁来看他？"

"听说明明他奶奶退休了。"

282

喔，又是欺骗！明明他奶奶刚刚过五十岁，身体挺结实，怎么会退休了？莫非……就是为了不让……

为了避开来往行人投来的好奇目光，她从高声叫喊的报贩子那儿买了一张晚报，将脸挡起来。

她失望了。在这大约一个钟头的时间里，她不知向那个高台阶张望了多少次。然而除了几个女孩子在那里跳猴皮筋外，她的明明没有到门口来玩。

她走了。她没有看到儿子。同样，她也没有看清报纸上那一块块密密麻麻的黑字到底说的是什么。

"哒哒哒，哒哒哒哒"，在单调烦躁的缝纫工作声中，一条条裤子在她手下流过。

完成了一天的定额，她关机不干了。

"班长，我有点儿事，早走一会儿。"

她又来到胡同口的电线杆下。

就像很多人曾有过的那种感觉在她身上出现了。儿子长得什么样？猛地一想，还有个印象，但越来越模糊，越来越淡化，最后竟慢慢消失了。她努力在脑海里搜寻着儿子的相貌，可不知为什么，就是想不明，说不清。儿子是一块云，是一团雾，是一个朦朦胧胧的轮廓。但是，对儿子身上的每一个细节，她却像刻在脑子里似的记得清清楚楚。

左侧有个虫牙，谁要是给他糖，他就会张开小嘴让人看："我妈不让我吃。瞧，我吃糖把牙吃坏了。"

头顶上长着两个旋儿，圆圆的，正正的，旋得头发竖起来，跟排队似的，按也按不倒。一个旋儿拧，两个旋儿横，三个旋儿打架不要命。想来，儿子还真是有点儿横。

屁股沟往上一点的地方，有一块指甲盖大的青记，那是从胎里带来的。每次给儿子洗澡，她都愿意在那记上摸几下，似乎得到一种说不尽的享受。

还有……膝盖上有个疤，那是去年从椅子上掉下来摔的。听老人说，只要一过夏，疤就长没了，不知现在还有没有……

突然，一个皮球从那个高台阶门里飞出来，随后跟出一个男孩子。

她的心骤然收紧了，脚不由得向前挪动了两步，但又停住了。她听见从高台阶里面传来老妇人的一声叫喊："孩子快回来！小心让车轧着！"像是他奶奶。

男孩子捡起皮球抱在怀里，好像还向胡同口这边看了看，便又进门去了。

这是明明，没错，是自己的儿子！她远远地看到了，她今天没有白来。

在缝纫车间里，她算不上是快手。但这些天来，顶数她完成的件数多。

"徐姐，这个月该请客喽！"

要知道，每超额一件都有奖金，超额越多奖金越多。

"把奖金都给你们也行，只要不怕糖箱儿了嗓子。"她脸上露出少有的笑容。

人们又说了几句逗闷子的话，不过她没有听见，被"哒哒哒、哒哒哒哒"的噪声淹没了。

从高台阶里走出一个人来，推起门口的自行车向胡同口这边骑来了。

嘘，是他吗？是他。尽管他头发比原先长了、亮了，尽管他戴上了一副淡茶色的墨镜，她还是认出了他。

她把身子隐在水泥电线杆后面。她并不是怕他。现在还有什么可怕的呢？你是人，我也是人，尽管你住在独门独院、围墙不断加高的高台阶里面。她是讨厌见到那张每个皱纹里都表现出优越的脸。

他从她身旁骑过去了，并按了几下转铃，"当嘟嘟"。兴许就是这铃声吧，使她埋在心底的怨恨和屈辱又翻浮了上来。

"哒哒哒，哒哒哒哒"，生活如同这电动缝纫机似的枯燥、乏味、单调，一天又一天。

她觉得有些累了，伸了一个懒腰，就又忙开了。"哒哒哒哒"……

她下了公共汽车，到附近一个食品店买了一盒生日蛋糕，这才来到胡同口。

十月二十七日，这一天她不会忘记，尽管她几乎想不起儿子的模样了。

起风了。一片片杨树叶从马路便道的树上掉下来，其中有几片"哗啦哗啦"响着滚到她的脚下。她觉得后脖颈有些凉，抻了抻玫瑰紫色的中式外罩的领子，又将印花的丝绸纱巾蒙在头上。纱巾的一角在脑后翘翘着，随风飘动，很是好看，惹得过路的男人的目光不免在她身上多停留几秒钟。

记得去年的这一天，她也是给明明准备了一个生日蛋糕，桂香村的，放在桌子上，并把四根红蜡烛插在上面。她想等他回来一起给儿子过生日。但不知道他干什么去了，迟迟没有回家，一夜也没有回来。

那天，儿子用水彩笔画了一张画送给她。画上画的是太阳和太阳照耀下的几朵小花，地上还爬着几条蚯蚓。不过，太阳是黑色的，花朵是绿色的，蚯蚓是红色的。她问儿子为什么画这张画，为什么上这样的色。儿子说梦里梦见的就是这个样子。她为儿子的天真和聪慧笑了。现在想来，那画是不是不祥之兆呢？

她想好了，儿子只要一出来玩，不管跟不跟着人，她就随便找个人将蛋糕捎过去。可是两条腿站得有些酸了，仍不见明明露面。她一边倒换着腿，一边给自己打气：会出来的，儿子一定会出来玩的。但随着时间一分一秒地流逝，失望和颓丧渐渐掠住了她的心。

她看看表，五点四十五分。再等最后一刻钟，她想。

一刻钟很快就过去了，儿子还是没有出来。她不知从哪里来了一股勇气。"我的儿子，我有看他的权利。他们凭什么不让我看，还骗儿子说我死了。"她提着装有蛋糕的书包向胡同里走去，脚步迈得很急，落下来很坚定。

然而，就在上了高台阶，手指碰到涂着紫红油漆大门门环的一刹那，她的心又软了下来。不要让明明看到自己吧，不要再伤害儿子的心吧，就当他的妈妈真的死了。

她往门把上挂着网兜。

"这是谁呀？"

一个不紧不慢的声音从她背后传来，吓得她一激灵，网兜险些掉在地上。

她回过头一看，是一位老太婆。她认识这个老人，过去老人常帮助她取牛奶，就住在对面那个小小的门楼里。

"这不是明明他妈吗？"老人说。

喔，在人们的眼里，她永远是明明的妈妈。

"大妈，您今儿……"她不知说什么好。

老人发现了挂在门把上的生日蛋糕。

"哟，你还不知道吧？明明他们家，这个月初就搬走了，听说全家都出国了。"

冬——情丝

炉子上的铁壶开了，壶盖一掀一掀的，发出"呼嗒呼嗒"的声响。

老人停下手里缝的棉裤，透过花镜看了看老头子。老头儿在窗前喂着他那宝贝蛋似的小鸟，嘴里一边叨叨着什么，一边用小勺将苏子送进笼子的食罐里。

"哎我说，听不见啊，水壶开了。"

"那你就不兴灌一下？"老头儿头也没回。

"你没瞧我这儿忙着吗？小凯来了还得穿着走呢，预报明天大风降温。"

一提到外孙子小凯，老头儿乖乖地放下鸟食，提起壶来灌暖瓶。

"姥姥！姥爷！"门外传来小凯的喊叫。

"哎，小凯！"两位老人几乎同时应着。

小凯推门进了屋："姥姥好！姥爷好！"

够了，每星期有这一句话就够了，两位老人的心得到很大的满足。

姥姥接过外孙的书包："小凯，你一个人来的？"

"不，是我爸爸送我来的。"

姥爷插话问："那你爸爸呢？怎么不进来？"

"我爸爸说他还有事，送我到大门口就走了。姥爷，我帮您喂鸟吧。"

"好，喂吧。不过可别喂多喽，上星期天你把鸟撑得好几天不

287

吃食。"

小凯一吐舌头，笑了。

等姥姥赶做完棉裤，夜已经深了。她真想马上让小凯试一试，可又怕搅了孩子的觉。每个星期六，她都要把老头撵到外屋去睡，腾出地方给小凯。她脱衣挨小凯身旁躺下来。小凯睡得香香的、甜甜的，均匀的呼吸，嚅动的小嘴，偶尔一跳的眉毛……每一个微小的细节，都让她这个当姥姥的心醉。

大女儿一九六五年支边去了宁夏，在那边安了家，两三年不见得回来一趟。二女儿，也就是小凯的妈妈，前年冬天死于乳腺癌。于是，她的希望，她的安慰，她的快乐，以至她活的目的，全都寄托在外孙身上了。

老人看着熟睡的外孙，想到死去的女儿，不禁又伤心起来。

又是一个星期六的下午，小凯放了学来到姥姥家，进门后虽仍像往常那样叫"姥姥姥爷"，但两位老人看得出，外孙的情绪有些不对头。

姥姥问："小凯，怎么了？是不是又牙疼了？"

小凯摇摇头："不是。"

姥爷问："挨老师批评了？"

"也不是。"小凯随便抓过一本小人书翻着，躲过老人的追问。

老两口相互看了一眼：这孩子今儿怎么了？

晚上临睡觉前，姥姥发现小凯穿了一件新毛衣。

"小凯，这毛衣是你爸爸给你买的？"

"不是。"小凯的脸蛋红了一下，出溜钻进被窝。过了一会儿，等姥姥躺下来，他神秘地说："姥姥，我告诉你一件事吧。"

"什么事？"

288

"前两天，爸爸带我到一个阿姨家去了。"

"阿姨？哪一个阿姨？"

"我也不认识。爸爸说她是中学老师，姓孙，教外语的。"

"她们家……还有谁呀？"

"还有一个小女孩，四岁了，叫兰兰。"

"噢……"

"姥姥，你怎么了？"

"啊，没怎么，我听着呢。"

"昨天晚上，那个阿姨带着兰兰到我们家去了，这毛衣就是她送给我的。"

"小凯，你喜欢……那个阿姨吗？"

"嗯——"小凯想了想，"我也不知道。"

这些，躺在外屋单人床上的姥爷听得清清楚楚。他躺不住了，披衣坐起来，摸黑装上一斗烟，咝咝啦啦抽着。

"当，当……"不知谁家的座钟打点，听来是那样悠缓，那样深沉。

门"哐当"一声开了。小凯一脚在门里，一脚在门外，匆匆忙忙地说："姥姥姥爷，爸爸说明天一早带我和兰兰到北海公园去溜冰，今儿晚上我不在您这儿住了。"说完，扭头跑走了。

"小凯！"姥姥追出屋。但人已跑出院门，只传来一声"姥姥姥爷再见"。

两位老人预感到，外孙子就要从他们身边离去了。他们晚饭没有吃，灯也懒得拉，电视更不想去开，早早地睡下了。整个晚上，谁也没有说一句话。

289

院子里，月光如洗，一阵小风在屋檐下急急地打着旋儿。

天上灰蒙蒙的，气压很低，开始下起了雪。门前的大柳树完全失去了夏日的妖娆，光秃秃的，没有一丝活力。树梢上有一个软软的东西在飘，也许是包装纸，也许是断了线的风筝。渐渐地，地上变白了，来往行人匆匆走过，留下一串串淡淡的脚印。

等不来小凯，姥姥反身回了屋。

"怎么？还没来？"姥爷问道。

姥姥无精打采地摇摇头，坐在圆桌旁，叹了一口气。

屋里的烟雾越来越浓，可老头子仍然一斗接一斗地抽着烟，呛得老伴儿吭吭咳嗽。

"抽，抽，就知道抽！"

"就抽，你管呢！"

"我就管！"

"你管不着！"

两位老人像小孩打架似的争夺着那个枣木烟斗。

"你给我！"

"不给！"

"你给我嘛！"

"我就不给！"

结婚近四十年了，他们还不记得何时曾翻过脸吵过架。可眼下，四只眼睛都在冒着火。好在他们对视的瞬间，他们彼此理解了，理解了对方发火的原因。火渐渐熄灭了，两双拧在一起的手也慢慢松开来。

"小凯，上星期六怎么没来呀？也不说告诉一声，让姥姥好等。"

290

小凯刚一进门，姥姥便埋怨开了。

"上星期六，我爸爸和……阿姨结婚了。"

结婚？两位老人怔住了。

小凯从带来的尼龙绸书包里掏出一盒点心和一袋杂拌糖，放在圆桌上，说："姥姥、姥爷，这是我爸爸让我带给你们的。"

老两口一时不知说什么好。

"我爸爸还说，让我一定给你们一人剥一块糖。"小凯说着，剥了两块虾酥分别送进老人的嘴里。

姥姥转过身去捅了捅炉子，为的是不让外孙看见她的眼睛已经红了。姥爷也走到窗前，看着那笼子里的鸟跳上跳下。

过了一会儿，姥姥把小凯拉到身边，问："你管……兰兰的妈，叫……妈？"

小凯扭扭捏捏地说："本来，我不想叫，可爸爸……他非让我叫。后来我就……小声地叫了一句。"

姥爷问："你没问兰兰，她的爸爸哪儿去了？"

"问了。兰兰说，她妈妈告诉她，她爸爸从很高的楼上掉下来摔死了。"

姥姥又问："你这个……妈，喜欢你吗？"

"喜欢，挺喜欢我的。我爸爸也挺喜欢兰兰的……对了，姥姥，以后我不能每个星期六都来您这儿了。"

"为什么？"

"我阿姨……不，我妈说了，星期天上午教我学英语，下午带我和兰兰去学画画。"

"嗯，行。"

小凯又说："姥姥，明天我爸、我……妈还有兰兰，想来看看您和姥爷，让我先问问，你们欢迎不欢迎……姥姥您说呀！您说呀！爸爸说了，您和姥爷要是不欢迎，他们就不来。"

姥姥看了一眼姥爷。

姥爷似乎商量着说："欢迎，欢迎。"

"对，欢迎。"姥姥努力克制着，不让泪水流下来，"我和你姥爷都欢迎。"

第二天一早，两位老人像要过年似的把房子打扫了一遍，又在圆桌上铺了新台布，摆上了一盘花生、一盘瓜子、一盘奶糖，还有一盘红红的苹果。这时，小凯跑进来："姥姥姥爷，我爸爸他们来了，在后边呢！"

老两口慌了，连忙整了整衣服，拢了拢头发。还不等出门去迎接，就听从院子里传来一个男人、一个女人和一个女孩子的喊叫：

"妈！"

"爸！"

"姥姥！"

图书在版编目（CIP）数据

红了樱桃／刘连书著. — 北京：中国文史出版社，
2021.1

（跨度小说文库）

ISBN 978 - 7 - 5205 - 2274 - 8

Ⅰ．①红… Ⅱ．①刘… Ⅲ．①中篇小说 - 小说集 - 中
国 - 当代②短篇小说 - 小说集 - 中国 - 当代 Ⅳ.
①I247.7

中国版本图书馆 CIP 数据核字（2020）第 177063 号

责任编辑：牟国煜

出版发行：**中国文史出版社**

社　　址：北京市海淀区西八里庄路 69 号院　　邮编：100142

电　　话：010 - 81136606　81136602　81136603（发行部）

传　　真：010 - 81136655

印　　装：北京新华印刷有限公司

经　　销：全国新华书店

开　　本：720×1020　1/16

印　　张：18.75　　字数：229 千字

版　　次：2021 年 1 月第 1 版

印　　次：2021 年 1 月第 1 次印刷

定　　价：63.00 元